PRETE-MOI TES AILES

MAGALI DUBREUIL-BOURGUET
(Mag. B.)

PRETE-MOI TES AILES

Roman

ISBN 97910343228468

En dédicace de mon premier livre, je remerciais ma grand-mère pour l'héritage littéraire qu'elle m'a laissé en plus de la possibilité de m'éditer.

Ce second roman qui est la suite du premier, je le dédicace à vous, lecteurs, amis, famille pour votre confiance, mais surtout pour les centaines de commentaires que vous m'avez envoyés. J'ai reçu des mails, des messages envoyés par téléphone, des lettres, et je ne compte pas les échanges directs.

Ils ont été pour moi autant de sources de bonheur que d'encouragements à poursuivre dans l'écriture.

J'ai donné naissance à ces personnages et vous les avez fait vivre et voyager dans vos cœurs, mais aussi partout dans le monde.

Merci.

Avant-propos

Ce second roman est la suite de l'histoire de Miss Rainbow, Océane et Gaïa, mais à travers les yeux de Lilou.

Mon intention reste inchangée, je souhaite, à travers ces lignes, vous faire voyager, peut-être moins géographiquement que dans le premier roman, mais assurément encore plus intérieurement.

« Tu ne peux pas voyager sur un chemin
sans être toi-même le chemin. »

BOUDDHA.

L'histoire de Lilou est aussi une leçon de vie, un chemin vers soi en passant par les autres…

Les thèmes abordés sont divers et multiples comme nos vies, l'épanouissement personnel et professionnel (attention à l'équilibre des deux), le deuil, le couple, les blessures (nous en avons tous), les identifier, les reconnaître, les accueillir, les aimer, les soigner, les guérir, la sexualité, le voyage, les signes (ils sont partout et en tout), savoir les reconnaître.

Vivre dans l'ici et le maintenant, encore et toujours, parce qu'aujourd'hui est la seule journée que vous pouvez changer. Hier est déjà passé et demain n'est pas encore là.

« Un oiseau assis sur un arbre n'a jamais peur que la branche casse, parce que sa confiance n'est pas dans la branche, mais dans ses propres ailes. »

Samedi 4 mars – Lilou

Je suis Lilou, vous avez déjà dû entendre parler de moi si vous avez connu l'histoire de ma mère, Océane, Gaïa, Tara, Vesta et Miss Rainbow.

C'était il y a longtemps maintenant, quinze ans pour être exacte. J'avais treize ans à l'époque et donc vingt-huit aujourd'hui, je suis devenue artiste peintre, j'avais déjà un goût certain pour l'art, le dessin et la déco. J'ai commencé par des fresques de rue puis, petit à petit, me faisant connaître, j'ai eu des demandes officielles pour peindre sur des murs de bâtiments, de magasins et enfin j'ai commencé à travailler sur toiles. Aujourd'hui, j'ai trois galeries, une à Toulouse, à Lyon et à Paris.

Avec ma mère, Océane, nous avons passé de merveilleuses années, tous unis, pour le meilleur. Elle a sorti un album de chansons, elle a écrit un livre, *Parce que pour mourir, il faut être vivant*, lequel a même été adapté en film. Mon père a su reconquérir le cœur de ma mère, être présent pour nous et pour elle et nous être attentif. Il a vendu son entreprise pour se consacrer à ma mère et devenir son agent. Malgré le sursis qui lui a été offert, elle est décédée le mois dernier, et sa mort m'a anéantie.

Avec le temps, nous sommes devenues les meilleures amies du monde, même si ces dernières années, avec mon travail, nous n'avions plus trop l'occasion de nous voir, j'ai beau essayer, je n'arrive pas à surmonter cette épreuve, elle me manque terriblement.

Lenny, mon frère, qui est devenu infographiste et ingénieur réseau, vient souvent me voir. Il voit bien que je vais mal et il essaie de me soutenir même si pour lui aussi c'est difficile. Nous travaillons souvent sur des projets communs, alliant mon talent pour la création et le dessin, avec son talent pour l'informatique et le virtuel.

Je peux dire que nous avons tous les deux très bien réussi nos vies professionnelles, nous sommes « épanouis » et célibataires ; oui, oui, les deux sont possibles de nos jours.

Malgré tout, je ressens un grand vide ces dernières semaines, depuis la mort de maman, il manque un sens à ma vie, un sens profond, une raison plus fondamentale plus lumineuse de cheminer, je crois que Gaïa appelait cela la foi…

Je crée, je vends, je suis reconnue et célèbre dans mon art… et alors quoi… ou plutôt… pourquoi ? J'ai le sentiment que cela ne suffit pas, que, peut-être, moi non plus, je ne suis pas totalement à ma place, peut-être que ce que je fais a besoin d'être davantage en phase avec mes valeurs profondes.

Puis, ce départ de maman, même si nous y étions préparés, a laissé comme un trou béant au niveau de mon diaphragme, je n'ai plus d'énergie, plus d'envie créative. Le diaphragme, ironiquement représenté aussi comme étant le plexus solaire, eh bien, le soleil n'y brille plus. C'est comme si mon corps avait été une maison sur des pilotis bien solides (qui représentaient mes parents, quatre piliers, comme les quatre bras avec lesquels ils me portaient) et que la vie m'en avait sciés deux d'un coup… Ma maison s'est alors mise à basculer, et j'ai l'eau qui rentre par les fenêtres… j'ai donc peur de couler… pour ne pas dire me noyer dans le chagrin, faute de soutien.

Hier je me suis surprise à prier. Vous savez, en fait, je me dis que j'aurais besoin d'une « Gaïa » dans ma vie. Gaïa que nous avons cherchée, mais jamais retrouvée, cet ange tombé du ciel, j'aimerais bien qu'elle me prête ses ailes.

Ce soir, Lenny et moi sommes invités à aller manger chez papa, pour lui aussi c'est compliqué… Nous avons tous été très unis toutes ces années, profitant de chaque instant comme un cadeau, chaque repas ensemble comme une offrande du destin de nous avoir laissé notre mère encore un peu.

Ma mère, si vous l'aviez connue… elle était incroyable ! Elle a mordu dans la vie tellement fort ! En parallèle avec son livre, elle faisait du développement personnel et a aidé tant de femmes à se réaliser, de jeunes à croire en l'avenir, de personnes malades à se battre et à se dépasser… Une femme inspirée et inspirante.

Nous sommes samedi 4 mars, il est 11 heures et aujourd'hui j'ai fait ma Bridget Jones, je suis encore en mode grenouillère et chaussettes polaires (ça, c'est l'avantage d'être célibataire… pas d'amour, pas de tue-l'amour), je fais une liste de bonnes résolutions que je laisserai tomber à 11 h 15…

Je vis à Toulouse en appartement, enfin je vis, disons que mon adresse postale est à Toulouse, mais mon temps se partage entre ici, Paris et Lyon. D'ailleurs, je vais aller voir si j'ai du courrier, le facteur doit être passé à cette heure-ci.

J'ai reçu un colis, je n'attendais rien de spécial, à part pubs et factures. J'essaie de l'ouvrir, bon sang ce que c'est bien scotché ! Vous savez, j'admire ceux qui ont toujours les bons outils pour tout (et qui savent les reconnaître !), moi, je fais partie de ceux qui ont un seul couteau pour tout faire, mais qui vont quand même attendre de s'être cassé tous les ongles et au moins deux dents avant d'aller le chercher… Imaginez un peu ce que c'est quand il s'agit d'aller demander de l'aide à quelqu'un…

En ouvrant à peine ce petit colis, je reconnais en un seul coup d'œil un objet que je n'avais pas vu depuis un moment… Il s'agit du livre de maman. J'ai les poils qui se dressent et mon cœur qui pince. Il est accompagné d'une carte, ou plutôt d'un triptyque : c'est un oiseau arc-en-ciel posé sur une branche, en numéro deux la branche se casse et en numéro trois, l'oiseau vole en déployant de très grandes ailes… C'est magnifique.

Au dos de cette carte, il est écrit un petit mot :

Un oiseau assis sur un arbre n'a jamais peur que la branche casse, parce que sa confiance n'est pas dans la branche, mais dans ses propres ailes.

- *P.-S. Tu n'as pas besoin de mes ailes, tu as déjà les tiennes… Apprends à voler.*

Je ressens soudainement comme un grand courant d'air qui me traverse le corps en entier, j'ai des frissons… on dirait bien que quelqu'un vient de rallumer la lumière.

Je sors le livre de son emballage, ce fameux livre… Je me souviens que c'est ma mère qui nous l'avait lu à Lenny et moi, elle y tenait absolument, car elle y mettait les formes. Le plus fou c'est qu'elle pleurait et qu'elle riait de ses propres écrits.

« Parce que pour mourir, il faut être vivant », c'est certain qu'elle aura su donner tout son sens à cette phrase, ce titre si lourd, mais auquel elle aura su apporter humour et légèreté.

Qui m'a envoyé ce cadeau ? Et si c'était… le croiriez-vous ? Gaïa ? Mais comment ? Et pourquoi ?

Peu importe, je crois qu'une lecture s'impose, je décide de partir en voyage, peut-être que maman a encore des choses à me dire.

Il est déjà 15 heures, ça fait donc quatre heures que je lis sans interruption ! Je n'ai même pas mangé, je me suis juste levée pour aller chercher la boîte de mouchoirs, car si ce livre a su remuer la plupart de ses lecteurs, imaginez un peu ce qu'il a pu remuer en moi…

Je me souviens si bien du jour où elle m'avait annoncé son diagnostic en même temps que son départ, c'était exactement ça ! J'avais tant de rage en moi, j'en ai voulu à la terre entière, c'est souvent tellement plus simple de chercher des responsables… Nous en avons passé des nuits à pleurer, des matins à espérer que tout cela n'était qu'un cauchemar et puis leur aventure a démarré et elles nous ont appris à voir la vie avec un autre regard.

Ce voyage, nous l'avons vécu par procuration, c'est peut-être ça qui me manque, j'aurais tellement aimé partager certains de ces moments autrement qu'en récit. Je ne peux m'empêcher de penser que c'est une partie de ma vie que l'on m'a volée… même si ce terme n'est pas exact.

Miss Rainbow… c'était vraiment quelque chose d'énorme, au collège, dans la rue, tout le monde nous parlait d'elles, de ce magnifique Combi, devenu un véritable symbole de liberté et d'espoir. Tara et Vesta, les deux adorables reines arc-en-ciel, deux formidables amies de compagnie, fidèles et on ne peut plus loyales. Vesta est toujours des nôtres, elle ne voit plus rien et a les articulations un peu en vrac, mais encore vaillante. Tara, par contre, nous a quittés, il y a déjà cinq bonnes années.

Les garçons, Gaspard, Gérémy, Olivier et Sylvain ont continué leur chemin, nous les avons revus régulièrement, en mode réunion d'amis au moins deux fois par an. Mon père a appris fatalement ce qui s'était passé entre ma mère et Olivier, mais il a su le prendre avec beaucoup de recul. En même temps, il n'avait pas grand-chose à dire, pour ça il aurait fallu qu'il soit un modèle ; or, nous savons tous qu'il y a prescription…

C'était la journée idéale pour un tel programme, il pleut, je suis couchée sur mon canapé, une couverture sur les genoux et de temps en temps, entre deux pages, je regarde les gouttes se dessiner sur la fenêtre, et couler le long de la vitre… jamais en ligne droite, un coup sur la gauche, un coup sur la droite, à chacune un rythme différent, parfois elles viennent rencontrer une autre gouttelette pour en former une plus grosse et continuer leur route ensemble… puis s'arrêtent, une seconde, une minute ou plus et reprennent la route, avant de finir leur course avec toutes les autres dans la terre et s'évaporer ensuite. Nous sommes des gouttes de pluie dans l'océan de la vie, du ciel à la terre en passant par l'eau et finissant poussière dans l'air du vent, dans l'air du temps.

N'ayant même pas pris de petit-déjeuner aujourd'hui et étant invitée ce soir chez mon père, je vais juste me faire un chocolat chaud et poursuivre ma lecture. En me levant, je m'approche de la fenêtre d'où j'ai une vue sur le parc de la résidence. Le soleil fait son apparition, il était temps, il pleut depuis hier soir.

Oh, mais que c'est beau ! Il y a un double arc-en-ciel derrière les maisons au loin. Ma mère disait toujours qu'un des plus beaux enseignements de Gaïa a été celui d'apprendre à lire le ciel.

Et s'il s'agissait d'un signe ? Le deuxième depuis ce matin, qu'est-ce que cela voudrait dire ? Rainbow ? Qu'est devenue Miss

Rainbow ? Peut-être que si je la retrouvais, je pourrais me réconcilier avec le départ de maman, m'imprégner davantage de leur aventure, peut-être pourrais-je en faire autre chose ? Et s'il s'agissait d'un puzzle, dont la première pièce serait de retrouver Miss Rainbow.

Au fond, rien ne se perd, tout se transforme !

C'est décidé, ce soir j'en parle à Lenny et dès demain je commence mes recherches.

« Allez, feignante ! Bouge-toi un peu, dans deux heures tu dois partir chez ton père et tu es encore en guenilles. »

17 h 30, j'arrive chez papa, je vois que Lenny est déjà là, je toque à la porte.

— Rentre !

— Bonjour, bonjour, la famille ! Eh ben, alors, vous en faites une de ces têtes ! On dirait que vous avez vu un fantôme… C'est moi, Lilou, vous vous souvenez ?

Alors que je marche en riant vers le salon, je vois deux livres de maman sur la table basse.

— Oh merde, c'est pas vrai ! Vous aussi ! leur dis-je en sortant le mien de mon sac.

— Vous avez une signature ? Une carte ? Un message ?

Lenny sourit et me répond :

— Eh bien, moi, j'ai eu cette carte…

Je prends la carte dans mes mains pour l'observer. C'est la photo d'un oiseau qui vole au centre d'un arc-en-ciel dans lequel il est écrit :

Ce qui ressemble à la fin est souvent le début...

— Papa, et toi alors, tu as quoi ?

— Je n'ai pas de dessin, mais une photo de nous tous devant Miss Rainbow le jour de leur départ, et il est écrit :

« Nos enfants sont notre éternité, *so the show must go on.* »

— Vous avez commencé à le relire ? Parce que moi, oui, et vous avez une idée de qui nous a envoyé ces colis ? Papa ? C'est une idée de maman ? Tu étais au courant ?

— Pas du tout, je te le jure, mais c'est bien son genre... à moins que...

— Gaïa ? Avouez que vous y avez pensé vous aussi, murmure Lenny.

— Clairement, oui, c'est même à elle que j'ai pensée en premier, et vous savez, le plus incroyable, c'est que je lui ai parlé dans une prière pas plus tard qu'hier. Et prenez-moi pour une folle si vous le voulez, mais dans ma carte j'ai la réponse à ce que je lui ai demandé hier… Comment maman aurait pu savoir ? J'ai demandé qu'elle me prête ses ailes, oui, je sais, c'est *weird*, mais le plus *weird* c'est que sur ma carte il est écrit :

Tu n'as pas besoin de mes ailes, tu as déjà les tiennes. Apprends à voler.

Nous restons là tous les trois, pensifs, troublés et émus quand je décide de me lancer :

— Faut que je vous dise, depuis qu'elle est partie, je ne vous apprends rien si je vous dis que je n'ai plus d'inspiration ni même d'envie de créer. Je me sens perdue et pour moi ce qui se passe c'est forcément une conjonction… Comme dirait maman : « C'est maintenant ou jamais ! »

C'est ça la synchronicité ! Ces signes nous envoient un message clair, enfin, je crois :

Moi, je dois apprendre à voler, toi, Lenny tu as un oiseau en plein vol dans un arc-en-ciel et qui te dit que tout commence, et toi papa, un message qui dit que nous sommes, Lenny et moi, ceux qui rendent cette histoire éternelle, et à cela, elle ajoute que l'aventure doit continuer…

Alors voilà, dès demain je me lance à la recherche de Miss Rainbow. J'ai besoin de ça, je ne sais pas encore pourquoi, mais en tout cas cette quête me donne la force et la motivation que je n'avais plus depuis un mois. Alors peu importe, je suis certaine que les réponses viendront au fur et à mesure.

— Gaïa, sors de ce corps ! me lance mon père en souriant de ses yeux bienveillants.

Lenny, en génie de l'informatique, suggère :

— Papa, tu dois bien avoir des notes, des adresses mail des gens qu'elles avaient croisés dans leur voyage, ce couple à qui elles ont offert Miss Rainbow, sûrement que maman avait gardé leur contact quelque part. Je pourrais faire des recherches sur son ordi, je n'en aurai pas pour longtemps pour retrouver les éléments.

— Oui, oui, évidemment, l'ordi est à sa place habituelle, pas de mot de passe, va voir pendant que Lilou et moi mettons la table et préparons le repas.

Mon père, c'est l'exception qui confirme la règle, c'est la preuve en chair et en os que l'amour est la seule loi universelle, la seule religion qui mérite de se battre à coups de bonnes intentions, à coups de tendresse et de mots bien choisis. L'amour peut changer un fou en sage et *vice versa*, mais tant qu'il est fou d'amour, il ne sera question que de sagesse folle ou de sage folie… L'amour ne peut faire mal ni aux autres ni à soi-même, il ne peut pas être dangereux. Si c'était le cas, alors, dites-vous bien qu'il ne serait sans nul doute plus question d'amour, mais d'orgueil, d'ego, de jalousie, de possession, de pouvoir, bref de tous ces maux de l'humanité guidée par la pensée et non par le cœur.

L'ego pense… l'amour panse.

— Hey, sista ! J'crois bien que tes recherches vont être facilitées par ma trouvaille ! Voici le mail du couple ayant hérité de Miss Rainbow ! À toi de jouer, sœurette.

— Génial ! Je leur écris demain ! Je suis trop excitée à l'idée de la retrouver, quinze ans plus tard… c'est énorme !

— Oui, mais, et après ? Tu feras quoi quand tu l'auras retrouvée ? Tu devrais y réfléchir… Qu'en attends-tu ? Et s'il ne se passait rien de spécial…

— Il se passera quelque chose ! Je le sais, enfin, je le sens c'est tout, je ne sais pas ce que je ferai, chaque chose en son temps, souvenez-vous : *carpe diem*.

Ce repas aura été sans doute le plus chaleureux et enjoué de ces derniers mois. Je peux deviner chez Lenny la même étincelle que la mienne, d'espoir, comme un regain de vitalité. Il n'y a que papa qui se montre un peu inquiet, en fait, il a sûrement peur que je sois déçue par cette quête. En fait, je sais déjà que Miss Rainbow n'est pas mon Graal, mais je sais aussi qu'elle est une pièce du puzzle de ma vie. Et peu importe combien d'œuvres j'ai déjà pu réaliser jusqu'à aujourd'hui, peu importe le succès qu'elles aient pu avoir, ma plus grande et belle œuvre d'art se doit d'être « ma vie », un chantier en perpétuelle construction et je suis l'architecte.

Moi, Lilou, je suis artiste peintre et ma palette manque de couleurs existentielles. Alors je pars à la recherche de mon arc-en-ciel et quelque chose me dit que Miss Rainbow va m'y aider.

Une fois rentrée chez moi, je n'ai pas pu attendre le lendemain pour écrire un mail à Julie et David, les deux infirmiers voyageurs nouveaux propriétaires du Combi de ma mère :

Bonjour,

Je vous écris cette lettre en espérant qu'elle vous parvienne. Je n'ai malheureusement pas une bonne nouvelle à vous annoncer. Si vous êtes bien le couple à qui ma mère et Gaïa ont offert une certaine Miss Rainbow, eh bien sachez que ma maman, Océane, nous a quittés le mois dernier. Ceci dit, vous pouvez être certains qu'elle aura su faire un merveilleux usage du crédit de vie supplémentaire qui lui a été offert.

Par contre, mon deuil se fait difficilement et je ressens un besoin inexplicable de retrouver Miss Rainbow, une manière peut-être de rendre immortel son souvenir. Alors j'espère de tout mon cœur que vous pourrez m'aider. Je ne veux pas vous la reprendre puisque ma mère vous l'a offert, mais au moins la revoir, la toucher, monter à bord, peut-être la peindre à ma manière (je suis artiste peintre).

Je vous remercie d'avance pour votre aide.

Lilou.

Voilà, c'est fait, j'y joins une photo de nous tous avec Miss Rainbow pendant sa construction avant de cliquer sur « envoi ».

Croisons les doigts !

Dimanche 5 mars – Miss Rainbow

J'ai passé une nuit à rêver d'images toutes plus folles les unes que les autres, j'y ai vu Gaïa en énorme montagne verte au bord de l'eau quand une vague se formait de plus en plus grosse pour se matérialiser en femme… Et là, c'était ma mère en mode Poséidon… et ces deux gigantesques déesses se tendaient les mains donnant naissance à un sublime arc-en-ciel…

Mon imagination, que je croyais disparue, me revient, si bien que la tête encore enfarinée, je saute du lit, cours chercher une toile, la colle sur mon chevalet, sortant pinceaux, palette et peinture pour me mettre à l'ouvrage.

Me voici comme une illuminée, je veux finir cette toile le plus vite possible, car tout est encore tellement frais dans mon esprit, de peur que ce souvenir ne m'échappe, je dois l'immortaliser.

— Oh ! Il faut que je regarde mes messages, il est déjà bientôt midi, peut-être m'ont-ils répondu.

Les mains, les cheveux, le visage et les fringues recouverts de peinture ; oui, généralement quand je peins ça se sait… tout sur moi en témoigne ! À se demander comment il peut encore me rester assez de peinture pour ma toile ! Je suis, comment dire… bordélique, oui, mais organisée ! Bon d'accord, à vrai dire… même pas organisée, si vous me demandez où j'ai mis mes clés, je vous dirai de commencer à les chercher, car le temps que je vous réponde vous les aurez sûrement déjà trouvées…

Je saute sur le canapé, marche jusqu'à la table basse, me mets accroupie (j'ai nommé la position de la grenouille), ouvre l'ordi avec mes coudes, et déplace la souris avec mon menton (peut-être les dernières surfaces de ma peau encore vierges de peinture).

Bonjour Lilou,

Impossible pour nous d'oublier ta maman et son amie Gaïa, deux femmes extraordinaires ! Nous sommes bien tristes d'apprendre cette terrible nouvelle et pas étonnés de lire que sa vie a été magnifiquement écrite, puisqu'elle en était l'auteur (comme elle avait coutume de dire).

David et moi sommes désormais à Madagascar, nous y avons ouvert un dispensaire, ce dernier voyage nous le devons une fois de plus à ta mère, en vendant Miss Rainbow nous avons pu payer les billets d'avion. Alors nous savons où Miss Rainbow se trouve, elle est en France, en Vendée. Voici l'adresse des nouveaux propriétaires : M. et Mme Rotureau, Christian et Suzanne, au 253 chemin des Pins à Sion-sur-l'Océan. Voilà ça fait déjà cinq ans de cela, alors peut-être l'ont-ils encore, mais ce n'est pas sûr non plus. Dans tous les cas, eux pourront sûrement te dire où elle est désormais. Nous sommes de tout cœur avec toi dans tes démarches, puisses-tu trouver tes réponses et si un jour tu devais venir à Madagascar, n'hésite pas à faire appel à nous ! Nous serons vraiment très heureux de te recevoir.

À bientôt,

Julie et David.

Génial ! Il me reste à chercher le numéro de téléphone de ces braves gens. Je m'essuie grossièrement les mains sur mes jambes et fais ma recherche. Bingo, numéro trouvé ! Je les appelle dès que j'aurai retrouvé mon portable.

« Lilou, réfléchis un peu, où tu t'en es servi la dernière fois ? » En fait, non, vous ne voulez pas vraiment savoir et de toute façon je sais très bien que vous faites pareil.

— Allô ? Bonjour, je suis bien chez Mme Rotureau Suzanne ?

— Oui, c'est moi, vous êtes ?

— Eh bien, on ne se connaît pas, mon histoire est assez longue, mais je peux faire court, si je vous parle du livre *Parce que pour mourir, il faut être vivant*, est-ce que ça vous dit quelque chose ?

— Oh, mais oui ! Bien sûr ! Nous sommes d'ailleurs les heureux propriétaires de la mascotte du livre et nous en avons fait une chambre d'hôte !

— Ah… eh bien, en fait, je suis la fille d'Océane, et maman nous a quittés le mois dernier. Aussi je… je vis mal son départ, et… excusez-moi…

L'émotion me submerge, je m'arrête quelques secondes pour maîtriser mes larmes et ma voix.

— Voilà, j'ai le sentiment que Miss Rainbow peut m'aider à aller mieux, j'ai reçu une série de signes ces jours-ci, c'est étrange, mais mon intuition m'amène à vous.

— Je comprends, et nous vous recevrons avec grand plaisir, c'est un honneur pour nous ! Nous avons suivi les aventures de votre maman et quand son livre est sorti, j'ai couru l'acheter, et nous avons adoré ! D'ailleurs son livre est à bord de Miss Rainbow dans une petite bibliothèque pour les hôtes, ainsi que son album. Elle n'a pas roulé depuis que nous l'avons, c'est notre chambre d'hôte depuis cinq ans. Vous pouvez donc venir séjourner et y passer le week-end ou la semaine à votre guise !

— Génial ! C'est parfait ! Est-elle libre cette semaine ?

— Oui, oui, à cette période, nous ne la louons pas beaucoup, nous sommes hors saison.

— Puis-je arriver demain ?

— Oh, mais oui, bien sûr, en début d'après-midi si vous voulez comme ça j'aurai la matinée pour la préparer.

— C'est parfait ! À demain, alors. Merci encore.

— Avec plaisir, Lilou, à demain, bon dimanche.

Oh, *my God* ! Je dois dire ça à Lenny, vite, un texto :

Salut Bro ! Merci pour ta rapide investigation ! Je viens à l'instant de retrouver Miss Rainbow et je pars la voir demain, en fait, elle est chambre d'hôte ! Je vais même pouvoir y dormir. Alors je prends la route pour la Vendée demain matin et j'y resterai au moins une nuit ou deux... j'irai au feeling.

Hug chain bro.

Alors, pour les non-bilingues *hug chain* pour « chaîne de câlins », et *bro* pour « frangin ». Comme en français c'était un peu la honte quand nous étions ados, mais que le concept nous avait emballés, on l'a gardé en anglais. Avouez que ça fait tout de suite plus viril, du coup au lycée ça passait quand même mieux pour mon bisounours de frère (ne lui dites pas que je vous ai dit ça ou il me tue).

J'ai passé le reste de mon dimanche à finir mon tableau et à préparer mes affaires pour prendre la route le lendemain en direction de la Vendée.

« Dans la vie, tout est signe. »

Paolo C*OELHO*.

Lundi 6 mars – Les retrouvailles

Ce matin, je me suis levée de très bonne heure, c'est dingue comme le réveil est facile quand il s'agit de s'échapper et non d'aller travailler. Enfin, pour ma part, je n'ai jamais eu l'impression de réellement travailler, vous savez ce que l'on dit : « Fais de ta passion un métier et tu n'auras plus besoin de travailler. »

Eh bien, c'est exactement ce que j'ai fait, par contre il va sans dire que, quoi que l'on choisisse de faire, il y aura toujours quelques tâches obligatoires et bien moins *fun* que votre passion elle-même. En ce qui me concerne, il s'agit de la compta, des conférences et tout ce qui tourne autour de la promotion de mes œuvres.

Allez ! En route pour la Vendée, que je ne connais pas vraiment. J'ai eu plusieurs occasions de me rendre à Nantes pour des expositions et des salons, mais sans jamais avoir vraiment le temps d'aller sur la côte alentour.

Je suis super excitée à l'idée de la voir, de la toucher et de pouvoir y dormir, je vais être en immersion dans mes souvenirs. Vais-je pouvoir ressentir ne serait-ce qu'un soupçon d'énergie, d'émotions restées prisonnières là, à l'intérieur ?

Après cinq longues heures de conduite, je vois enfin les panneaux annonçant ma destination. J'ai le cœur qui bat la chamade ! Le G.P.S. m'emmène jusque devant leur portail, ils ont fait un porche arc-en-ciel au-dessus de leur portillon avec inscrit à l'intérieur « Miss Rainbow ». Je vous avoue que je trouve complètement dingue le fait de n'avoir jamais su que cet endroit existait, il faut dire aussi que nous étions tous passés à autre chose.

Je sonne et j'ai encore le doigt appuyé sur la sonnette que je vois sortir à grands pas (je ne sais dire si elle sautille ou si elle imite un cabri), en tout cas je pense qu'elle a l'air dix fois plus excitée que moi…

— Oh là là ! Oh là là ! Je suis toute tourneboulée ! Je suis contente ! Vous êtes alors la fille d'Océ ? Vous êtes Lilou, le peintre ? Oh là là, quand les filles vont savoir ça ! La Lilou du livre ! Oh là là là, quel caractère quand même vous avez, hein ! Bah, c'est normal, en même temps, hein, quand on apprend tout ça comme ça, d'un coup… La maladie de votre maman et le départ, et tout, c'est pas facile, hein ?

Mon Dieu ! Je ne sais pas si je dois éclater de rire, rester sérieuse ou fuir. Elle plaisante ? C'est un sketch, ou elle est carrément restée bloquée quinze ans en arrière la mamie ? Elle a cru que c'était *Ma sorcière bien-aimée* et qu'elle venait de rencontrer Tabatha en chair et en os. Je suis désolée si vous ne voyez pas de quoi je parle, alors, soit vous êtes trop vieux, soit vous êtes trop jeunes, auquel cas je vous invite à faire une recherche Google.

Maman était fan de cette série qu'elle regardait quand elle était enfant, et elle me l'avait fait découvrir. Cela nous arrivait de nous faire des soirées pyjama filles contre garçons. Ma mère et moi nous regardions, soit de vieilles séries télé, ou des films de filles comme *Dirty Dancing*, pendant que Lenny et mon père se faisaient les *Star Wars* ou *La Planète des singes*.

Je suis donc là devant cette fan invétérée surexcitée qui me pose des questions sur des événements d'il y a quinze ans comme si je venais de les vivre à l'instant.

— Euh, oui, bonjour, c'est ça, je suis Lilou, enchantée, Suzanne. Ben, vous savez, c'était il y a bien longtemps. Et, et je ne saurais trop vous dire, il s'est passé beaucoup de choses depuis.

— Oui, excusez-moi, mais pour moi c'est extraordinaire de vous avoir là devant moi ! Allez, suivez-moi, j'imagine que vous êtes impatiente de la voir !

— Tellement, oui ! Est-elle comme je l'ai connue ?

— Eh bien, vous allez vite le voir… Oui, je pense, mon mari et moi avons tout fait pour qu'elle soit toujours comme dans le livre.

— Bon sang, c'est incroyable ! C'est elle !

Je sens monter une telle pression en moi, j'ai une boule dans la gorge qui m'empêche de dire un mot de plus, j'ai même du mal à avaler ma salive, du coup elle remonte dans mes yeux.

Je revois instantanément ma mère, Gaïa et les garçons, et cette fois où ma mère courait après Lenny et moi avant de tomber par terre. Les quelques soirées en musique et en chansons que nous avons passées avec elle à l'intérieur avant le jour du grand départ. Tout revient à moi, les images dansent dans mon esprit au son de leurs voix et les émotions me parcourent le corps comme un tsunami d'amour mêlé de nostalgie.

— Je peux rentrer ?

— Allez-y, je vous en prie, c'est ouvert, et je vois que c'est vraiment intense et intime pour vous, alors je vais vous laisser à vos retrouvailles et je reviendrai plus tard.

— Oui, merci…

Ce sont les seuls mots que j'ai été capable de prononcer avant de fondre en larmes.

Avant d'entrer, j'en fais le tour, je redécouvre chaque dessin, chaque recoin, comme si j'allais pouvoir y trouver une de leurs empreintes. La ronde d'enfants autour de la planète, la rose des vents, les clés de sol, les notes de musique, l'arc-en-ciel, tout y est à l'identique, Miss Rainbow, ses longs cils et ses rideaux colorés.

Je revois Gasp' le nez dans le cambouis, la toute première rencontre avec Gaïa, Gérem' en train de faire les dernières retouches de peinture. Je revois tout ce petit monde se mouvoir tout autour d'elle.

Me voici devant la porte, je l'ouvre timidement et mets un pied à l'intérieur. Je revois Gaïa, son ukulélé dans les mains, installée là, sur la banquette, et les chiennes sur le lit. Il y a toujours cette lumière feutrée à l'intérieur liée au soleil qui passe à travers les rideaux multicolores et aux guirlandes de LED. Suzanne a vraiment tout reproduit, en décoration elle a posé un collier de fleurs, des lunettes John Lennon, un Polaroid, le livre à côté du C.D.. C'est vraiment très étrange.

J'ai l'impression d'être dans une autre dimension, dans un autre espace-temps, comme si d'un instant à l'autre j'allais la voir entrer, l'entendre chanter ou rire.

Il y a même une carte retraçant leur périple et des photos. Je prends le temps d'observer chaque détail, j'ouvre les placards, je prends chaque cadre dans mes mains. Il y a un lecteur C.D., alors je mets son album dedans et appuie sur « play », retire mes chaussures et m'allonge sur la banquette. Je souris en même temps que mes larmes coulent.

« Comme tu me manques… »

Je m'assoupis certainement une bonne demi-heure quand j'entends au loin Suzanne revenir, je me relève et jette un œil sur le livre qui est sur la table. Une coccinelle s'y est posée, je la pousse du bout du doigt et je la laisse là.

— Lilou, je peux entrer ?

— Oui, oui, allez-y, c'est bon.

— Oh ! Une coccinelle, quel bon présage. Vous, vous êtes à deux doigts de réaliser une grande transformation, cela prendra un peu de temps, cela se fera par étapes, mais… c'est une métamorphose heureuse. Elle a choisi de se poser sur votre livre, ce qui lui vaut une double signification. La coccinelle vous rappelle que parfois vous devez exposer votre intériorité pour pouvoir voler, mais aussi que vous allez peut-être reprendre contact avec de vieilles connaissances. Tenez-vous prête, Lilou, pour de belles choses à venir, vous allez prendre de la hauteur.

— Et elle a eu le temps de vous dire tout ça ?

— Non, mais je le sais, je le sens. C'est compliqué, mais je crois comprendre pourquoi vous êtes là… pas de hasard, n'est-ce pas ? Vous êtes à un tournant ou plutôt à un carrefour et nos voies se croisent ici pour une raison spéciale. Bon, vous avez fait le tour du propriétaire ? Ça va ? Vous tenez le coup ?

— Oui, mais c'est dur en effet… tout est tellement comme dans mes souvenirs, j'ai l'impression d'avoir fait un bon en arrière et ça me donnerait presque le tournis…

— La nuit promet d'être belle, je suis certaine que vous allez vous connecter, je suis tellement heureuse que vous soyez là.

— Oh, merci !

— Si vous avez besoin de quoi que ce soit, faites-nous signe, vous avez prévu à manger pour ce soir ?

— Oui, oui, je me suis préparé une boîte repas, par contre pour demain matin, vous proposez les petits-déjeuners ?

— Oui, je vous apporterai ça sans problème ! Thé, café, ou chocolat, pain ou brioche, jus d'orange ou jus de pamplemousse, confiture de cerise et abricot. Ça vous va ?

— Super, alors c'est thé, brioche, jus de pamplemousse et cerise. Merci encore.

— Vous savez, votre maman, indirectement, m'a énormément aidée, et à plusieurs reprises en plus, à différents moments de ma vie. Je ne l'ai jamais croisée, je ne lui ai jamais parlé, mais j'ai toujours eu l'impression de la connaître profondément. J'étais moi-même malade quand j'ai découvert son aventure sur France 3 par hasard, puis j'ai suivi leur blog au fil des jours. J'ai pleuré avec Gaïa le jour de sa crise cardiaque. Puis quand j'ai vu qu'elle continuait, qu'elle irait jusqu'au bout, eh bien, je me suis dit que c'est elle qui avait raison ! J'aurais dû quitter cette terre moi aussi il y a quinze ans… et, ma foi, je suis toujours là. Puis, nous avons eu de nouveaux problèmes, cette fois ça a été mon mari, et ça nous a causé de sérieuses difficultés financières. Et un matin que j'avais vraiment le cafard et la tête dans le guidon, j'ai mis son C.D., je me suis remémoré le livre, le périple, j'ai allumé l'ordinateur et sur les réseaux sociaux, je suis tombée nez à nez avec Miss Rainbow. Elle n'était plus très clinquante, la peinture partie, mais l'intérieur indemne. J'ai fait tout de suite le rapprochement quand j'ai vu les noms de ceux qui la vendaient. Je me suis dit que c'était un signe. Nous avons vendu certains biens et sorti nos dernières économies pour nous l'offrir. Je savais ce que j'allais en faire et ça a cartonné, nous avons été complets tout le temps. Nous avons remboursé toutes nos dettes et j'ai pu rester à la maison pour m'occuper de mon mari jusqu'à ce qu'il soit guéri à son tour.

Aujourd'hui, nous sommes tous les deux à la retraite et en bonne santé physique et financière, les difficultés sont derrière nous.

— Merci de me raconter tout ça. Je suis certaine que ma mère aurait adoré vous connaître.

— Oh, mais nous nous connaissons déjà, croyez-moi. Il y a des choses qu'il ne faut pas chercher ni à expliquer ni à comprendre. Regardez, observez et écoutez le silence, il a beaucoup de choses à nous dire.

Elle m'a dit cela d'une voix si douce à mes oreilles que c'est comme si ses mots venaient de se glisser sous mes pieds tel un tapis volant m'offrant un peu de légèreté.

— Oui, justement je suis ici pour ça, un genre de pèlerinage, je ressens qu'il faut que je fasse quelque chose, comme une mission. Ne riez pas, c'est vrai, je crois que j'ai besoin de donner un sens à ma vie et comme je ne sais pas par où commencer, j'ose espérer que c'est ici.

— C'est forcément ici, on en reparle demain matin.

— Merci pour tout, Suzanne.

Me voilà seule à nouveau. Quelle belle histoire que celle de Suzanne ! Toutes les personnes que je croise me parlent de ma mère comme si elle avait été un ange ou je ne sais quoi… C'est peut-être ça qui est difficile pour moi, c'est compliqué d'arriver derrière une femme comme elle.

La coccinelle est toujours là et elle est remontée sur le livre, peut-être que la couleur jaune l'attire. Je la prends du bout de mon doigt pour l'observer de plus près.

C'est vrai que quand on la regarde sans s'éterniser, on ne peut pas voir ses ailes, enfin, celles qui lui servent à voler, elles sont dissimulées sous les ailes « carapaces » qui sont là pour les protéger.

C'est là que ma mémoire revient me susurrer l'air de la chanson préférée de maman, *Waiting on an Angel*, et elle me met en lumière une seule phrase de cette chanson :

Parle gentiment à un étranger, car tu ne sais jamais, c'est peut-être un ange qui vient, frappant à ta porte.

Oui, un ange dont on ne verrait pas les ailes, car elles seraient protégées sous sa carapace ou pas encore sorties, pour les reconnaître, ces fameux anges, il faudrait pouvoir les observer assez longtemps jusqu'à les voir s'envoler…

Une coccinelle dans un Combi VW, ça aussi ça a quelque chose de drôle, sauf qu'elle ne porte pas le numéro 31. Elle a six points noirs, trois de chaque côté, comme la date du jour, tiens, c'est vrai que nous sommes le 6 mars. Mais elle a un septième point au milieu. Comme un ultime et dernier point centré qui vient équilibrer, comme les sept couleurs de l'arc-en-ciel, la septième Merveille du monde, les sept mers et les sept continents, les sept planètes dont Mars fait partie d'ailleurs…

Ça y est, me voici contaminée, Suzanne a dit que le silence allait me dire des tas de choses et que ma nuit allait être intéressante. Peut-être bien que demain je saurai quoi faire.

Allongée sur le lit-banquette, je contemple cette petite chose toujours sur le bout de mon doigt laissant aller mes pensées.

Je commence déjà à penser à demain et je ne veux pas quitter Miss Rainbow… Je sens déjà mon cœur se resserrer rien qu'à l'idée. Et si… et si je proposais à Suzanne et Christian de leur racheter, elle l'a dit elle-même, que j'étais là pour une raison bien spéciale.

Ce que j'en ferais ? À vrai dire je n'en sais trop rien. Pas un gîte en tout cas, je ne sais pas, mais je trouverai.

J'ai une photo de maman et Gaïa juste là à ma droite, elles étaient canon ! Je ne ressemble pas trop à ma mère, je suis plus petite, du coup un peu plus concentrée (vous avez bien compris que j'ai mis les centimètres manquant à ma hauteur à des endroits stratégiques). J'ai quand même hérité de ses yeux verts en amande et de ses taches de rousseur. Non, je ne suis pas rousse, enfin… un tout petit peu, mais il paraît que je ressemble à Marlène Jobert jeune. Un petit côté femme enfant, voire carrément tête à claques et tête en l'air. En fait, le seul moment où j'arrive à rester concentrée sur quelque chose assez longtemps, c'est quand je peins, sinon je pars tout le temps dans tous les sens. C'est épuisant, je vous assure, surtout pour les autres.

Pour cause, difficile de faire témoigner qui que ce soit, tous mes amants sont morts (c'est là que je vois si vous avez de l'humour). Déjà des amants je n'en ai pas eu beaucoup, je crois que je fais peur aux hommes, au moins d'un point de vue social (parce que ce n'est pas avec mon mètre vingt-quatre que je pourrais faire peur à quelqu'un… c'est de l'humour, vous suivez toujours ?). Et les deux seuls qui ont tenu plus de trois mois ont laissé tomber l'idée de devoir composer avec mes absences physiques autant que psychiques. En fait, j'ai souvent l'impression que mon corps et mon esprit sont rarement au même endroit en même temps. Vous voyez de quoi je parle ? Il y en a toujours un des deux qui a, soit deux temps d'avance sur l'autre, soit qui est carrément à la bourre. Bref, la dissociation, ça me connaît, mais du coup quand j'arrive à les faire se rencontrer et à les épingler ensemble un moment, c'est magique ! Sauf que si je dois faire intervenir un élément supplémentaire (comprenez : un homme) dans l'adéquation ça devient carrément impossible… Voilà !

Je sors ma boîte repas et mange un morceau avant de me mettre au lit et retourner à la lecture du livre, toujours en faisant tourner leur C.D.

Lire ce livre tout en étant là, couchée à l'intérieur de Miss Rainbow offre la sensation extraordinaire de vivre pleinement l'histoire, j'aurais presque l'impression d'entendre le moteur tourner, des fois.

Je crois que je n'ai pas envie d'attendre à demain pour leur proposer mon offre de rachat du Combi. Je vais aller de ce pas leur parler, ils auront ainsi la nuit pour y réfléchir.

Je pose le bouquin, sors et traverse leur vaste terrain, je crois que je les entends, ils doivent être dehors. Je fais le tour de la maison en suivant les voix et découvre une grande terrasse en bambou où ils sont tous les deux paisiblement installés un verre à la main.

— Bonsoir, excusez-moi de vous déranger. Bonsoir, monsieur.

— Bonsoir, allez-y, avancez, je vous en prie, chéri, je te présente la célèbre Lilou !

— Bonsoir, Lilou, moi, c'est Christian, le mari de Suzanne, enchanté de faire votre connaissance, prenez un siège. Vous voulez boire un verre avec nous ? C'est de la trouspinette, apéritif ou digestif bien de chez nous.

— Eh bien, oui, pourquoi pas, merci beaucoup. En fait, je voulais vous demander quelque chose concernant Miss Rainbow…

— Oh, ne vous en faites pas, Lilou, je pense que nous le savons déjà ce que vous voulez nous demander. Cela semble bien évident vous savez, maintenant que votre maman est partie. Vous voudriez la récupérer n'est-ce pas ?

— Euh… eh bien, oui… c'est… c'est ça.

— Vous savez, comme je vous l'ai déjà dit, Miss Rainbow nous a bien aidés. Nous le devons à votre maman en partie. Alors, je crois que nous lui devons bien ça, c'est bien normal qu'elle vous revienne aujourd'hui et elle a déjà fait sa part ici. Nous sommes fatigués aussi et aimerions en profiter à présent. Alors nous accepterons de vous la revendre.

— Oh ! Génial ! C'est génial ! Merci, merci ! Réfléchissez au prix que vous en voulez et dites-le-moi demain, nous préparerons les papiers et j'enverrai quelqu'un pour venir la chercher prochainement.

— Alors, nous avons quelque chose à fêter on dirait ! À Miss Rainbow, et que l'aventure continue !

— Pardon ? Qu'avez-vous dit ?

— Ben oui, elle s'appelle bien Miss Rainbow Adventure, non ?

— Oui, oui, bien sûr, ai-je répondu songeuse, car cette phrase résonnait en moi à l'image de cette carte sur laquelle il était écrit « *So the show must go on* ». Enfin, pour ma part, je ne compte pas prendre la route avec elle, je ne sais pas exactement ce que je vais en faire, mais je trouverai bien.

— Vous allez la repeindre ?

— Ça se pourrait bien, oui. Cette idée m'est bien passée par la tête, je vais continuer à réfléchir. En tout cas, merci encore, alors trinquons !

— Oui, à Miss Rainbow et à son retour dans sa famille !

— Oui, et à vous deux qui en avez pris soin ces dernières années. Que cette page se tourne pour de nouvelles aventures pour vous aussi !

Nous refaisons le monde pendant une bonne heure jusqu'à ce que je prenne congé pour aller regagner mon nid douillet.

Une fois dans le lit, je vais m'empresser d'envoyer un message à Lenny et à mon père pour leur annoncer la nouvelle. Ils ne vont pas en revenir !

Salut, mon papou, salut bro,

J'ai une incroyable nouvelle à vous annoncer ! Déjà, vous devez savoir qu'en ce moment même je vous écris de la banquette de Miss Rainbow. Elle est devenue maison d'hôte. Oui, messieurs, et je suis sa nouvelle propriétaire ! Je parie que ça vous en bouche en coin ! Ne me demandez pas ce que je vais en faire, je ne le sais pas encore... Par contre, je vous propose à tous les deux de venir la chercher la semaine prochaine. Suzanne m'a dit avoir fini la saison, ils avaient de toute manière décidé de faire un break et n'avaient plus de locations à venir pour le moment. La semaine prochaine, je serai trop prise, car je dois me rendre à Paris pour un vernissage. Mais est-ce que vous, mes chéris d'amour, vous pourrez venir la chercher ? Ça vous fera une virée entre mecs ?

Merci, merci, merci, que ferais-je sans vous ?

Hug chain family.

Voilà, ça, c'est fait, je pense qu'ils ne me répondront que demain matin vu l'heure qu'il est.

Je vais moi aussi tenter de trouver le sommeil.

Mardi 7 mars

Je me suis réveillée d'assez bonne heure ce matin, en entrouvrant les yeux je me suis sentie un instant ailleurs. J'ai eu le sentiment qu'en ouvrant le rideau, j'allais me trouver face à la mer, ou devant des montagnes à perte de vue. Enfin, je me suis crue dans le livre.

Rien de tout ça, non, je suis bien chez Suzanne, qui ne devrait pas tarder à m'apporter le petit-déjeuner. Il ne fait pas chaud du tout. Ce froid me rappelle ce que maman me racontait en riant au sujet de ces fameuses matinées pendant lesquelles avec Gaïa, elles devaient faire leur toilette au lavabo tout en sautillant pour se réchauffer.

Suzanne, en me portant le petit-déjeuner, m'a apporté les documents à remplir pour le rachat de Miss Rainbow. Nous avons un peu discuté, j'ai rempli les papiers, j'ai mangé et j'ai repris la route, car j'ai une grosse semaine qui m'attend.

En partant, nous nous sommes serrés les uns les autres dans les bras, nous avions tous les larmes aux yeux. C'est vrai, j'ai bien le sentiment que nous sommes tous connectés. J'ai l'impression de quitter de la famille, un oncle et une tante, par exemple. Étranges, ces sensations d'avoir toujours connu certaines personnes ou l'impression qu'elles font partie de notre monde. Quand je dis notre monde, j'entends notre univers à petite échelle, en fait comme si l'univers était ni plus ni moins une poupée russe infinie, à l'intérieur il y en a une autre, et encore une autre, à l'intérieur encore une autre, etc. Chacun posséderait son propre univers qui ferait partie d'un plus grand univers, qui lui-même ferait partie d'un univers encore plus grand, etc., pour former un grand tout en perpétuel mouvement.

Après plusieurs heures de route, je fais une halte chez moi pour pouvoir me préparer à une grosse semaine, suivie d'un week-end encore plus occupé.

Je dois faire un saut à la galerie de Toulouse, puis prendre l'avion pour Lyon où viendra me récupérer Linda qui gère cette galerie-là. Vendredi, à la première heure, je reprends l'avion pour Paris pour mon vernissage de samedi auquel Linda m'accompagnera, et ce sera cette fois Tony (lui, c'est mon chouchou) qui viendra nous chercher à l'aéroport.

Je crois que c'est la partie de mon travail que j'aime le moins avec la compta et les mondanités style vernissage. Bien qu'obligatoires, j'y invite (enfin pas moi, mais Tony) les grands influenceurs (dont certains n'y connaissent rien de rien mais font semblant, c'est hilarant). En fait, moi non plus je n'ai pas une grande culture artistique, et c'est sûrement pour ça que je me suis souvent sentie moi-même « un imposteur ». Vous connaissez, le syndrome de l'imposteur ? Celui qui fait que vous avez des difficultés pour accepter une certaine réussite dans un domaine, tout simplement parce que vous pensez que vous n'êtes pas à votre place ? Alors, non pas que je ne me considère pas comme une artiste, si, bien sûr, j'en suis une ! Mais que n'étant pas du milieu et ayant du mal à m'y intégrer vraiment, je me sens comme un imposteur, risquant à tout instant de me faire démasquer… comme si mon succès n'était pas légitime.

Disons que je ne me prends pas la tête avec des grands « mots » savants quant à ma technique, ou la symbolique, ou encore les influences, bref, je laisse ça aux critiques d'art (qui sont, je me le dis des fois, bien plus barrés que moi encore, chut… je ne l'ai pas dit).

Vendredi 10 mars – Le vernissage

Nous y sommes, aujourd'hui avec Linda nous partons pour Paris finir de préparer le vernissage avec Tony.

Heureusement que je les ai, ces deux-là, car ils gèrent magnifiquement bien les galeries. Karine est aussi exceptionnelle, c'est celle qui gère la galerie de Toulouse. Elle ne viendra pas avec nous, car elle doit rester sur place afin de recevoir un de mes fidèles clients. Il vient des États-Unis pour découvrir mes dernières toiles ainsi que quelques pièces inédites que nous lui avons réservées.

Je vois Tony au loin qui nous fait signe, cette grande folle ! Oui, vous l'aurez compris, *Tony* aurait pu s'écrire *Tonie*, il est génial, déluré, solaire, extra tout et en plus d'être mon bras droit, il est aussi mon confident.

Je crois qu'il sait tout de moi et, même pire, il arrive à anticiper certaines de mes actions quand moi-même j'ignore encore ce que je vais faire. Alors des fois, je dois bien avouer que cela m'exaspère, si bien que je fais le contraire de ce que j'aurais voulu faire juste histoire de voir, si là encore, il avait pu le deviner, rien que pour le perdre ou le surprendre. Bon, après je ne me rends pas service puisqu'à la base ce n'était pas ce que j'aurais voulu faire… Vous me suivez ?

Ben, non, évidemment… Eh bien, lui, si ! Justement, c'est ce qui est incroyable chez lui. On pourrait dire qu'il est un peu ma

Gaïa, sauf que nous ne sommes pas du tout fusionnels. Il a sa vie, son monde et j'ai le mien, on ne se voit pas beaucoup finalement.

— Oh, ma *chéwie*, enfin tu es là ! Que tu m'as manquée ! Mais c'est quoi cette tenue ? Mais, ce ne serait pas de la peinture, là encore, dans tes cheveux ? Oh, mais tu ne changes pas toi, hein ! Je te préviens, pour demain j'ai choisi ta tenue. Non, non, non, je ne veux rien entendre ! Tu la mettras, fais-moi confiance, même si je dois t'y contraindre par la force !

— Salut, toi ! Qu'est-ce que tu mijotes encore ? Je te préviens, pas de strass, pas de paillettes, de dentelles ni de perles ou je te les fais manger une par une.

— Linda, Linda ! Aide-moi à faire de cette… cette… chose, une femme !

— Tony, j'crois que c'est peine perdue, tu te souviens la dernière fois ?

— La dernière fois ? Avec cette espèce de robe argentée que vous vouliez me faire porter ? Je ressemblais à une boule à facettes !

— Tu verras, celle-ci est top, plus sobre, mais classe et sexy !

— Ne m'en dis pas plus ou je remonte dans l'avion.

— Bon, dis-moi, ma *chéwie*, tu as peint ces derniers jours ?

— Non… enfin… oui, mais non.

— Tu traduis ? Tu t'es absentée, tu ne répondais pas aux messages et tu n'as même pas peint !

— Non, j'ai fait une toile, mais elle n'est pas présentable, elle est bizarre, enfin ça n'a rien à voir avec ce que je fais d'habitude… pas prête, il faudrait qu'il y en ait d'autres. Je creuse encore.

— Oh, fa-bu-leux ! De la nouveauté, du changement ! C'est exactement ce qu'il nous faut !

Nous nous sommes rendus à la galerie pour régler les derniers préparatifs, bien que Tony, en maître de l'organisation, avait déjà quasiment tout réglé, jusqu'au moindre détail.

Tard dans la soirée, nous sommes sortis manger tous ensemble, puis Linda et moi avons regagné notre hôtel.

C'est demain que Lenny et papa doivent aller chercher Miss Rainbow et je suis impatiente à l'idée de la récupérer dimanche. Je suis certaine qu'à l'instant où je vais l'avoir chez moi, alors je saurai quoi en faire.

Mon portable me bipe, j'ai reçu un message de mon frère :

Salut sista,

Alors, prête pour demain ? Je sais à quel point tu raffoles de tes soirées. Allez, ça va bien se passer, tu verras. De toute façon à chaque fois c'est un succès, les gens t'adorent telle que tu es, une antisociale super sociable, perfectionniste du bordel organisé, une solitaire ultra attachante. Bon, sans déconner, c'est demain le grand jour, je te ramène la Miss ! J't'avoue que je ne suis pas hyper serein à l'idée de la revoir. J'pense que ça va nous remuer un peu, papa et moi, mine de rien. On espère en tout cas que tu trouveras tes réponses. Allez, on s'tient au jus.

Big hug chain sista.

Mais ils m'en veulent tous aujourd'hui ou quoi ? Alors d'après Tony, je ne suis qu'une chose… en plus d'après Lenny, bordélique, antisociale et solitaire… Ah, génial !

Samedi 11 mars – *The big day*

Il est 19 h 30 et nous sommes fin prêts ! Tony a pour une fois plutôt bien choisi ma tenue. Une robe noire toute droite, assez courte, c'est mieux, car je ne suis pas bien grande, mais surtout un dos entièrement ouvert dans un V plongeant. J'aime bien ce genre de contrastes qui me vont bien, car je ne suis que contradictions.

Les invités arrivent, je dois me vêtir de mon plus beau sourire et avoir l'air très à l'aise, ce qui sera chose facile après une ou deux coupes de champagne.

Une, deux, et de…

— Non, non, *chéwie*, ça suffit, je t'ai à l'œil, ma belle, deux coupes ça suffit, tu sais que tu ne tiens pas l'alcool. Arrête là, ça t'évitera de repartir avec n'importe qui, genre… Oh, regarde, mais c'est le Richard, le fameux n'importe qui du mois dernier, non ?

— Quoi, Richard ? Oh, non… le Richard ? Oh, merde, je… je reviens… ou pas… Vas-y, continue comme ça, Tony, tu fais de l'excellent travail !

— Oh, non, tu restes là, ma *chéwie*, tu…

Ni une ni deux, je me faufile derrière chaque personne, discrètement, pour me planquer derrière un muret exposant une toile, d'où il y a une niche par laquelle je peux observer la salle. Ce Richard, encore un « moi-je », il est rédacteur dans un magazine branchouille, plutôt bel homme, genre sportif, belles fringues et sourire *bright*, mais puant de suffisance. Bou !

— Si je ne vous connaissais pas, je penserais que vous vous cachez pour échapper aux vigiles, car vous n'êtes pas invitée... Mais ça ne marche pas parce que je pense que vous êtes Lilou et que par conséquent vous êtes celle qui reçoit. Et donc, drôle de posture... Vous voulez leur faire une surprise ? Vous avez peur des gens ? Vous êtes agoraphobe ?

— En fait, non, je suis... j'avais un appel téléphonique et donc je m'écartais un peu pour écouter mon message.

— Moi, c'est Nick, Nick Jagger, et je vous défends de rire, ce n'est pas une blague, c'est mon nom.

Je me mords la joue pour ne pas rire, et ne pas rougir, parce que cet homme est vraiment très charmant. Son accent british est terriblement sexy, et son style anglo-saxon décontracté a quelque chose de rétro, classe, mais hors du temps.

— Je le vois, là je le vois, vous vous retenez de rire, vous vous mordez la joue et maintenant les lèvres... Vous allez rire !

— Non, non, je vous jure... Enchantée, Nick, et vous faites quoi dans la vie ?

— Je suis photographe

— Ah, oui, un photographe de mode... lui dis-je sur un ton désabusé, car encore un son de déjà-vu.

— Non, non, je suis photographe animalier.

Et là c'en est trop, je pouffe de rire :

— Ah, oui, je vois le genre vous prenez en photo des chiwawas au collier de diams, robe de princesse sur un coussin en dentelle pour des Barbies décolorées ? Oh, désolée, j'avais cette image-là dans la tête.

— Non, je fais plutôt dans le lion enragé qui déchiquette une pauvre et magnifique gazelle inoffensive.

— Lilou ! Comme je suis content de te voir ! Mais tu es en beauté, ce soir, tu es superbe ! Le seul moyen pour te voir est de venir à tes vernissages, tu es un vrai courant d'air ! Pourquoi ne réponds-tu pas aux messages ?

Et, merde, le Richard que je ne voulais pas voir.

— Ah, oui ? Je dois avoir un problème avec mon téléphone, c'est fou… Richard, je te présente Nick, Nick Jagger.

— Ah, ah, ah, sympas le pseudo ! Et sinon, son vrai nom c'est quoi ?

— C'est mon vrai nom, je vais vous laisser à vos retrouvailles, vous avez certainement beaucoup de choses à vous dire…

— Non, non, Nick ! Restez ! Finissez votre récit, je vous en prie, c'était passionnant ! Quelle vie, quel aventurier vous êtes ! Parlez-moi encore de votre vie de grand reporter, c'est tellement excitant, je pourrais vous écouter pendant des heures !

Quel pied j'ai pris en voyant la tête de Richard, passer de son air suffisant, sûr de lui avec son petit sourire en coin, à cet air de débile frustré qui vient de se faire doubler par la droite d'une super belle queue de poisson !

— Ah, oui, hum, j'en étais où déjà ?

Et voilà que j'attrape le bras de Nick, en souriant d'un air niaiseux à Richard, lui offrant ma plus belle moue au fur et à mesure que je m'éloigne au bras de mon sauveur.

J'attrape une coupe de champage au passage que je donne à Nick et en prends une pour moi.

— Ça, c'était impressionnant ! Vous êtes une magicienne de l'esquive. Je ne me savais pas si passionnant et troublé de savoir que ma vie vous excite, dit-il avec un sourire franc et les yeux pleins de malice.

Voilà que je lui lâche le bras et je crains d'avoir rougi, une autre de mes tares, je suis incapable de cacher la moindre de mes émotions, je rougis, je frissonne, je grince des dents, je souffle… Je crois que je souffre d'une absence de filtres. En gros, si je ne vous aime pas… vous le saurez très vite, parce que je ne ferai aucun effort pour vous le cacher.

— Tchin ! Merci de m'avoir épargné les « moi-je » à n'en plus finir de ce pédant soporifique.

— Encore une esquive ? Allez, trinquons, heureux de faire votre connaissance, Lilou, vous êtes… assez difficile à cerner, vous me faites penser aux animaux que je photographie… discrète et pourtant remarquable, sauvage et instinctive, rapide et craintive…

— Oh là là ! Ça suffit, parce que là je vais, ou vous fuir, ou vous chasser… Je dois vous laisser, car je dois quand même m'occuper de mes invités. J'ai été ravie de vous rencontrer, Nick.

— Alors, vous fuyez, troisième esquive, vous êtes douée ! En tout cas, je reste dans le coin si Ritchy vous importune à nouveau, faites-moi signe. Tenez, voici ma carte, moi, j'ai déjà pris la vôtre.

— Super, oui, restez ! Oui, enfin… profitez de l'expo, voyez avec Tony si vous avez besoin de quelque chose.

— J'attendrai que vous soyez à nouveau disponible pour avoir des informations sur vos toiles, je préfère entendre les mots du peintre lui-même.

— Bien, comme vous voulez… mais ça pourrait être très long.

— Dans mon métier, la patience est ma meilleure amie.

Tony arrive d'un pas pressé, me prend la main et m'attire avec lui en me chuchotant à l'oreille :

— Dis donc, tu fais quoi là avec Sherlock Holmes ? J'te connaîtrais pas j'dirais qu'il va vite résoudre ton énigme… Et c'est quoi ça ? Une troisième coupe ? Tu sais que…

— Oui, oui, oui, je ne tiens pas l'alcool ! Tu sais comment il s'appelle ?

— Non, mais tu vas me le dire ma *chéwie*.

— Nick Jagger

— Il s'est fichu de toi ? pouffe-t-il de rire.

— Non, enfin je crois pas, non, et il m'a aidée à esquiver Richard.

— Il est craquant en tout cas dans son costume à la Kings Man, j'en ferai bien mon *tea time*. Bon, allez, il y a des intéressés là-bas qui te réclament. Viens faire ton job.

Tout le restant de la soirée j'ai tenu mon rôle, saluant chaque personne et prenant soin de présenter mes toiles, au mieux possible. Je ne pouvais cependant m'empêcher de jeter un œil furtif à mon bel Anglais mystérieux de temps en temps.

La soirée touche à sa fin et j'ai pu me libérer pour faire un dernier tour de mes toiles, accompagnée de Nick. Il semblerait qu'il aime vraiment mes peintures et qu'il les comprenne assez bien sans tomber dans la suranalyse de certains et sans pour autant être superficiel. Il est dans l'observation, mais pas dans le jugement, dans la contemplation interrogative mais pas inquisitoire.

J'apprécie son écoute attentive et son regard, c'est vrai qu'il est patient et discret et aussi pertinent, percutant de perspicacité. Il a toujours une touche d'humour bien placée.

Il flirtait entre petits pics amusants et séduction habile, je voyais le piège se resserrer autour de moi au fil de nos échanges.

Alors bien sûr, la petite bête sauvage que je suis a fini par l'esquiver pour la quatrième fois de la soirée.

Dimanche 12 mars

Aujourd'hui, Linda et moi, nous rentrons par deux vols différents, je rentre à Toulouse et elle à Lyon.

Cette soirée a été un grand succès, j'ai vendu plusieurs toiles et pris plusieurs commandes et autres contacts intéressants. Je pense que Richard me fera, malgré tout, un bel article.

Quant à mon bel Anglais, que dire, si ce n'est que j'ai fait de beaux rêves cette nuit. Tony n'a pas arrêté de me questionner hier soir à son sujet, à savoir si j'avais regardé ses doigts pour y repérer une alliance, si j'avais regardé son postérieur, si j'avais observé ses chaussures… Tony ne rate jamais aucun détail, c'est d'ailleurs pour cela qu'il excelle dans l'organisation d'événements. Il est ma marraine, la bonne fée, il sublime tout ce qu'il touche dans son art à accessoiriser, agencer, marier les formes et les couleurs.

Chaussures propres, mains propres, pas d'alliances en vue, quant à son postérieur, je ne l'ai *presque* pas vu… je dirais simplement que, soit ce costume est très bien taillé, soit c'est monsieur (qui est bien taillé) ! Joker !

Assez parlé couture, ce soir, je vais retrouver Miss Rainbow sur mon parking, garée devant chez moi ! J'ai vraiment hâte.

Alors que je devais prendre un taxi à l'aéroport pour rentrer chez moi, mon père et mon frère, mes deux amours, ont voulu me faire la surprise de venir me chercher avec… Miss Rainbow, bien sûr !

— Oh, mais oui ! Je l'ai rêvé, vous l'avez fait ! C'est génial !

— Salut sista, ton carrosse est avancé, si tu veux bien te donner la peine de monter à bord.

— Mais, bien évidemment !

Ce trajet jusqu'à mon appartement a été très très étrange, nous pouvions presque sentir leur présence, nous n'osions pas parler comme pour ne pas leur couper la parole.

Une fois devant l'appartement, nous ressentions comme une frustration d'un voyage trop court, nous sommes restés sur notre faim.

— Bon, nous sommes arrivés. Et alors, que vas-tu faire maintenant, ma grande ? me demande mon père.

— Je n'en sais rien, mais je crois que je vais l'amener à mon atelier pour lui refaire une beauté, je crois que je vais le repeindre. J'y verrai bien les portraits de maman et de Gaïa dessus. Qu'en pensez-vous ?

— C'est une bonne idée, oui, et après ?

— Comment ça « et après » ? Et après, j'en sais rien, mais je crois que c'est ce que voulait maman, que nous la récupérions. Voilà, c'est fait et je suis certaine que je vais avoir ma réponse.

— Pas besoin d'être agressive, Lilou, papa s'inquiète, c'est tout.

— Ne vous inquiétez pas pour moi, je… je suis mon intuition et je verrai bien où elle me guidera.

Je les embrasse tous les deux, pas furieuse, mais un peu excédée, parce qu'en fait, j'ai peur qu'ils aient raison et que cette acquisition ne vienne en rien combler mon manque.

Mon manque de quoi d'ailleurs ?

Je ne sais dire si c'est son absence qui me pèse ou la mienne, ma propre absence… abstraction de sens…

Est-ce le manque de l'un qui a fait naître le manque de l'autre ? C'est-à-dire que maintenant que ma mère n'est plus, je ne suis plus sûre ni d'exister ni de savoir pourquoi j'existe, ni même comment.

Celle qui m'a donné la vie, elle y donnait un sens, et maintenant qu'elle n'est plus, aurais-je perdu toute légitimité ?

Mais qu'est-ce qui m'arrive ?

Je n'ai pas envie de rentrer chez moi, je repars donc directement avec Miss Rainbow pour la conduire à mon atelier de peinture, à l'arrière de ma galerie. C'est un énorme hangar, dans lequel j'aime parfois rester des journées entières quand je suis en pleine inspiration.

Il m'est déjà arrivé d'y rester jusqu'à une semaine, à peindre, à me faire livrer des plats préparés sans en sortir. J'y ai installé des meubles tels un vieux canapé et d'autres vieilleries nichées sur des vide-greniers. Tout y est en ferraille à la façon des lofts new-yorkais, un vieux juke-box, un vélo tout rouillé suspendu, des horloges très anciennes, un vieux canapé déchiré, des poufs, un Gramophone et une vieille Remington posés sur un bureau d'écolier, etc. J'adore cet endroit pour l'inspiration qu'il m'apporte avec tous ces objets vibrant d'histoires du passé.

Je pense qu'en faisant de la place, je devrais pouvoir faire entrer Miss Rainbow à l'intérieur pour travailler dessus tranquillement.

Pour ne pas lui enlever son identité ni le message qu'elle véhiculait, je vais lui laisser son côté avec la mappemonde et la boussole et ne personnaliser que le côté opposé, en leur mémoire.

J'ai quelques vieux albums photos que je conserve ici, dans lesquels je devrais pouvoir trouver le portrait idéal pour chacune.

Après avoir passé quelques heures à faire de la place au centre, je fais entrer Miss Rainbow au milieu de l'atelier et me mets au travail.

J'ai dans un premier temps tout uniformisé, de manière à avoir un support propre.

Tard dans la nuit du dimanche au lundi

Quelque part entre la terre et le ciel, là où le temps et l'espace n'existent plus : dans ma bulle…

Cet instant où vous me voyez sans que je ne sois vraiment là, quand je ne suis plus qu'un corps en action dans une transe créative. Comme si mon âme et moi étions dans une quatrième dimension et que nous commandions à distance ce corps pour re-*trans*-crire ce que nous lui dictons.

Bref, n'ayant pas réussi à m'arrêter, on peut donc dire que je n'ai pas fermé l'œil de la nuit puisque j'ai quasiment fini mon ouvrage.

J'ai peint Océane et Gaïa assises côte à côte, jouant de la guitare, et faisant s'évaporer de la caisse de son de leur instrument un arc-en-ciel dessinant une partition sur laquelle glissent des notes ailées et qui, au fil de la partition, décollent vers le ciel. Je suis contente du résultat, le message qui en ressort est très porteur de sens.

Ce sens qui m'est si cher, si cher que je ne peux ni l'acheter ni le vendre…

Mes toiles se vendent aux quatre coins du monde, elles ont un prix. Mais quel prix coûte le sens ? Le prix de l'expérience et de la souffrance ? de l'amour ?

Est-ce que ce que je fais a un sens ?

Oui, il me semble que pour la première fois depuis bien longtemps je retrouve un sens à ce que je fais.

C'est vrai qu'à une époque ce que je faisais avait du sens, du temps où je peignais les murs décrépis et les vieilles façades. Je redonnais vie, ou j'offrais une deuxième vie à des choses qu'on ne remarquait même pas. Je personnalisais les bouches à incendie, les bancs publics, les gouttières, tout devenait œuvre d'art, la rue elle-même prenait vie.

Depuis que je peins sur des toiles, j'ai peut-être perdu mon âme en chemin, ou, pire encore, l'aurais-je vendue contre quelques billets ?

Car finalement, aujourd'hui, qui peut profiter de mon art à part des gens fortunés qui vont accrocher leur toile sur le mur blanc immaculé de leur énorme salon, la « pépite de l'élite ». Avant, j'offrais du plaisir au regard de chacun, de l'enfant des rues, aux anciens, à tous ceux qui promenaient leurs yeux au hasard des boulevards et trottoirs.

Je suis exténuée, pleine de peinture de la pointe de mes cheveux aux ongles de mes orteils, oui, dans mon atelier je peins pieds et mains nues (non, pas d'images fantasques, je n'ai parlé que des extrémités de mon corps, bien que, je me souviens qu'un jour…).

En fait, non, vous ne voulez pas vraiment savoir.

Je m'écroule sur mon vieux sofa entièrement tacheté de peinture, dont il serait d'ailleurs difficile de définir aujourd'hui la couleur d'origine, à moins d'une autopsie en règle.

« L'ego pense… l'amour panse. »

Mag. B.

Lundi 13 mars – Et après, quoi ?

J'entends la résonance des gouttes de pluie sur le toit de tôles du hangar, emmitouflée sous mon gros plaid, je n'ose même pas bouger.

La pluie joue de la musique, l'ondulation des tôles lui donne des sonorités différentes, ce ne sont que quelques gouttes, mais qui annoncent l'arrivée d'une belle averse.

En ouvrant les yeux, j'ai Miss Rainbow devant moi, le côté refait, avec maman et Gaïa tournées me faisant face.

« Mais qu'est-ce que vous attendez de moi ? Hein ? Ça y est ! Elle est là, je l'ai retrouvée, et quoi maintenant, hein ? Quoi ? »

Je ne sais pas ce que je croyais. Je m'étais imaginé qu'une fois retrouvée et repeinte, tout allait retrouver du sens. Eh bien, non, il ne se passe rien, rien de nouveau à part qu'elle est là, devant moi.

Je balaie des yeux la pièce, en cherchant mon sac dans lequel il doit y avoir mon téléphone pour que je puisse envoyer un message à mes trois directeurs, Karine, Linda et Tony. Je fais cela, juste histoire de me donner bonne conscience, heureusement qu'ils sont là, ces trois-là. Un message qui leur demandera si tout roule, que s'ils ont le moindre souci, ils ne doivent pas hésiter à me joindre sur mon portable, que je suis à l'atelier avec un projet en cours de réalisation, pour une durée encore indéterminée.

La galerie est de l'autre côté du bâtiment, donc si Karine a besoin de mon aide, elle viendra me trouver.

J'attrape péniblement mon sac, je le tire vers moi et mon livre glisse sur le sol.

« Ah, tiens, te voilà toi ! T'as bonne mine de me narguer à nouveau, regarde, tu es là ! Et maintenant… quoi ? »

Je dois devenir folle, voilà que je parle à un Combi, puis à un livre. Mon message est parti à mes destinataires. Je me relève avec ma couverture autour des épaules, je vais allumer mon chauffage au gaz et me faire un café.

Alors que je suis là, debout, à regarder mon café couler, c'est incroyable, mais j'ai cette terrible envie de me retourner et regarder ce livre par terre. Comme s'il m'appelait…

« O.K., O.K. Je vais reprendre ma lecture, d'accord. »

Je retourne sur mon canapé avec mon café que je pose sur ce qui me sert de table basse, une vieille malle en cuir et métal. Je ramasse le livre de maman et reprends la lecture là où je l'avais arrêtée le premier jour. Elles n'étaient pas encore parties de Toulouse.

Autour de midi, je reçois un message de Karine qui me demande si je veux qu'elle me fasse livrer une pizza. Mais que ferai-je sans eux ? Tous les trois savent que quand je suis en pleine fièvre d'inspiration, j'en oublierai même de me nourrir.

Encore plongée dans ma lecture, j'entends derrière la porte discuter un peu fort…

Je pousse la lourde porte :

— Je suis désolée, il a insisté, il m'a suivie et il ne veut pas repartir, je lui ai dit que vous étiez occupée, mais il n'a rien voulu savoir.

— Bonjour, je suis le livreur de pizzas, vous avez bien commandé une pizza ?

— Nick ? Mais… qu'est-ce que vous faites là ?

— Je viens de vous le dire, je vous livre une pizza, qui m'a l'air bien grande pour vous toute seule…

— Je suis désolée, Lilou, j'ai essayé, mais voyez, monsieur ne veut rien entendre

— Ça ira, Karine, ce n'est pas grave, monsieur ne restera pas longtemps.

— Ah, j'avais presque oublié votre maîtrise de l'esquive !

Le voilà qui rentre et qu'il pose la pizza sur la table basse.

— Vous avez de quoi la découper ? Sinon, je dois avoir un couteau.

— O.K., faites, alors.

— Vous n'êtes pas vexée au moins que je sois là ?

— Non, non, enfin… c'est-à-dire qu'ici c'est vraiment ma bulle, mon repaire secret, donc je n'ai pas l'habitude d'y recevoir quelqu'un…

— Ce n'est donc pas votre garçonnière version fille ?

— Ah, ah, c'est malin, mais non pas du tout. Vous y voyez quelque chose qui fasse garçonnière, vous, ici ? Pas de lit, un canapé très inconfortable et recouvert de peinture, des pots de peinture et du matériel de partout.

— Mais je plaisantais, et cet incroyable van, là, c'est votre dernière œuvre ? C'est vraiment magnifique ! Vous allez partir en voyage ?

— Oh, non ! C'est une longue histoire, d'ailleurs je suis en train de la relire. C'est le Combi de ma mère. Bon, ben, allez, asseyez-vous. Vous voudrez un peu de vin, je dois bien avoir une bouteille par là.

— Voyez que ça ressemble à une garçonnière quand même, une bonne bouteille toujours au frais.

— J'aime bien boire un verre de bon vin de temps en temps, même seule.

Nous nous sommes posés une bonne partie de l'après-midi à discuter, je lui ai raconté le livre dans les grandes lignes, il devra le lire pour tous les détails. Il m'a parlé de ses nombreux voyages, de ses expériences avec les animaux, parfois périlleuses, parfois vraiment extraordinaires.

Ses gestes sont délicats, lents et précis, son regard est perçant, doux mais intense. Il est grand et sculptural, un visage fin mais carré, des cheveux courts un peu en vrac et une petite barbe de trois jours. Il a comme un air de Johnny Depp, mais avec un look à la Charly Winston (pas mal, n'est-ce pas ? Vous en rêviez ? Il est là, devant moi).

— Alors, tu vas faire quoi maintenant ?

— Là est bien la question. Je n'en sais rien, ça paraît peut-être dingue, mais je crois que ma mère attend quelque chose de moi. Franchement, les cartes, le livre, les messages… tu ne crois pas ? Ou bien tu penses que je suis folle ?

— Je t'avoue que tout cela est très troublant, mais je pense que tu traverses une période un peu difficile et j'ai l'impression, sans trop te connaître, que tu te cherches encore, artistiquement ou humainement, peut-être même les deux. Je me trompe ?

— Oh, non ! c'est tout à fait ça. Je n'ai plus trop d'inspiration ni d'envie de créer, en fait.

— Alors, fais une pause, écoute-toi, prends le temps de te retrouver. Si tu ne sais pas après quoi tu cours, arrête de courir. Des fois, c'est en ne faisant rien que tout arrive, je ne parle pas de chance, je parle de réponses, je parle d'introspection. Arrête de faire, contente-toi d'être un moment, et je pense que ton inspiration reviendra. Elle a besoin de reprendre son souffle. Tu sais, des fois, j'ai passé des semaines à chasser un animal pour pouvoir avoir ma photo, le saisir en pleine action, et j'avais beau faire, insister, l'instant n'arrivait jamais. Puis des fois, je me pose sereinement, sans attente particulière. Je respire cette liberté sauvage que ces animaux savourent chaque seconde, oubliant de courir après ma photo. Et, crois-moi, c'est souvent dans cette harmonie de respect avec mon environnement que le miracle se produit. C'est comme si finalement ces animaux me ramenaient souvent à la raison, m'envoyant un message du genre : « Arrête de faire et sois… et quand tu seras simplement là, à nous respirer, à nous vivre, alors nous te laisserons, peut-être, immortaliser un miracle. Tu dois nous comprendre, nous ressentir et donc nous respecter, car là tu es chez nous. Fonds-toi dans le décor, profite de cette richesse, observe, apprends, imprègne-toi, et attends l'invitation. »

— C'est superbe ce que tu dis, je crois que je comprends le message, c'est vrai que je cours partout tout le temps, quoique quand je peins, je suis bien là, dans l'instant. Je ne cours plus.

— Oui, mais tu fais encore…

— Mais on ne peut pas rester sans rien faire !

— Non, bien sûr, en fait, peindre peut-être une très belle manière d'« être », je dirais que tout dépend de ta motivation à peindre. Je vais être plus clair : fais-tu vivre tes toiles, ou bien est-ce tes toiles qui te font vivre ?

— Tu veux dire que le commerce l'emporterait sur l'art ? Que le rendement aurait remplacé l'inspiration ? Eh bien, tu as raison…

— Alors arrête un peu et détends-toi, tu as suffisamment de toiles et d'argent pour pouvoir te le permettre, je pense.

— Tu as raison ! Et si on sortait ? lui dis-je en essayant de le chevaucher pour passer ma jambe par-dessus la table basse, sauf que, dans ma maladresse habituelle, mon pied accroche le verre de vin pour se renverser sur sa chemise.

— Oh là là, je suis navrée ! Bon sang, mais quelle idiote ! Écoute, je vais dire à Karine de nous faire livrer une chemise neuve, quelle taille fais-tu ?

Je saisis le téléphone et passe la commande à Karine.

— C'est bon, tu auras une chemise neuve et propre pour sortir, donne-moi celle-ci, que je la rince, sinon, ta tache ne s'enlèvera pas.

C'est alors que (oui, exactement, comme dans les films), mon bel Anglais déboutonne sa chemise pendant que je m'agite comme une puce pour trouver de quoi la lui rincer, quand mes yeux croisent ses pecs (oui, parfaitement, parce que nous aussi, les femmes, on sait admirer le paysage).

En fait, son torse m'inspire (non, pas de ce point de vue là).

— Hum… tu as déjà pensé à un tatouage ?

Et là, je le sens un peu gêné (bien qu'un sourire en coin), car je crois qu'il a réalisé que je louchais sur son torse si parfaitement dessiné.

— Oui, à une époque et puis ça m'a passé, pourquoi ?

— Parce que, enfin… Tu permets que je te peigne ?

— Ah, ah, tu veux faire mon portrait ?

— En fait, non, je voudrais peindre sur toi, comme un tatouage quoi, mais qui s'enlève, du *body painting* en quelque sorte.

— Hum, wouah ! Je… je ne sais pas, enfin, quoi ? maintenant ? là ? Tu ne veux plus sortir ?

— En fait, oui, maintenant, je ne l'ai jamais fait, mais quand je te regarde (et là je crois bien avoir rougi en le disant), je vois une toile, disons que ton corps m'inspire. Enfin, euh, je veux dire…

— Non, non, ça va, j'avais compris… Enfin, c'est bien la première fois que mon corps inspire de cette façon-là, mais je vais prendre ça pour un compliment.

— Tiens, installe-toi là, je vais chercher mes accessoires.

— Là, ça devient carrément gênant, Lilou.

— Mais non… mes pinceaux, ma palette, mes couleurs, tout quoi ! Et après, tu diras que c'est moi qui suis tordue ?

— Dis donc, alors, déjà on se tutoie et maintenant, on s'insulte, je trouve que ça va bien vite notre histoire !

— Notre histoire ? Mais quelle histoire ? Il n'y a même pas eu d'avant-propos…

— C'est bien ce que je dis.

— Bon, allez, tais-toi et laisse-moi peindre. Mais détends-toi un peu, car je te trouve vraiment trop crispé là…

Il est assis droit comme un piquet sur le canapé et moi assise, devant lui, entre ses jambes, sur un petit tabouret, un pinceau entre les dents et un autre dans la main droite.

Je commence à peindre en partant de son épaule, je le sens frémir de temps en temps. Au fur et à mesure que mon pinceau descend vers son torse, j'avoue rougir un peu. Pour dessiner des feuillages, je me sers également du bout de mes doigts de la main gauche.

— C’est moi, ou il fait de plus en plus chaud ici ? Tu n’as pas chaud ? Tu es toute rouge…

— Oui, il fait chaud, mais je n’ai que ma chemise de toute façon.

— Au moins, si tu la retirais, nous serions à égalité, je vais t’aider…

Le pinceau dans une main, l’autre toujours coincée entre mes dents, et, les doigts de la main gauche pleins de peinture, j’écarte mes bras pour lui donner accès à ma chemise.

La situation est, comment dire… déroutante, extrêmement sensuelle et, avouons-le, sacrément érotique.

À chaque bouton défait, je sens ses doigts frôler ma peau pour passer au bouton suivant. Une fois tous les boutons ouverts, il attrape de ses deux mains chaque côté du col pour faire tomber ma chemise en arrière et je la sens glisser le long de mon dos pour s’échouer sur le sol.

— Nous voilà à égalité et j’avoue que je me sens plus à l’aise. Ah, mais il manque un détail.

Il se regarde le torse et met ses doigts dans la peinture.

— Tu m’as donc peint un lion, un roi, courageux, fort et sage. Je te fais donc amazone, sauvage, forte et courageuse, tu n’as pas de flèches, mais des pinceaux… et pourtant tu m’apparais aussi fragile que dangereuse, dit-il en me dessinant des marques sur les pommettes pour faire de moi une guerrière.

— De quoi un lion aurait-il peur ? lui demandé-je, le pinceau toujours dans la bouche et m’empêchant d’être crédible dans mon rôle de provocatrice.

— Sûrement pas d'une amazone armée de pinceaux, rétorque-t-il en me saisissant les deux mains pour les amener et les maintenir dans mon dos.

— Bien vu, mais il me reste encore une arme ! lui dis-je en grimaçant et sortant les mots comme je peux sans desserrer les dents pour ne pas faire tomber mon ultime pinceau.

— Très bien, c'est à moi de jouer alors…

Il prend le pinceau de ma bouche, me tenant toujours les mains, de sa main gauche, et, avec la droite, imbibe le pinceau dans la peinture bleue pour me dessiner des vagues le long de la nuque.

C'est horrible comme ça fait frissonner mon corps tout entier. Il continue et dessine des courbes autour du galbe de ma poitrine. Il met le pinceau à son tour dans sa bouche et d'un claquement de doigts, dégrafe mon soutien-gorge.

Il reprend le pinceau et continue à peindre.

— Alors tes ressentis ? Tu frissonnes, tu rougis, tu as chaud ou bien tu as froid ?

C'en est trop, c'est alors que je me dégage les mains d'un geste franc pour lui saisir le visage lui mettant de la peinture sur les joues puis les cheveux.

Nous nous sommes rapidement retrouvés nus, n'ayant pour seuls vêtements que les couleurs de nos dessins. La peinture glissant sur nos corps offre à nos ébats une dimension incroyablement érotique et ces mélanges de couleurs viennent témoigner de notre fusion.

Quand d'un seul coup nous entendons toquer à la porte, ni une ni deux, je porte ma main sur la bouche de Nick.

— Chut… c'est Karine, je ne veux pas qu'elle entre ni qu'elle nous voie. Chut, elle va repartir. C'est pour ta chemise, ce n'est pas grave, elle reviendra plus tard.

— D'accord, mais j'ai quand même besoin d'une chemise… échappe-t-il entre mes doigts.

Je saute du canapé, attrape sa chemise que j'avais pendue pour la faire sécher, l'enfile et me dirige vers la porte.

— Ah, Karine, merci, merci beaucoup pour ta commission. Tu connais ma maladresse, figure-toi que j'ai malencontreusement renversé du vin sur sa chemise, et, forcément, je me devais de réparer ma…

— C'est donc pour cela que vous portez comme unique vêtement, la chemise de monsieur. Quelle abnégation, madame !

Et c'est alors que nous pouffons de rire toutes les deux dans une belle complicité malicieuse.

— O.K., Karine, j'arrête, c'est pas crédible. Merci encore. Allez, rentrez chez vous, là ! Fermez la galerie, la journée s'est bien passée ?

— Oui, oui, nous avons eu pas mal de visites, ainsi qu'une jolie commande, je vous en parlerai plus tard. Je file alors, je crois que… vous m'avez donné envie de me faire livrer une pizza pour ce soir, me chuchote-t-elle dans un petit sourire en coin souligné d'un clin d'œil et d'un léger coup de coude.

— Non, mais dites donc, Karine.

— Allez, à demain, Lilou, et bonne soirée.

Je referme la porte en la poussant avec mon dos pour être face à Nick en me mordant les lèvres, comme une sale gosse qui venait de faire un mauvais coup.

— Ne bouge surtout pas ! Tu es magnifique ! Je n'ai pas l'habitude de prendre des personnes en photo, mais là ! La lumière est parfaite, tes cheveux en vrac, ses mèches flamboyantes te tombant sur les yeux, ce regard de félin, tes lèvres mordues, cette chemise d'homme mal boutonnée encore tachée de vin rouge, presque comme du sang, extraordinaire ! Ne bouge surtout pas !

Il se lève pour chercher son pantalon et y attraper dans sa poche son téléphone auquel il vient fixer un tout petit appareil photo, je n'en avais jamais vu d'aussi petit.

— Génial, extraordinaire, garde cette attitude féline. Joue !

Me voilà dans la peau d'une lionne ou d'une tigresse, imitant des grognements, mimant de mes mains et grimaçant. Prise dans le jeu, me voici à quatre pattes avançant vers lui, faisant de lui ma proie.

Ces instants sont magiques, pour la deuxième fois depuis plus d'un mois, je me sens revivre, peut-être que Miss Rainbow et Nick me permettent d'être moi, tout simplement.

— Tu veux que je reste là ce soir ? Je te dis ça car demain je dois partir de bonne heure. Je pars en Tasmanie pour un reportage.

D'un seul coup, j'ai ressenti ma poitrine tout entière se comprimer. « Mais qu'est-ce que t'as cru ? Si tu t'offres aussi facilement, c'est forcément pour un coup d'un soir et tchao, on s'appelle, on s'fait une bouffe… Allez, ne laisse rien paraître, détache-toi, tu as l'habitude de toute manière ça ne dure jamais bien longtemps. »

— Oh, non… Toutes les bonnes choses ont une fin, c'était chouette, vraiment. Mais j'ai plein de trucs à faire encore, donc, il vaudrait mieux que tu partes maintenant, lui dis-je en ramassant ses affaires à droite à gauche, pour les lui déposer dans les mains.

— Ah… mais, dis-moi, tu me mets dehors, là maintenant ? Tu m'esquives ?

— Non, pas du tout, en fait, si, tu as raison.

— O.K., je ne veux pas te retarder dans ton travail, j'ai quand même une question à te poser : le livre de ta mère, je peux le trouver partout ?

— Oui, pourquoi ?

— J'ai envie de le lire.

Il se rhabille, je le sens un peu décontenancé.

— Bon, alors je file, garde ma chemise, elle est tellement plus sexy sur toi que sur moi. Je pars juste une semaine, je peux t'appeler quand je rentre ?

— Ouaip.

— Ouaip ? C'est quoi ça ? un oui ? Tu as envie que l'on se revoie ? Écoute, vous me plaisez énormément, Lilou, toi, et ton univers. Moi, j'ai envie de te revoir.

— O.K., cool, tu as mon numéro et tu connais déjà mon adresse, appelle alors. Je ne sais où je serai dans une semaine, mais appelle, on verra bien.

C'est ainsi que mon bel Anglais s'en est allé et que je suis restée à nouveau seule avec mes fantômes.

C'était pour moi évident qu'il finirait par partir, tout le monde part, alors, il valait mieux qu'il parte maintenant, avant que je ne m'attache vraiment à lui.

La nuit est tombée, j'ai passé une journée magnifique, intense, sauvagement romantique et pourtant, d'un seul coup, j'ai à nouveau envie de pleurer, le vide est revenu.

Je décide de monter à bord de Miss Rainbow avec ma couverture, et, au moment de monter à bord, je suis à nouveau comme happée par le livre qui, lui, est resté sur la table basse.

« O.K., t'as gagné, je t'emporte, je vais poursuivre ma lecture, cela m'aidera peut-être à m'endormir. »

En lisant, je me demande ce que Maik a pu devenir, de même que Svetlana et Slobodan.

Pour Maik, je pense que Lenny devrait pouvoir m'aider à retrouver ses coordonnées, car maman a sûrement dû les garder dans son ordinateur.

Je sais ! Et si je peignais tout, les endroits qu'elles ont pris en photo, les portraits des enfants sur leur Pola-selfie, si je faisais revivre cette histoire du bout de mes pinceaux.

Et, mieux encore, si… si je faisais des avant/après… C'est ça !

Je vais écrire à chaque établissement, en leur disant que je vais m'y rendre, tâchant de réunir un maximum de personnes en leur fournissant le nom des enfants sur les Pola-selfies, puisque nous avons les noms, prénoms, villes et dates !

Je vais organiser de grandes retrouvailles dans chaque établissement, demandant à chacun d'apporter un accessoire qui les définit, selon leur métier, leur passion, leur situation, quelque chose qui a de l'importance pour eux aujourd'hui.

Continuant à lire, je tombe sur l'histoire de Lilla. « Mais, oui, Lilla… c'était donc cela l'évidence ? N'est-ce pas ? C'est elle ! C'est elle la clé ? Je dois la retrouver ? »

« Gaïa, maman, s'il vous plaît, dites-moi que c'est ça, juste un signe, quelque chose, que je puisse comprendre. »

Ni une ni deux, j'envoie un message à mon frère et un autre à mon père. Je demande à mon frère de venir nous retrouver demain pour m'aider à chercher des adresses et des mails dans l'ordinateur de maman. Tandis qu'à mon père, je lui demande de réunir toutes les photos que notre mère a gardées de leur voyage, tous les Pola-selfies, les photos de monuments et des personnes rencontrées, les notes, son carnet de route, etc.

Cette idée me donne littéralement des ailes ! Tiens, tiens… des ailes, dis-je… Intéressant, très intéressant. C'est alors que je repose le livre, car j'ai les yeux qui se ferment, mais avant de plonger dans mon sommeil, mon regard se pose une dernière fois sur la photo à droite de la banquette. Celle où elles sont toutes les quatre, couchées sur la plage, avec Tara comme traversin et Vesta au milieu. Je prends la photo dans mes mains et j'y perçois un détail que je n'avais pas vu jusqu'alors. Il y a comme un contre-jour, un faisceau lumineux lié au reflet du soleil qui part du cou de ma mère, de son collier en fait.

J'ai bien compris, des frissons me parcourent le corps en entier, c'est un nouveau message ! Je suis donc sur la bonne voie, je demande, je reçois. Ce collier ! C'est le collier que tu as offert à Lilla. C'est donc bien cela que tu souhaites, il faut que je la retrouve.

Tout est si clair, je commence à comprendre, je crois, ce que je suis en train de faire, je donne un sens à ton départ, ou disons, je construis un « après ». J'écris ma propre histoire sur les traces de la tienne, avec mes propres outils, mon cœur, mon âme et mes pinceaux.

Mardi 14 mars – L'après c'est maintenant

Après une journée de travail bien remplie à planifier commandes, vernissages, envois, plannings, histoire de rattraper un peu le retard pris ces derniers jours, pour ne pas dire semaines, je me rends, super excitée, à la rencontre des hommes de ma vie.

— Hello !

— Bonjour, ma chérie, alors, peut-on savoir ce que tu nous prépares encore ?

— Même si on en a une petite idée quand même…

— Ah, oui, Len, tu crois savoir, alors, dis-moi ! Devine ce que je veux.

— Je dirais que tu veux retrouver tous ces gens, ou une partie. Avoir retrouvé Miss Rainbow ne t'a pas apporté ce que tu pensais, alors tu continues. Dans le genre têtu, je te connais un peu, Loulou.

— Oh, m'appelle pas comme ça, tu sais que j'ai horreur de ça ! Quel intérêt, franchement ? D'habitude, on donne en surnom un diminutif pour un prénom trop long, alors, tu peux m'expliquer ce que t'y gagnes là ? Hein ? Ben, ouais, rien…

— J'adore te voir te mettre en colère, t'est trop chouloulou.

— Bon, ça va, j'abandonne, mais t'y es presque… Je veux effectivement retrouver tous ces gens ou en tout cas, ceux que je peux, pour les rassembler à différents endroits et les peindre. Je veux illustrer le livre de maman, mais avec un avant et un après. Vous voyez ? *The show must go on.*

Pour chaque personnage, un diptyque ! Un portrait, quinze ans en arrière fidèle au Pola-selfie, et un autre, montrant ce qu'il est devenu aujourd'hui, avec un objet ou une mise en scène reflétant son métier, sa passion, ou sa situation, en tout cas, ce qui le caractérise le plus, aujourd'hui.

— C'est une riche idée, ma chérie, et comment comptes-tu t'y prendre ?

— Eh bien, je vais écrire à chaque établissement en leur fournissant une copie des photos, avec les noms et prénoms des enfants et du personnel soignant, et financer la recherche de ces personnes et l'organisation de ces réceptions. Le temps que cela prendra, je prendrai de l'avance sur mes tableaux en peignant déjà la première partie de chaque diptyque.

— O.K., et après ?

— Mais après quoi ? Merde ! Et l'instant présent, vous en faites quoi ? Pourquoi après, après, après ? Je ne veux pas savoir ! Ce que je veux savoir c'est ce que je dois faire, là, maintenant, car c'est bien ce que je fais maintenant qui crée mon après. Et, plus ce que je fais maintenant me passionne, me plaît et me semble avoir du sens, plus mon après en sera enrichi. Vous comprenez ça ?

Si je ne trouve plus de sens, ni de plaisir à ce que je crée ou ce que je fais aujourd'hui, eh bien, je ne devrais pas être étonnée que mon après n'en ait pas plus. Rien ne changera jamais tant que l'on continue à faire ce qu'on a toujours fait. Si je veux un avenir enrichi, au sens intellectuel, affectif, sur un point de vue existentiel et humain, et non financier ou matérialiste, alors « après » c'est maintenant !

Je crois bien leur avoir littéralement cloué le bec à mes deux protecteurs. Eh oui, là est la subtile limite entre protéger et empêcher. Quand on empêche quelqu'un d'accomplir des choses, de concrétiser un projet par souci de protection, il s'agit de bien faire l'analyse de nos inquiétudes, sont-elles réellement liées à la personne concernée ou ne sont-elles finalement que le reflet de nos propres peurs ?

« Quand quelqu'un vous dit que quelque chose est impossible, rappelez-vous qu'il vous parle de ses propres limites, pas des vôtres. »

— O.K., bon ! Ça ne devrait pas être compliqué de retrouver toutes les adresses mail, les numéros de téléphone, les comptes Facebook ou autres moyens de reprendre contact avec la plupart de ces personnes. Par contre, je veux t'accompagner. Tu croyais tout de même pas que tu allais vivre cette aventure de dingue en solo !

— Je trouve que c'est une excellente idée que ton frère t'épaule dans ce projet. En attendant, j'ai fait ce que tu m'avais demandé, tout ce que j'ai pu trouver est dans ce carton. Fais-y très attention.

— Quant à moi, le mieux c'est que j'embarque le PC de maman, et je te fais un joli fichier Excel des personnes et établissements que tu pourras contacter.

— Viens voir par là, c'est quoi ces taches de peinture sur ta nuque ? Tu peins toujours autant autour de toi que sur tes toiles à ce que je vois.

Je crois bien avoir rougi à la remarque de mon père, car si je ne me trompe pas, ce sont des empreintes coupables non effacées de mon aventurier photographe.

— Ah, oui, hi, hi ! c'est ça… dis-je en regardant ailleurs, me frottant le cou en même temps pour éliminer les dernières preuves.

— Je passerai te voir dans la semaine avec la liste des contacts, comme ça, tu me montreras Miss Rainbow. Et tu aimerais pouvoir commencer quand ? Enfin, je veux dire pour quand tu prévoirais ta première réunion ?

— Je n'y ai pas encore vraiment réfléchi, mais je pense aux beaux jours, en juin par exemple, ça me laisse du temps pour organiser et pour tout peindre.

— O.K., c'est cool juin, ça me laisse le temps aussi de prévoir, afin de poser mes vacances. Je pourrais poser le mois en entier, ça me va bien. Mais il y a quand même un truc qui ne va pas dans ton projet : tu comprends bien que tu n'auras pas le temps de peindre chaque personne lors de tes réunions. Admettons que tu aies dix personnes, ou même plus, enfin, considérons quand même que beaucoup ne seront sûrement pas là, mais partons pour dix personnes, tu ne pourras pas peindre dix portraits en une seule journée.

— C'est vrai, tu as raison. Je dois continuer à élaborer un plan, je dois y réfléchir. Il y a quand même des personnages phares que je veux absolument retrouver.

— Votre mère et moi avons souvent reparlé de cette petite fille à qui elle avait offert mon collier. Elle avait gardé un semblant de contact avec elle, je crois qu'elle est toujours à l'orphelinat et qu'elle y travaille désormais.

— Lilla ?

— Oui, Lilla.

— Ah, oui, je me souviens, elle était tellement persuadée qu'il y avait un truc spécial entre elles.

— Il y avait un truc spécial entre elles, quand Océ me parlait d'elle, il y avait dans ses yeux une extrême profondeur.

— Bon, il faut que je vous dise…

Je me mets donc à leur raconter ce que mon intuition me dicte, les signes que je perçois et ce faisceau lumineux partant du collier de maman.

S'ils doutaient encore de ma santé mentale, je crois que cette fois leur doute est bel et bien levé.

— Écoute, ma chérie, je sais que tu cherches absolument à trouver ton chemin, mais fais attention à ne pas te bercer d'illusions, enfin, je veux dire, n'oublie pas l'équilibre des choses, garde bien tes pieds sur terre, c'est là que nous vivons. Oui, fais attention de ne pas te faire avaler par tes fantasmes, ils pourraient alimenter ton esprit créatif au point de prendre le dessus sur la réalité, pour la dévorer en la transformant. Tu comprends ? Ne t'invente pas un monde qui n'existe pas.

— Ben, tu vois, c'est exactement pour ça que maman me manque ! Elle ne m'aurait pas dit ça, elle ! Elle aurait plutôt dit un truc du genre : « Même si la vie n'a pas de sens, qu'est-ce qui nous empêche de lui en inventer un ? » Tu vois ? Ce que tu crées avec ton esprit peut prendre vie, regarde mes toiles !

— Oui, oui, je sais, mais il est impératif malgré tout de rester lucide et réaliste, crée de la magie dans ta vie, oui, mais dose-la. Il faut que cette fantaisie t'aide à embellir ta vie, pas à la fuir en t'en imaginant une autre qui n'existerait que dans ta tête, ce qui serait la source de beaucoup de souffrances. Je te dis ça, parce que je t'aime et que je te connais. Tu es obstinée, créative, imaginative, mais fragile et douée d'une très grande sensibilité. Il faut qu'elle reste ta force et non pas ta souffrance, c'est une grande qualité humaine, n'en fait pas un fardeau.

Me voilà sautant dans les bras de mon père.

« Qui au monde me connaîtrait mieux que lui ? »

Eh non, je vous vois venir… mais non, même pas, il me connaît mieux encore, il sait ce que je risque, il a toujours su à l'avance, non pas ce que j'allais faire, mais ce que j'allais vivre (au moins dans les grandes lignes…), car il est évident qu'il est à des millénaires de s'imaginer ma journée d'hier (ouf !).

— Qu'est-ce que je t'aime, mon papou. T'es mignon de te préoccuper de moi, mais je ne suis plus une enfant. Je sais ce que je fais, enfin, je crois, et je suis parfaitement lucide, enfin, je crois…

— Allez, va, enfant terrible ! T'es une grande gosse ! T'as jamais vraiment eu les pieds sur terre de toute façon, mais si tu t'envoles, prépare-toi bien, l'atterrissage est aussi important que le décollage.

— Oui, papou, mais le meilleur dans tout ça c'est quand même le vol !

Fière de la réplique que je viens de lui donner, je tends mes deux bras mimant un avion en courant dans toute la pièce.

— Ben voilà, on a perdu Loulou. T'es vraiment frappadingue, mais c'est pour ça qu'on t'aime de « ouf ».

— Et sinon, moi qui suis folle avec mes signes et tout le reste, vous n'avez pas l'impression que cet instant précis a une certaine résonance avec les événements de ces derniers jours, non ? Je prends mon envol… mais c'est encore mon imagination, sûrement.

— Non, tu as raison, mais souviens-toi de ton surnom quand tu étais petite. Te rappelles-tu celui que t'avait donné ta maîtresse à l'école ?

— Oui ! Elle m'appelait Petit Colibri, c'est vrai…

— Parce que tu étais petite, mais que tu courais toujours dans tous les sens, que tu avais beaucoup d'imagination, pleins de groupes d'amis entre lesquels tu allais et venais en créant des interactions.

— Vous voyez bien que tout cela n'est ni hasard ni coïncidence !

Créer, rassembler, polliniser… c'est tout à fait ça ! En m'inspirant du cœur même de l'œuvre de ma mère, je vais créer plusieurs œuvres, semer d'autres graines, trouver une manière de nous rassembler tous autour d'une même base vers une même cause.

— Je vous laisse. Je prends tout ça avec moi. Merci à vous deux pour votre aide, j'ai du pain sur la planche. Pas de quoi chômer.

Mon frère me raccompagne, portant le carton de photos et de livres. Avant de me quitter, il me glisse :

— C'est génial, vraiment, je suis content de te retrouver, je m'inquiétais vraiment pour toi ces derniers temps. Et ce projet est énorme, je suis certain que tu vas trouver ce que tu cherches à mettre en œuvre, je n'en ai aucun doute.

— Merci, Len, tu vas voir, oui, ça va être grandiose.

[illegible]

[illegible]

[illegible] comme [illegible]

[illegible]

« Un jour quelqu'un te serrera tellement fort dans ses bras qu'il recollera tous les morceaux. »

Une belle âme anonyme.

Samedi 18 mars – Poser par écrit

J'ai passé une bonne partie de la semaine à classer les photos par dates, pays et établissements. Il y en a vraiment beaucoup.

Je pense organiser une réunion par pays, donc huit rassemblements en tout. Je vais devoir préparer des courriers d'invitation dans différentes langues, avec un coupon-réponse à me retourner, stipulant que pour chacun un remboursement des frais de transport sera opéré sur présentation de justificatifs.

Pour les personnes ne pouvant pas venir, je peux tout de même leur demander de me faire suivre une photo d'eux récente.

Je dois avoir plus de mille photos, donc c'est certain que je vais devoir faire des choix, je ne vais pas pouvoir ni tout peindre ni inviter tout le monde. De toute manière, je me doute qu'en Inde et au Népal, par exemple, cela sera certainement impossible de retrouver qui que ce soit, mais je peux aller peindre l'établissement et les enfants présents à ce moment-là.

Mon téléphone vibre :

— Hello, l'amazone.

— Oh, c'est toi ?

— T'as l'air déçue ?

— Non, non, pas du tout, alors tu es revenu ?

— Oui, en fait je suis même… devant ton atelier, mais toi tu n'y es pas apparemment.

— Mais non, je suis chez moi.

— On peut se voir ? J'ai plein de choses à te raconter et je suis certain que toi aussi !

— Oui, O.K., ben j'arrive alors, mais j'en ai pour un petit moment parce que j'ai des choses à charger dans ma voiture. Attends-moi à la galerie si tu veux et demande à Karine de te préparer un café.

— O.K., je vais faire ça, à tout à l'heure.

Merde, merde, mais ce n'est pas vrai, je ne suis ni lavée ni coiffée ni… Vite à la douche ! Je saute dans la douche, la brosse à dents dans une main et le rasoir dans l'autre, pourtant bien consciente que je vais avoir du mal à faire les deux en même temps. Oui, il m'arrive parfois de vouloir pousser mes capacités au-delà de mes limites, mais bien souvent il s'avère seulement que je pousse mes limites au-delà de mes capacités… Vous me suivez ? C'est un peu comme avoir les yeux plus gros que le ventre sauf que cela pourrait s'appliquer dans tous les domaines de la vie.

Je saute dans une robe-chemise léopard, grosse ceinture en vieux cuir marron tombant sur les hanches, bottines un peu *loose*, je relève mes cheveux, avec des pinces ici et là, faisant retomber ma crinière de manière un peu anarchique. Espérons qu'il apprécie le clin d'œil à notre dernière rencontre.

J'arrive à la galerie, un peu comme à un premier rendez-vous, car en fait, je ne sais ni ce qu'il veut ni où il en est, une semaine, c'est court, mais j'ai l'impression de tout reprendre au début. Et s'il faisait comme si nous étions de simples connaissances… Eh oui, et moi avec ma tenue, j'aurais l'air de quoi ? Genre « tu te souviens, la tigresse ? Mais, si, c'était moi ! La semaine dernière, rappelle-toi, tu sais là ? Grrr, grrr, miaou, non ? Ah, d'accord… »

Allez ! Je prends mon courage à deux mains, les portes s'ouvrent :

— Hey, Nick ! Quelle bonne surprise ! Si je m'attendais !

— Lilou, monsieur m'a dit que vous aviez rendez-vous…

— Je ne me souviens pourtant pas avoir commandé de pizzas…

— Eh bien, tu es en forme à ce que je vois ! Et ce n'est rien de le dire, tu es… tu es sauvagement belle ! Avec votre permission à toutes les deux, je voudrais inviter madame à déjeuner.

— Madame n'a pas besoin de ma permission pour ça.

— Quel gentleman ! Je te suis ou bien…

— Je t'emmène, voici ton casque, désolé pour ta coiffure.

— Oh… on part à moto ?

— Ah, hum, oui, on peut dire ça.

Je me dis que c'est quand même un drôle de casque de moto, un peu comme les vieux casques de pilote, mais en sortant dans la rue, au bout de quelques mètres, me voici devant l'engin.

Mais oui, j'aurais pu m'en douter, avec son look *so british*, un peu rétro décalé. C'est un vieux Vespa qui m'attend là, beige et blanc satiné pastel, super rétro. Les deux casques sont assortis au Vespa bien évidemment, monsieur est un vrai dandy.

Voilà que nous chevauchons sur son fidèle destrier, un *remake* genre « un dandy dans la jungle » *versus* « une amazone dans la ville ».

Une fois à table, je lui raconte tout ce qui vient de se passer cette semaine ainsi que mon projet d'illustrer le livre de ma mère. Je n'ai fait que parler, parler, parler avec entrain et beaucoup de passion.

Quand il a enfin pu en placer une, il me dit avoir lu le livre, l'avoir beaucoup aimé, et pense me connaître un peu mieux, même si la majeure partie du livre ne parle pas de moi.

— Et si je venais avec vous… Je suis photographe, ton frère a raison, tu ne pourras pas peindre lors des réunions, mais je pourrai prendre un portrait de chacun avec ce qui fait d'eux ce qu'ils sont devenus aujourd'hui comme tu disais, avec l'objet qu'ils auront apporté pour les caractériser. Ensuite, une fois de retour chez toi, tu pourras tous les peindre, en plus, ça t'évitera d'avoir à trimbaler tes toiles et tout le reste. Qu'en penses-tu ?

— Je dois donc te faire un contrat de mission pour le mois de juin.

— Écoute, on en reparlera, ce sont là des détails, mais toi, comment trouves-tu mon idée ?

— Je pense que c'est une bonne idée, oui, bien plus réaliste en effet. Nous avons donc deux mois pour tout mettre en place.

— J'ai quand même une question…

— Je t'écoute.

— Pourquoi ?

— Tu te souviens de la question que tu m'avais posée concernant mes toiles ? Eh bien, je veux les faire vivre, comme tu disais, je dirais même plus, je veux qu'elles-mêmes donnent la vie. Je m'explique, je crée une peinture qui crée autre chose… C'est une scène dans laquelle il y aurait plusieurs acteurs comme un relais, Lenny est le logisticien, ensuite tu es le photographe, ensuite je peins puis c'est la peinture qui prendra le relais.

— Non, là vraiment, là tu me perds, je comprends le principe jusqu'à la toile, mais après ?

— Je ne peux rien dire encore, mais tu verras.

— Tu es bien mystérieuse. Mais si je comprends bien, tu veux charger ton frère de l'organisation ?

— Oui, enfin des invitations, des investigations, il est bien plus organisé que moi, puis je vais déjà avoir beaucoup à faire avec mes toiles.

— Les mois qui viennent vont être intenses.

— Oui, et toi, tu as d'autres missions, tu vas partir ?

— Alors, cette semaine je suis ici, après je repars deux semaines au Kenya et en mai je vais en Gaspésie pour les baleines, quelques jours à nouveau. Entre-temps, je dois avoir des clichés dans quelques zoos pour des dépliants et affiches, mais rien de bien transcendant.

— C'est tout un programme ! Une vie de voyages, c'est chouette, du coup, tu n'as pas d'attaches ? Enfin, je veux dire, tu as un appartement, une adresse ?

— À ton avis, tiens, dans quoi je vis ?

— Non… ne me dis pas que tu as un Combi. Je ne t'y vois pas du tout !

— Je ne sais pas comment je dois le prendre. Mais non, effectivement, pas de Combi.

— Bon, une caravane non plus… une péniche peut-être ? Mais t'as pas l'air d'un marin non plus, ah, ah !

— Bon, t'as fini avec tes insinuations ? Non plus, tu as raison.

— Mais d'ailleurs, vis-tu ici au moins ? Je ne sais même pas si tu es de Paris, d'ici ou d'ailleurs…

— Ah, quand même, tu te rends compte que tu ne savais presque rien de moi. En fait, j'dis ça, j'dis rien.

— Oh, ben oui, c'est vrai. Au moins tu sais comme ça que je n'en ai pas après ta maison ou ta voiture.

— C'est sûr, en déplacement, je dors essentiellement à l'hôtel, que je choisis, ou bien que mes clients me réservent eux-mêmes. Mais j'ai bien un pied-à-terre, en Bretagne. Un peu loin de tout, donc. J'y vais vraiment pour me ressourcer entre deux missions.

— Loin de tout ? C'est-à-dire ?

— J'habite en forêt, sur la presqu'île de Crozon, à trois cents mètres des falaises et de l'océan, dans un chalet en rondins de bois. Très cliché, tu vas dire, non ?

— C'est vrai. Je suis épatée… Non, vraiment, je n'aurais pas cru, enfin quoique, ça te ressemble un peu quand même, car pour exercer ce métier, tu aimes effectivement la nature et le fait d'être un peu isolé.

— Exactement, c'est un havre de paix, j'y fais corps avec la terre, le bois, la forêt et la vie, la vraie, au cœur des éléments, car de chez moi je peux entendre les vagues en ouvrant les fenêtres.

— Waouh ! Vu comme ça… effectivement ça fait rêver.

— Je t'y emmènerai si t'es sage.

— Compliqué.

— Ah oui, j'oubliais, belle et rebelle, c'est ça ? Et au fait j'aime beaucoup ta tenue, serait-ce un message que de te présenter comme une créature sauvage comme celles que je photographie ?

— Sauvage, indomptable et insaisissable.

— Tu es donc faite pour moi ! Te saisir… il me semble que c'est déjà fait, sauvage, oui, mais pas si farouche que ça, et indomptable… encore heureux, et j'aime ça.

Je crois qu'il m'aura encore fait rougir et voilà que je recommence à me mordiller les lèvres. Mais qu'il est excitant à sa manière de m'observer comme un de ces animaux sauvages dont il essaie d'anticiper le moindre mouvement afin d'être prêt à saisir le cliché unique.

J'avoue que ce jeu me va bien, car je m'y retrouve, à défaut de me sentir comme une extra-terrestre.

— Tu veux un dessert ? Ou bien…

Et voilà que je rougis encore, que c'est pénible de ne pouvoir lui cacher aucune de mes émotions.

— J'ai hâte de commencer à travailler sur mes toiles, et donc il faudrait que je retourne à l'atelier. Je peux t'y offrir le café si tu veux.

— C'est exactement ce dont j'avais envie… un bon café, me dit-il en esquissant son magnifique sourire en coin qui dessine sur son visage comme une parenthèse non refermée, ou un « ouvrez les guillemets ».

Il y avait bien longtemps que personne ne m'avait mis dans cet état, à bien y réfléchir, personne, non personne ne m'avait jamais fait ressentir cela. Je suis vibrante, frissonnante, transpirante, ou bien, comme dirait Gaïa, vivante !

Nous arrivons à l'atelier, je commence à nous préparer des cafés, pendant que lui, en refait le tour, scrutant les murs. Il faut dire qu'ici c'est la caverne d'Ali Baba, il y a des choses chinées un peu partout.

Je me retourne et le surprends en train de déplacer une grille en fer forgé, vous savez, comme ça se fait beaucoup en décoration « indus' ».

— Mais qu'est-ce que tu fais ?

— Tu m'inspires.

— Ah oui, et donc ?

— Je voudrais que tu te mettes derrière cette grille et que… Pose ton café, viens là

— Mais…

— Viens là, je te dis, s'il te plaît. Détache tes cheveux, mets-les en pagaille. Oui, génial comme ça, essaie d'agir en captive. Super, t'es fabuleuse ! Peux-tu déboutonner ta robe un peu en haut, et pareil pour les boutons du bas, fais ressortir ta jambe et… Oui, exactement comme ça ! Tu me fais penser à une héroïne de *Conan le Barbare* ou tout droit sortie du film *Mad Max*, t'es parfaite !

Exactement ce que je disais tout à l'heure, je suis libre et libérée, il est de ce genre d'homme qui vous laisse l'espace de vous exprimer pour vous accomplir, vous libérer vous fait vous sentir belle et incroyablement désirable. J'aurais pu avoir peur d'être ridicule, et c'est souvent ce qui nous freine dans nos relations. Quel dommage, car quand l'autre vous donne l'impression que vous le fascinez, alors vous êtes fascinante ! Ce fameux *sex-appeal*, nous le possédons tous, tous sans exception, mais il faut être deux pour que le miracle opère. Je veux dire par là que celui qui regarde, ou celui qui reçoit est aussi important que celui qui donne et *vice versa*. L'amour se nourrit de ce que l'on voit dans le regard de l'être aimé.

L'amour doit permettre de se surpasser, de se libérer, de se sentir fort, il n'est pas au monde meilleur exhausteur que l'amour quand il est réciproque.

Ai-je parlé d'amour ? Non, non, nous n'en sommes pas là, enfin, nous nous connaissons à peine. Je parlais dans l'absolu, ne nous emballons pas.

Je vous racontais donc notre séance photo, qui se passait bien jusqu'au moment où il s'est mis à me demander de mettre mes cheveux d'une certaine manière.

Ce que je faisais, visiblement, ne lui convenait pas…

— Attends, ne bouge pas, reste comme ça…

Comme ça, c'est-à-dire la tête penchée sur le côté avec les cheveux me tombant un peu sur le visage, ma jambe droite complètement sortie de ma robe, la dévoilant jusqu'à l'aine et mes deux mains accrochées aux barreaux.

Il pose son appareil sur le canapé pour venir lui-même m'arranger les cheveux et, pour ce faire, il vient se mettre debout derrière moi. Je sens sa main glisser dans ma nuque, pour me pousser les cheveux sur le côté, ainsi que son souffle, signe qu'il en approche en même temps ses lèvres. Son souffle se balade le long de ma nuque sans me toucher, puis ses mains viennent entourer les miennes sur les barreaux. Je ne sais pas comment je me suis rapidement retrouvée les deux mains liées aux barreaux vivant une scène comme jamais je n'avais pu en vivre par le passé.

J'espère seulement avoir pensé à isoler les murs de la galerie de l'autre côté.

Nous avons passé le reste de l'après-midi à l'intérieur de Miss Rainbow.

Une fois Nick endormi, je me suis relevée pour commencer à peindre mon premier portrait en diptyque, laissant comme convenu l'autre moitié vierge en attendant nos rencontres.

Après plusieurs heures, j'achève la première toile, Nick se lève, arrive derrière moi, encore avec son appareil photo.

— T'es tellement belle quand tu peins et j'avoue que je n'ai jamais vu un peintre peindre nu, d'habitude ce sont les modèles qui le sont… Tu n'as pas froid ?

— Non, non, j'ai rapproché le chauffage près de moi, tu vois…

— Tu as déjà fini le premier, il est superbe, mais dis-moi, tu ne vas pas tous les faire. Tu as fait une sélection ?

— Oui, je vais déjà peindre ceux dont les noms sont cités dans le livre, donc là je viens de faire Svetlana, je ferai ensuite Slobodan, etc., et après j'attendrai d'avoir des nouvelles des recherches de Lenny, en fonction des noms qu'il me donnera.

— Ah oui, Svetlana, c'est la petite qui connaissait les paroles des chansons en Slovénie, c'est ça ?

— Oui, exactement, il y aura aussi les infirmières, celles qui leur avaient porté à manger, puis Maik.

— Et en Italie tu n'as rien ?

— Si, si, il y a des photos, mais rien qui soit vraiment cité dans le livre, alors je ne sais pas si nous irons, les photos devraient me suffire comme support. Je pense que pour l'Italie je peindrai seulement quelques paysages qu'elles avaient photographiés, comme le lac de Côme, ou bien, pourquoi pas peindre aussi le gondolier poilu, ce peut-être amusant. Je voudrais mettre en lumière les moments phares du livre, sans jeu de mots. Je me dis que ça serait génial de donner rendez-vous à Maik au bar, par exemple, où ils se sont rencontrés, tu vois ? Il faudrait retrouver aussi cette famille française, qu'elles avaient rencontrée en Hongrie. Ensuite il y aura Lilla, c'est cette petite fille qui a réellement été à l'origine de ce projet. Je crois que c'était la volonté de ma mère que nous la rencontrions. Je voudrais comprendre, j'ai l'impression qu'il n'y a pas de point à cette histoire-là… Comme une œuvre inachevée, tu comprends ? Quelque chose reste en suspens. Ensuite, je me servirai à nouveau des photos simplement pour peindre le carnaval des Korrents. Il y aurait ensuite Sylvia à Ploiesti de l'association Esperenza avec le petit Andréa qui gribouillait sur les maracas. En Bulgarie, il y aura Irina et Stefan ; en Turquie, l'hôpital dans lequel maman a séjourné. Enfin, en Inde, nous devrions retrouver Isabelle de l'O.N.G. et Gaurav du centre Mère-Teresa, nous finirions au Népal à Children Home. Nous aurions donc à nous rendre dans sept pays, dont huit sites. Nous ne resterions que peu de temps dans chacun des pays, des visites d'une journée, sauf au Népal et en Inde où nous resterions un peu plus, car je voudrais vraiment essayer, avec leur aide, de retrouver quelques-uns de ces enfants.

— Tu as déjà bien travaillé à ce que j'entends.

— Oui, et je pense que pour faciliter tout cela, disons que créer un cadre serait plus simple… et pour cela j'ai pensé monter une association.

— Laisse-moi deviner le nom de l'asso.

— Bah, oui, trop facile…

— Miss Rainbow ?

— Oui, j'ai pensé à la fondation Miss Rainbow.

— Je trouve que c'est une excellente idée et nous formerions donc la Rainbow Team.

— Nous ?

— Eh bien, je viens avec vous, donc oui…

— O.K., alors tu seras membre de l'asso au moins jusqu'à cet été.

— Eh bien, dis donc, tu ne connais que les projets à court terme on dirait.

— Disons que ça te permet d'avoir une période d'essai. Or, il y a de grandes probabilités qu'au bout de trois mois tu te sauves, crois-moi.

— Tu sais, je vais être honnête avec toi, je ne m'engage jamais sans conviction, je n'entame jamais rien qui ne soit pas fait pour durer. Que ce soit clair, n'essaie pas de passer ton temps à m'esquiver ni à anticiper quelque coup bas que ce soit, car je ne suis pas comme ça. Je crois en toi, je vois en toi et malgré tout le respect que je te dois, je ne suis pas ta mère et je ne t'abandonnerai pas.

À ces mots, je n'ai pas su répondre, ils ont eu une résonance tellement frappante, comme quand on passe un dos-d'âne un peu trop vite, ou que l'on descend d'un étage en ascenseur un peu trop violemment. Je crois qu'on appelle ça une montée d'adrénaline. Je suis restée sans voix, à la fois blessée dans mon ego, troublée et déstabilisée par cette déclaration criante de vérité.

Il s'était accroupi pour me dire cela, ses yeux à la hauteur des miens, sa main retenant mon visage qui tentait de changer de direction. Il me prend les mains pour me relever avec lui et me serre dans ses bras si fort, comme s'il s'était aperçu que ce qu'il venait de me dire avait fait éclater à l'avance une bombe à retardement (un genre d'obsolescence programmée, comme pour les appareils électroménagers, mais pour nos sentiments). Quand on est intimement persuadé que nos relations sont vouées à l'échec, on se croit victime alors qu'on est bourreau.

Comment a-t-il fait pour comprendre si rapidement, pour mettre des mots sur ce qui n'allait pas ? C'est bien là la première fois que quelqu'un réalise ce que, moi, j'ai pu ressentir, la première fois que quelqu'un se souciait réellement de ma douleur à moi, oui, ne vous en déplaise si je « plais-aux-nasmes ».

Alors que, toujours, toute la lumière aura été sur ma mère, son courage, sa détermination, son altruisme, sa force et tout et tout… Mais nous, rien, normal, nous devions juste, à son image, être forts et altruistes. Vous comprendrez que c'est un peu rude quand on n'a que treize ans. Ma mère, condamnée à mort, me quittait pour vivre son aventure du bout du monde, je devais la comprendre, l'aider, l'admirer sans savoir si j'allais un jour la revoir. Elle partait donner son amour à des inconnus en nous privant du sien. Qu'avais-je donc fait pour mériter qu'elle nous quitte, qu'avaient-ils de plus que moi ces enfants ?

Cette Lilla si spéciale… et moi qui ne l'étais peut-être pas assez.

Voyez comme les choses apparaissent si différentes selon notre angle de vision, qui devient notre angle d'attention et donc de compréhension.

Pourquoi « optimiser ce qui lui restait de vie », était-ce incompatible avec « rester auprès de mes enfants », ne méritions-nous pas ces derniers instants ? Avions-nous été si mauvais pour qu'elle veuille s'éloigner quand il s'agit de vivre ses rêves ?

Autant de questions que je me suis posées pendant cette année-là, alors que j'étais moi-même en pleine construction, le propre de l'adolescence. Sans compter toutes les autres questions, et si elle ne revenait jamais, et si plus jamais je n'avais l'occasion de lui dire que je l'aime, de la prendre dans mes bras… Et pendant que je me posais ces questions, je la voyais choyer tous ces étrangers à l'autre bout du monde. Il me fallait faire preuve d'abnégation, chose difficile à treize ans, vous en conviendrez.

Elle est revenue, nous avons rattrapé le temps perdu, nous avons été très fusionnelles ensuite, bien sûr, mais cette plaie invisible a bel et bien grignoté une partie de mon cœur. Puisqu'aujourd'hui l'adulte, la femme que je suis, effectue sans cesse ce transfert d'abandon sur chaque homme qui souhaite partager sa vie, anticipant à chaque fois le jour où il m'abandonnerait pour en aimer une autre, car inconsciemment, je n'étais pas assez bien pour mériter le reste de sa vie…

Puis ce Nick Jagger arrive là, un jour, et comme ça, de but en blanc, dès les premiers jours perce le secret de mon être, ma faille… pour y placer son amour.

« Heureux sont les fêlés,
car ils laisseront passer la lumière. »

Michel AUDIARD.

Samedi 25 mars – La fondation Miss Rainbow

Nick et moi avons passé la semaine ensemble. Il nous a aidés avec Lenny à organiser nos recherches et nos démarches administratives pour la fondation Miss Rainbow.

En fait cela n'a rien de compliqué de créer une association, les démarches peuvent même se faire en ligne.

Nous avons fait partir des mails à tous les établissements concernés et un mail spécial à Maik ! Il sera le premier que nous rencontrerons, nous lui avons donné rendez-vous devant le bar où il avait connu ma mère et Gaïa. C'est désormais un lieu de rencontres d'artistes. C'est une association qui offre aux artistes de toutes sortes la possibilité de se produire, d'exposer ou d'organiser des conférences.

De mon côté j'ai beaucoup avancé, j'ai déjà peint une dizaine de tableaux, sur des paysages et des enfants.

Quand j'aurai bien avancé dans mes peintures, je ferai venir des journalistes afin de communiquer sur ce nouveau projet et pour faire connaître la fondation. Je vais me servir de ma renommée (pour une fois) afin de remettre Miss Rainbow sur le devant de la scène.

Nick est reparti ce matin pour le Kenya pour deux semaines, je vais pouvoir avancer un peu sur mes tableaux, bien que je doive aussi faire un saut aux galeries de Lyon et Paris.

Nick m'a dit qu'à son retour nous irions passer le week-end à son chalet, s'il ne s'est pas fait avaler par un lion, écraser par un éléphant ou enlever par une belle antilope.

Auprès de lui, je vis une importante remise en question, il est comme un miroir, disons qu'à travers son regard je comprends mieux qui je suis… Cela vous paraît sûrement étrange, pourtant il m'a fait réaliser à quel point je traînais ce sentiment d'abandon que je nourrissais inconsciemment depuis le départ de ma mère avec Gaïa. Une blessure bien dissimulée au fond de moi, mais qui dictait certains de mes agissements. Je me faisais revivre cette même scène éternellement comme un vieux disque rayé. Vous savez bien ce que l'on dit : « La vie est un si bon professeur que si t'apprends pas ta leçon… elle te la répète », à la nuance près que parfois ce n'est pas la vie, mais bien nous-mêmes qui nous punissons inconsciemment.

Soit, nous passons notre vie à accuser la fatalité, soit nous nous posons les bonnes questions : « pourquoi ? »…

Nous pouvons toujours pointer du doigt tout le monde, la vie, le mauvais sort, la fatalité, le voisin, les mecs, les femmes, nos parents… bien sûr, mais cela n'aidera jamais à résoudre le problème ni à trouver de solution.

Et la deuxième question, pas la moindre, mais sûrement la plus honnête :

« Voulons-nous vraiment trouver des solutions ? » (Oui, car il peut y avoir une certaine complaisance dans le mal-être ou la plainte, cette dernière est parfois plus confortable que l'introspection.)

Si nous voulons que les choses changent, il faut commencer par nous changer nous-mêmes, commencer par nous soigner, par regarder dans nos profondeurs avec beaucoup d'amour, pour y découvrir nos blessures et les embrasser.

Maman disait : « Nous ne sommes souvent pas responsables de ce que nous avons subi, mais nous sommes responsables de ce que nous en faisons. »

Parfois, la lumière ne vient pas de nous, mais de la bonne personne qui arrive au bon moment, c'est-à-dire au moment où vous êtes prêts à entendre ce qu'elle a à vous dire sur vous-mêmes. Elle ne le dira pas forcément avec des mots, mais avec une attitude particulière, un regard plus profond, un geste, un tour de clé sur votre cœur, le libérant, changeant les peurs en projets.

Mais là encore, il s'agira de synchronicité, car pour qu'il y ait alchimie, tous les éléments doivent être réunis. Il faut être prêt à recevoir et prêt à donner. C'est aussi pour cela que rien ne sert de forcer, tout arrive toujours au bon moment. Ceci est valable pour les bonnes choses comme pour les mauvaises, la vie est comme un escalier irrégulier, chaque étape est indispensable, il y a des marches plus hautes que d'autres, plus étroites et certaines un peu bancales. Rien ne sert de vouloir sauter par-dessus certaines marches, car comme au jeu des petits chevaux, si vous trichez avec la vie, si vous voulez vous jouer d'elle ou des gens en trichant, en mentant ou autre malveillance, vous risqueriez de devoir redescendre de quelques cases… et vous en mordre les doigts.

Cela dit encore une fois, ce ne sera pas la faute « à pas de chance », un peu de remise en question et de bonne foi vous permettront toujours d'y voir votre part de responsabilité.

Le tout est d'être réaliste, mais la peur n'évite pas le danger, à trop craindre la perte, on n'entame plus rien, à trop craindre l'échec, on n'essaie plus rien, à trop craindre la mort, on ne vit plus rien…

Toujours croire en ce que vous commencez, en ce que vous entreprenez et en ce que vous aimez, mais la première étape pour commencer à croire en quelqu'un ou en quelque chose d'extérieur, c'est de croire en *vous*.

Croyez en *vous* et vous pourrez croire en *tout*…

Vous êtes la base de *tout* ce qui vous entoure, c'est en *vous* que naît l'étincelle de départ, la naissance de l'énergie que vous mettrez dans *tout*, la vibration qui vous suivra en *tout*.

Croyez en *vous* et le monde entier en fera autant.

C'est ce que la belle Gaïa nous avait enseigné.

Samedi 8 avril – Le chalet

Encore deux semaines se sont écoulées entre le départ de Nick et son retour. Vous savez, je vous parlais justement la dernière fois des fameuses leçons que la vie vous répète, eh bien, je me dis qu'avec Nick, je vais pouvoir m'entraîner de nombreuses fois à le voir partir… et revenir.

Peut-être qu'à force de le voir partir, je ne me soucierai plus de l'angoisse que m'inflige son départ et j'apprendrai à mettre seulement l'accent sur le bonheur de nos retrouvailles.

Nous devons donc nous retrouver pour ce fameux week-end dans son havre de paix, et pour m'y rendre, j'ai décidé de partir avec Miss Rainbow ! Histoire de la dépoussiérer un peu et de profiter pleinement de cette escapade.

Nick devrait arriver d'une minute à l'autre, je suis dans un état d'excitation indescriptible, je suis intenable depuis hier soir. Je ne me supporte plus moi-même, incapable de peindre, car je n'arrive pas à me concentrer, je ne fais que penser à son retour.

Toutes ces questions débiles qui fusent en moi, du genre devrais-je faire la femme occupée, complètement détachée : « Oh, mais tu es déjà de retour ? J'avais presque oublié que cela faisait déjà deux semaines que tu étais parti, dis donc, j'ai été tellement débordée… » ? Ou bien carrément lui sauter dessus à peine aurait-il passé la porte ? Franchement, j'hésite… Dois-je me faire belle, super apprêtée ou pas du tout et feindre de ne pas être sous mon meilleur jour, surprise de le voir arriver si tôt ?

Dites-moi que nous sommes toutes pareilles !

Bon, déjà, en attendant je file sous la douche.

En plein shampouinage, les yeux fermés, je sens un violent courant d'air froid, de la mousse plein les yeux, j'ai du mal à les ouvrir et ne pourrai bientôt plus les ouvrir du tout. Nick vient de me mettre les mains sur les yeux.

— C'était ouvert, je suis entré, je suis le livreur de tendresse…

Je me retourne, et le trouve encore habillé sous la douche, ce type est encore plus dingue que moi.

L'eau rendait sa chemise diaphane et lourde épousant et dévoilant ainsi ses muscles si parfaitement sculptés. Je crois que je n'ai pas ri ni parlé, nous nous sommes juste voluptueusement aimés. Il y avait tellement de buée dans cette salle de bains et sur la paroi de la douche que j'ai pu rejouer une scène du film *Titanic*, vous savez, celle de la main sur la vitre de la voiture.

Et moi qui me demandais comment je devais me préparer, il m'aura bien simplifié la tâche.

Une fois sortis de la douche, nous nous sommes préparés, il avait déjà sa valise avec lui et donc de quoi se changer. Je lui explique que nous allons partir avec Miss Rainbow et l'idée l'emballe tout de suite.

Tout au long du trajet, j'avais ce sentiment étrange de déjà-vu, le fait de prendre la route, de partir plus loin avec Miss Rainbow… Ce sentiment de liberté qui m'envahit, est-ce la magie des Combi qui opère ? Ou est-ce la partie de ma mère qui vit en moi et qui vibre avec moi en cet instant, à l'unisson ?

Très étrange à expliquer, nos mères vivent en nous et quand elles partent, finalement, elles ne partent jamais vraiment, je crois que cela aussi je commence à le comprendre.

Je suis ma mère, je suis faite de son sang, de sa chair et en cela je la rends éternelle, elle est inscrite dans mon A.D.N. même. Elle ne pouvait donc pas m'abandonner, elle aussi avait toujours été là… mais je ne la ressentais pas, car j'étais trop concentrée sur le manque…

Tout ce qui nous manque de l'extérieur peut être comblé si nous nous centrons sur notre intérieur. Nous avons déjà tout en nous.

Et là, maintenant, je la ressens en moi, ma mère est bien là, ce déjà-vu, ce déjà vécu… me venait d'elle.

Pendant les premiers kilomètres, je m'éclate à appuyer sur le Klaxon faisant chanter *La Bamba* à tout va !

Nick, à côté de moi, me massait doucement la nuque, serait-il parfait ? Je ne saurais encore le dire, en tout cas il semble parfait pour moi.

La plupart des véhicules que nous croisons klaxonnent ou nous font des appels de phare, on dirait bien que Miss Rainbow fait toujours autant d'effet à ceux qui croisent sa route.

Le son de la radio est vraiment minable, alors je cherche à mettre un C.D., quand Nick me dit :

— Attends, je t'ai emporté une surprise.

Le voilà qu'il sort un truc de sa poche, je ne peux pas trop regarder en conduisant, mais il porte ses deux mains à sa bouche et se met à sortir de la musique.

— Oh, excellent ! Mais je n'en savais rien. J'adooore ! L'harmonica te va à merveille.

Mais le plus dingue c'est qu'il se met à chanter… Nous sommes comme dans un univers parallèle où tout va bien, où la vie est douce et folle à la fois, où l'on se sent libre et courageux. Je crois que l'endroit s'appelle la planète Love.

Il chante une chanson de Stevie Wonder :

For once in my life
I have someone who needs me
Someone I've needed so long
For once unafraid
I can go where life leads me.

Pour une fois dans ma vie
J'ai quelqu'un qui a besoin de moi
Quelqu'un qui me manquait depuis si longtemps
Pour une fois sans peur
Je peux aller où la vie me mène
Et quoiqu'il arrive, je sais que je serai fort.

Ce véhicule est assez tape-cul, il faut bien l'avouer, pas du tout confortable, bruyant, aucune souplesse dans le volant et pourtant, qu'est-ce que je l'aime ! C'est amusant comme l'affect peut tout embellir, adoucir et tout rendre non seulement supportable, mais même agréable.

Le dandy et la hippie chic au volant de leur super Miss Rainbow mobile, un peu cliché, j'avoue.

Je crois que nous arrivons bientôt, nous voilà sur le pont.

Après plusieurs dizaines de minutes sur la presqu'île, nous empruntons un chemin au milieu des pins. Je conduis en espérant ne pas enliser Miss Rainbow, car le chemin est un peu sablonneux.

J'aperçois au bout un chalet, un peu caché par les arbres, c'est magnifique.

— Exactement comme tu l'avais décrit ! C'est tellement beau ici !

— Mais tu n'as encore rien vu. Gare-toi là, sur le côté. Ne descends pas, attends-moi là, je reviens.

Il disparaît derrière la maison, revient sur le devant et ouvre la porte d'entrée avant de revenir au Combi.

Il ouvre ma portière et me demande de monter sur ses bras.

— Alors, hum, tu es la première femme à venir ici, c'est ma tanière secrète, mon havre de paix. J'aime y être seul…

— Mais alors, pourquoi m'as-tu invitée, tu n'aurais pas dû…

— Comme je te l'ai dit, tu es différente, tu es inspirante, tu es aussi sauvage que moi, peut-être même plus, nous sommes de la même espèce, je crois. Tu es celle que j'attendais sans l'attendre.

Il me porte dans ses bras jusqu'à l'entrée de la maison, où nous nous embrassons, puis continue à me porter jusqu'à la chambre dans laquelle je découvre un lit en palettes, il appuie sur un bouton avec son coude pour allumer la lumière. C'est super beau, il a fait passé des guirlandes de LED bleues tout entremêlées, dans la tête de lit ainsi que dans le sommier, en palettes également. Sur le lit, nous attend une grosse couverture duveteuse. C'est un vrai cocon chaleureux, doux comme une caresse, enveloppant comme du coton.

Il m'allonge sur le lit et me déchausse.

— Après une telle route, tu as besoin de te reposer, je te fais couler un bon bain, ne bouge pas, je reviens.

Je n'ose pas bouger, c'est tellement nouveau pour moi de me faire traiter d'une aussi belle manière. D'habitude, je fais tout, je cours partout, mais avec lui, je prends un certain plaisir à me laisser porter.

Il revient dans la chambre, s'assied au bout du lit et commence à me masser les pieds.

— Je ne sais pas si… ah, ah, ah ! Non, non, je ne sais pas si c'est une bonne idée, je suis vraiment très chatouilleuse. Je tiens ça de ma mère, mais c'est juste insoutenable, excuse-moi, vraiment, je suis désolée, mais, ah ! Je ne peux pas… Non, non, pas mes pieds.

— Eh bien, mince alors, et c'est comme ça partout ?

— Oh non, non, non, n'y pense même pas… Non !

Et le voilà me bloquant et me torturant de chatouilles, de pincements sur les côtes, le nombril, les aisselles. Mais monsieur ne connaît pas ma force, et quand c'est trop, c'est trop. Je crois que je n'ai pas maîtrisé ma force quand je l'ai envoyé de l'autre côté du lit, presque assommé entre le mur et le sommier.

— Oh, pardon, je suis désolée ! Ah, ah, ah, oh non, vraiment ! Je t'ai fait mal ?

— Pour quelqu'un de désolé, tu as l'air de bien te moquer quand même… Tu ne perds rien pour attendre ! dit-il en m'attirant par le pied me faisant tomber au sol.

Il continue de me malmener en pincements. Je me débats autant que possible, mais il se retrouve à califourchon au-dessus de moi, d'un seul coup immobile.

— T'es tellement belle… Tes yeux sont si grands que je pourrais m'y perdre, si verts qu'ils redonneraient espoir au plus désespéré, plus pétillants que du champagne et plus enivrants que toutes les liqueurs du monde… Tes taches de rousseur et tes cheveux roux sont comme la forêt en automne, tu es parfois sauvage et dure comme une amazone, et parfois douce et juvénile comme une fée, un elfe des bois en fait… c'est ça, tu es ici chez toi, fée Clochette !

— Jamais un homme, ni même une femme d'ailleurs, ne m'a dit de si belles choses…

Il me relève en me prenant par la main et m'accompagne vers la salle de bains.

La baignoire est en pierres grises comme taillées dans la roche, ovale, c'est très beau, le sol est en galets et les meubles encore en palettes.

— C'est toi qui as fait tout ça ?

— Oui, tout est en bois, en pierre ou en terre. Ici on ne fait qu'un avec l'environnement, tout est énergie. Allez, grimpe dans ce bain, je vais aller allumer la cheminée en attendant et nous préparer un petit truc à manger, je crois qu'il me reste quelques plats que j'avais congelés.

— Non, mais tu plaisantes ? Quelques plats que tu avais congelés ?

— Oui, comme ça quand je reviens et que je n'ai pas eu le temps de faire les courses je sais que j'ai de bons petits plats déjà prêts… et j'en prépare de nouveaux quand je m'en vais, pour la fois suivante.

— Mais… dis-moi que tu as des défauts.

— Des quoi ? Disons que j'ai les défauts de mes qualités.

Pendant que je me prélasse dans ce bon bain chaud, j'entends des bruits de casseroles, de bois qui craque, je sens aussi de bonnes odeurs de cuisine remonter jusqu'à mes narines.

Nick revient dans la salle de bains, entièrement nu, un verre de vin rouge dans chaque main.

Je crois que je suis au paradis, s'il vous plaît ne me réveillez pas, laissez-moi profiter de ces instants magiques.

Il vient s'installer derrière moi et je viens me caler entre ses jambes, nous trinquons, buvons, il repose son verre et me savonne le dos.

Le temps est si doux, il s'est arrêté, il fait nuit dehors, je sens la chaleur du bois, et le feu de cheminée nous réchauffer peu à peu. Je laisse ce bonheur m'envahir des orteils à la pointe des cheveux, chaque millimètre de mon être mesure pleinement la douceur de chaque seconde écoulée.

Nous avons mangé autour d'une table taillée dans un arbre dont on voit les nœuds et les veinures, assis sur des chaises assez rustiques, rehaussées d'un coussin pour plus de confort. Il avait préparé des lasagnes au saumon accompagnées d'un vin succulent. Après le repas, nous nous sommes installés face au feu de bois, sur le canapé lui aussi recouvert d'un plaid en fausse fourrure.

Il est assis face à la cheminée et moi allongée la tête reposant sur ses genoux. Il joue de l'harmonica. Nous avons éteint les lumières, nous ne voyons que par intermittence quand les flammes du feu se font plus grosses. Quand les flammes sont plus fortes, je peux distinguer une planche de surf appuyée contre le mur à ma droite, et, une combi pendue à un portemanteau. Il y a aussi un genre de chaise africaine, dont l'assise est très basse et le dossier très haut, et deux poufs en cordes. Pour le reste, je verrai bien demain à la lumière du jour.

— Je me sens vraiment bien, je comprends que ce soit ta tanière…

— Oui, j'ai tout fait pour. Un maximum de matières naturelles, un maximum de bois, un style assez minimaliste, du linge duveteux, confort, douceur et simplicité.

— Tu as réussi, je crois que je ne me suis jamais sentie aussi apaisée, vraiment détendue et ça, chez moi c'est très rare.

« L'ignorant juge, le sage essaie de comprendre... »

Mag. B.

Dimanche 9 avril – Au cœur de nous

Ce matin, ce sont les premiers rayons du soleil pénétrant dans la chambre qui m'ont fait ouvrir les yeux. Je sens, sans me découvrir, que la température de la pièce a bien chuté dans la nuit. J'attrape un plaid dans l'armoire pour me couvrir en sortant du lit et marche jusqu'au salon.

C'est magnifique, toutes les fenêtres donnent sur des arbres, quel bien-être, je perçois le soleil à travers les branches exploser en rayons perçant entre les feuilles.

J'ai effectivement l'impression d'être une fée vivant au creux d'un arbre, si bien que je ne serais pas surprise de voir débarquer des oiseaux qui viendraient me souhaiter une belle journée.

Je rallume le feu de cheminée et cherche de quoi nous préparer un bon café. J'ouvre son congélateur, et, bingo, il a aussi du pain congelé. Dans les placards, je trouve un pot de confiture et du café.

— Salut, Robin Wood, un bon café, du pain grillé à la confiture, ça te tente ?

— Salut Clochette, ouais… Tu as réussi à tout trouver ?

— Disons que c'est tellement bien rangé, comparé à chez moi que ça a été un jeu d'enfant !

Nous déjeunons, debout face à la baie vitrée, observant la nature s'exprimer.

— Allez, on s'habille chaudement et on va se balader, je vais te présenter mon paradis.

— O.K.

— Et ce soir aussi, on ira marcher au coucher du soleil et, avec de la chance, on croisera plein d'animaux, ce n'est pas rare que les chevreuils approchent même très près de la maison.

— Ce doit être super l'été, je verrais bien deux hamacs là ! Bercés par le son des vagues…

— C'est ça, je rentre le hamac en hiver, mais c'est bien là sa place, il faudra juste en acheter un deuxième, parce que, comme je te l'ai déjà dit, je n'emmène personne ici. T'es prête ? On y va ?

— Je te suis.

Nous marchons dans les bois, ça sent bon les pins, le sel et l'on entend le son des vagues au loin.

— Ça va ? Tu n'as pas froid ?

— Non, il fait bon, ça fait du bien d'être ici, ça me change de ma vie urbaine, entre Toulouse, Lyon et Paris, je ne prends pas beaucoup de temps pour me mettre au vert. Dis-moi, tu es toujours aussi prévenant ?

— Non, non, pas du tout. Là, c'est juste parce que c'est le début, après je ferai comme tous les mecs, quand t'auras mal au dos, je te dirai de prendre un Doliprane, fini les massages. Je passerai la porte en premier, je te laisserai sortir les courses et je viendrai te proposer mon aide quand t'auras fini de cuisiner…

— Oh, enfoiré, va !

Ce mot est sorti tout seul, accompagné d'un grand coup d'épaule.

— Mais t'inquiète, moi c'est pareil, hein ! Fini les dessous affriolants, ça, c'est au début, après je te sortirai mes culottes gainantes, mes chaussettes polaires et ma grenouillère. Et puis…

— Chut, plus un mot, jamais, tu entends, jamais nous ne devrons cesser de nous surprendre, de nous réinventer, de nous regarder, de nous toucher, de nous lire, de créer notre histoire, rien n'est écrit, rien n'est fatalité à qui sait vivre ses rêves. Il ne faut pas attendre les surprises, ou les événements, il nous faut les créer et les provoquer.

— Ça tombe bien, car nous sommes tous les deux des artistes.

— Tu sais ce que l'on dit sur l'amour ?

— Ben, je crois qu'on n'a jamais fini d'en dire sur l'amour.

— Que c'est un art, mais que malheureusement il n'y a que très peu d'artistes.

— C'est sûr… et… tu as beaucoup aimé ?

— Non, enfin, si, j'ai beaucoup aimé, mais qu'une fois… et c'est comme ça que j'ai atterri en France.

— Ah, voilà, tu es venu rejoindre une femme ici ?

— Oui, il y a longtemps déjà, nous étions étudiants, je suis venu finir mes études ici. Nous sommes restés cinq ans ensemble et puis nos routes se sont séparées, très naturellement, en fait. Elle aime le monde, être constamment entourée, le bruit, tout ce qui peut l'empêcher d'être seule avec elle-même. Elle ne s'aime pas, quoi… et ça, je ne peux pas le faire à sa place… Je l'aimais, mais personne n'aime jamais suffisamment une personne qui ne s'aime pas elle-même… et aimer quelqu'un qui ne s'aime pas, c'est un voyage à sens unique et sans saveur. C'est épuisant et vain. Alors j'ai préféré la laisser à ses subterfuges.

— Wouah, belle analyse… Et tes parents, ils sont en Angleterre ?

— Oui, ma mère et mes sœurs sont là-bas.

— Et ton père ?

— Il est mort quand j'avais quatorze ans, laissant ma mère avec trois enfants dont j'étais l'aîné, mes sœurs avaient neuf et cinq ans. Mes parents, eux, c'étaient des artistes de l'amour ! Ils étaient raides dingues l'un de l'autre, tous les deux instits. Mais mon père a eu un cancer du pancréas, ça a été le début de la fin. Ma mère s'est occupée de lui et de nous comme elle a pu, mais il est mort au bout de huit mois, les mois les plus longs et à la fois les plus courts de notre vie.

— Ça a dû être terrible pour vous, du coup, tu étais le seul homme de la maison.

— T'as tout compris, ma mère a sombré dans le chagrin, si bien que ma grand-mère est venue vivre avec nous. Alors, j'ai grandi avec quatre femmes autour de moi.

— Et ta mère a refait sa vie ?

— Non, jamais, je crois que mon père était et sera à jamais l'homme de sa vie, et, franchement vu comment la plupart des hommes se comportent, je ne regrette pas d'avoir été élevé par des femmes.

— Eh ben, dis donc… Et ta mère, elle va bien maintenant ?

— Oh, oui, super bien ! Elle a été malheureuse quelques années, mais ça va bien maintenant. Elle est à la retraite, mais enseigne encore de chez elle en donnant des cours particuliers, les gamins l'adorent.

— Et tes sœurs ?

— L’une est aussi instit, et l’autre est infirmière, il n’y a pas de hasard !

— Eh oui, enfin si, toi ! Pourquoi photographe animalier ?

— Eh bien, notre maison de famille est à la campagne, à l’orée des bois et, depuis tout petit déjà, j’adorais la forêt, observer les animaux et étudier leur comportement.

— Bon, alors, c’était ça ou vétérinaire ?

— Oui, mais du coup, je suis bien plus artiste que scolaire, les études c’est bien, mais c’est mieux si elles sont courtes.

— Eh bien, voilà, je te connais mieux maintenant et je comprends mieux aussi ta prévenance et tout le reste.

C’est clair, il y a toujours une histoire derrière un comportement… L’ignorant juge alors que le sage essaie de comprendre.

— Et maintenant, assez parlé, ferme tes yeux ! me dit-il en me mettant les mains devant les yeux, marchant derrière moi. Garde tes yeux fermés et respire, tu sens, cet air iodé ?

Il me prend désormais par la main et m’attire en avant en courant, me tirant par le bras.

— Ne triche pas ! Fais-moi confiance et ferme toujours tes yeux.

Il ralentit et s’arrête, revient derrière moi et me remet les mains devant les yeux, en plaçant sa tête dans mon cou et sa joue contre la mienne.

— Attention, tu es prête ? Un, deux, trois… regarde.

— Oh… merde alors, c’est juste… trop beau ! Toutes ces falaises ! Et l’eau ! On se croirait en Corse ou en Croatie, elle est turquoise et transparente.

— Alors, non seulement tu comprenais, mais maintenant tu sais.

Bon, j'ai envie de faire un truc super cliché, mais franchement, à la pointe de cette falaise abrupte, le vent me poussant les cheveux en arrière et Nick juste derrière moi… c'est déjà super cliché alors au point où on en est.

Je me mets à écarter les bras en me penchant un peu en avant, Nick, pour ne pas dire Jack, me retient par la taille et je me mets à crier. Vous avez deviné ? Je vous aide :

— Je suis le roi du monde !

Je nous fais un petit *remake* de *Titanic* sans le bateau, mais surtout sans l'iceberg.

— Tu vois là, à quelques centaines de mètres de là, il y a comme une crique, difficile à descendre et encore plus à remonter, mais de temps en temps je viens y surfer, mais seulement à marée descendante.

— Merci, vraiment merci, Nick, de partager tout ça avec moi.

— Je te l'ai dit, tu comptes pour moi et je veux que tu le saches.

— Je le vois, mais… c'est très récent nous deux.

— La durée importe peu, c'est l'intensité de chaque instant qui compte. Ne sont-elles pas intenses nos secondes ?

— Oh, que oui, elles le sont !

— Alors, tatoue-toi un *carpe diem* dans le cœur et vibre avec moi.

— Dis-moi, t'aurais pas lu le livre de ma mère, toi ?

— Oui, Océane… justement, elle est là, face à nous dans la puissance de ces vagues et dans chaque embrun qui te caresse le visage.

— Tu as tellement raison, tout comme Gaïa, d'ailleurs, elle est là, tout autour de nous.

Nous fermons les yeux tous les deux, je crois que je n'oublierai jamais ce moment-là, ce que je ressens à cet instant.

C'est comme si des énergies puissantes me parcouraient le corps, une montant par les pieds et me traversant, tandis qu'une autre me venait par le visage à travers les embruns, entrait par mes narines, par mes oreilles et par tous les pores de ma peau. Le soleil me réchauffe le visage, je ressens sa chaleur, le vent me murmure à l'oreille la musique de l'océan et cette terre mousseuse sous mes pieds semble m'attirer, rendant mes jambes stables et fortes.

Je n'oublie pas Nick, bien sûr, toujours derrière moi, les mains autour de ma taille, me sécurisant tout en me rendant plus légère.

Nous avons repris notre marche le long de la falaise, pour repartir ensuite en forêt et enfin revenir au chalet.

— Je comprends tellement ton besoin de revenir entre deux missions, ici, on se recentre, on se retrouve, on se pose et on implose de bien-être.

— Alors, question : il implose quand il s'impose ou il s'impose quand il implose, ce fameux bien-être… *that is the question.*

— Oui, *good question*, détective. D'ailleurs j'ai une énigme à résoudre, tu sais au sujet du livre de ma mère et des cartes que mon frère, mon père et moi avons reçues accompagnées de messages. Il paraît que j'ai déjà des ailes et que je dois apprendre à voler, que *the show must go on* et que ce n'est que le début. Qu'est-ce que tu comprends toi ?

— Alors oui des *l* tu en as déjà deux dans ton prénom, j'allais dire, alors c'est tout vu : tu dois apprendre à t'en servir. Après, je dirais effectivement qu'il semblerait qu'Océ et Gaïa n'aient pas fini leur œuvre… Enfin c'est vrai que cela amène à penser qu'il reste une chose à faire, ou plusieurs, j'en sais rien, mais que l'histoire n'est pas finie…

— C'est ça, on comprend donc les mêmes choses et, en fait, j'ai l'impression que Lilla en serait la clé…

— Lilla ? Tiens, encore un prénom ailé, ah, ah, ah, je plaisante, dis-moi, toi, tu t'attends à quoi ?

— J'en sais rien, mais déjà, pour moi, sa rencontre pourrait me réconcilier avec ce sentiment étrange qu'une partie de ma mère, de ma vie ou de moi est restée avec elle… C'est difficile à exprimer, mais j'aimerais comprendre ce qui pouvait bien relier ma mère à elle et découvrir si moi aussi je vais ressentir quelque chose.

— Oui, je pense que c'est une bonne idée d'aller à sa rencontre, surtout que c'est ce qu'avait pensé faire ta mère, vous la présenter, si je me souviens bien.

— Oui, c'est ça, j'ai hâte.

Nous avons passé l'après-midi à discuter, de tout, de rien, je peux vraiment parler de tout avec lui et laisser libre cours à mes instincts sans avoir peur des jugements. Il est, lui aussi, très sauvage, dans le sens d'animal, d'instinctif, disons que nous nous rejoignons au niveau de notre sixième sens.

Au-delà des cinq sens, notre fréquence vibratoire commune se situe sur les ondes de notre sixième sens (celui qui justement fait appel aux connexions extrasensorielles).

Cet endroit où l'on ne doit pas chercher à comprendre, ni à poser des mots ou des schémas explicatifs, mais juste ressentir et vibrer, n'en déplaise aux cartésiens.

La nuit commence à tomber, alors nous rassemblons nos affaires, avant de devoir prendre la route pour Toulouse.

Posant ma valise sur le lit, je regarde par la fenêtre panoramique de la chambre et :

— Oh, regarde, Nick ! Nick, regarde, des chevreuils !

— Chut, ne fais pas de bruit, ils regardent vers nous…

— Merde, ils nous fixent là, non ?

— Ils nous entendent en tout cas. Ne bouge pas, je vais chercher mon appareil.

Magnifiques, ils sont quatre ou cinq, un petit et les autres plus grands. Les plus grands se mettent devant le petit, c'est comme s'ils sentaient que nous ne sommes pas loin. Ils avancent tranquillement mais les oreilles dressées. Quelle élégance, légers dans leur déplacement, doux, calmes mais alertes et hyper réactifs, fiers et droits dans leur posture, mais humbles dans leur regard et attitude. En le pensant, je me dis que ce serait une recette parfaite pour l'humanité, un juste équilibre. Leur message : « Avance sur ton chemin sans peur, mais reste bien à l'écoute du monde qui t'entoure, sois fier de toi, aie confiance, marche la tête haute, mais reste humble et compatissant. Sois léger pour être toujours prêt à rebondir, à réagir, donc reste alerte, autrement dit : vas-y, tu es sur la bonne route, mais ne t'endors pas au volant ! »

Nick revient avec son appareil pour immortaliser cet instant de grâce.

Nous sommes restés un bon quart d'heure à les observer avant qu'ils ne s'éloignent.

— Allez, en route, je fais un dernier tour pour m'assurer de n'avoir rien oublié et on y va !

— Au contraire… tu devrais volontairement oublier quelque chose, Clochette, comme ça, tu seras heureuse de le retrouver en revenant.

— Déjà, j'y ai laissé mes empreintes et un bout de moi, après tous ces instants magiques, j'y ai forcément laissé une bonne dose de *good vibes* ! Et ces empreintes sont clairement réciproques, je repars avec mes cinq sens entièrement requinqués de sons, d'odeurs, de belles images et de caresses faites à mon âme !

— Tu sais, je crois que Gaïa a vraiment eu un effet sur toi.

— De quelle Gaïa tu me parles ? Ah, ah, ah, mais qui est Gaïa, d'ailleurs, hein ? Je te le demande ! A-t-elle seulement vraiment existé ? Hein ? Est-ce qu'elle a été le fruit d'une hallucination collective ? On ne peut pas disparaître comme ça. On le peut ? Non ! Alors ?

— Wouah, je vois que ça te remue en tout cas cette question, dis-moi. Je… j'en sais rien, moi… tu sais, des fois les gens vont et viennent dans nos vies pour des raisons bien précises et s'en vont quand ce qu'ils avaient à faire avec nous est fini. Des fois ils sont là pour nous apporter quelque chose et des fois c'est l'inverse, ils sont là pour prendre, mais peu importe, je dirais…

— Tu crois aux anges ?

— J'en sais rien, et toi ? C'est ça la vraie question, le plus important c'est toi, qu'est-ce que toi, tu ressens ? As-tu envie d'y croire ? Et qu'est-ce qui te ferait y croire ?

— J'en sais rien, mais avoue que, quand même, cette Gaïa qui disparaît…

— Alors, si tu veux y croire, je te dirai que Gaïa est en chacun de nous, en fait, tu t'aperçois toi-même qu'en te posant les bonnes questions, si tu laisses parler ton cœur, ou ton intuition (ce qui revient au même), tu trouves les bonnes réponses.

— C'est en tout cas un drôle de mystère…

— La vie est un mystère, chère Lilou !

Nous finissons de tout ranger et prenons donc la route pour Toulouse, roulons une partie de la nuit pour arriver sur les coups de minuit.

Samedi 15 avril – Tout prend forme

Cette semaine, j'ai continué à peindre mes diptyques et quelques paysages.

J'ai dû voir Len quasiment tous les jours, il a vraiment bien travaillé sur l'organisation de notre projet de retrouvailles et toute la partie logistique.

La grande nouvelle de la semaine, c'est la réponse de Maik. Il n'a pas été difficile du tout à trouver puisqu'il a, lui aussi, écrit un livre qui a très bien marché en Allemagne et est devenu relativement célèbre.

Nous lui avons donné rendez-vous en Slovénie à Ljubljana, au fameux café devenu lieu d'échanges artistiques.

Lenny les a contactés et c'est d'ailleurs, dans cette salle que nous allons organiser la première rencontre avec tous les Slovènes rencontrés et retrouvés.

Lenny a réussi à joindre l'hôpital et à prendre contact avec les deux infirmières qui avaient sympathisé avec ma mère, leur apportant à manger, quelques enfants présents aussi, dont Slobodan. Nous devrions être une dizaine à cette rencontre, c'est déjà pas mal !

Mais comme il ne peut pas y avoir que de bonnes nouvelles, une des deux infirmières lui a dit que Svetlana était décédée quelques mois après la visite de Miss Rainbow. Nous avons malgré tout récupéré l'adresse de ses parents, car elle avait une sœur et deux frères.

Cette nouvelle m'attriste beaucoup et je me dis que je dois trouver une manière différente de finir ce tableau, car je l'ai déjà peinte, cette petite fille magnifique au teint de porcelaine. Que pourrais-je bien peindre en deuxième partie de ce diptyque ? Je pense à l'arc-en-ciel, car il est vrai que maman disait bien qu'il s'agissait d'un pont, vers un après… vers un autre « moi », un autre « monde », une autre vie…

Cette petite a traversé ce pont aux sept couleurs, elle qui s'était efforcée d'apprendre leur chanson par cœur, *The Rainbow Queens* (la chanson qui parlait des chiennes), d'ailleurs, une de ces deux reines, Tara, doit être auprès d'elle, de l'autre côté.

Oui, c'est d'ailleurs peut-être un signe, je devrais peindre un arc-en-ciel et la dessiner aux côtés de Tara et y inscrire les paroles de la chanson qu'elle aimait tant et qui parlait d'elle.

Pour ce qui est de la Hongrie, nous avons pu joindre l'orphelinat de Fot et nous y ferons la deuxième rencontre. La nouvelle directrice se charge de retrouver une partie des enfants. Le hangar qu'Océ et Gaïa ont repeint est toujours là, un peu défraîchi, mais la fresque y est toujours visible. Il n'a pas pu avoir Lilla au téléphone ni par mail, mais il a eu la confirmation de sa présence.

Ensuite, nous nous rendrons en Roumanie, à Ploiesti, à la fondation Esperanza. Une chance que Sylvia y soit toujours, mais apparemment c'est bien la seule. Elle se charge de son côté aussi de retrouver des enfants, je voudrais surtout qu'elle retrouve le petit Andréa.

Lenny a aussi pu joindre l'orphelinat de Choumen, la direction a changé, mais il reste des employées de cette époque.

Pour ce qui est de la Turquie, nous n'irons finalement pas, car le médecin est à la retraite et plus aucune des infirmières n'y travaille.

Nous continuerons en Inde, à l'O.N.G. où ma mère avait connu la fameuse Isabelle, si dévouée, et qui l'est toujours autant. Elle a dit à Lenny qu'elle pourra réunir quelques personnes. Isabelle garde souvent le contact avec les enfants puisqu'elle leur donne des cours puis leur apprend un métier qu'ils continuent souvent à exercer en partenariat avec l'O.N.G., soit dans le recyclage des plastiques, le tricotage pour les filles, la confection de bijoux, ou dans l'enseignement des plus petits.

Nous finirons donc au Népal, à Katmandou, à Children Home, à l'orphelinat des filles. Il a pu joindre une femme qui va nous aider à retrouver quelques enfants devenus adultes. Et même si on n'en retrouve pas beaucoup, je veux aller dans cet établissement qui touche à la fin de leur aventure.

Tout ce périple ne nous prendra finalement pas plus de trois semaines et il faudra ensuite que je finisse tous les tableaux à l'aide des photos de Nick. Nous avons déjà fait la demande de visas et nos passeports sont à jour.

Je ne sais toujours pas vraiment où tout cela va me mener, mais je commence à m'en faire une vague idée.

Nick est reparti pour deux semaines, il me manque déjà, en fait, je crois qu'il me manque même quand il est encore là et que je sais qu'il va partir. J'ai assez bien vécu son dernier départ en fait, surtout qu'il m'écrit un mot tous les jours, même plusieurs.

Je crois que c'est important aussi toutes ces petites attentions qui ne coûtent rien, un « bonjour », « bonne nuit », « comment vas-tu ? », etc., des petits mots qui signifient à l'autre qu'il compte pour nous, de près comme de loin.

C'est clair que ce n'est pas la distance qui éloigne les gens, mais les absences… Dieu sait si l'on peut être tout près mais absent malgré tout, comme l'on peut être loin et toujours présent.

C'est ainsi que même les morts peuvent parfois se montrer plus présents que les vivants eux-mêmes. Quel paradoxe, mais surtout quelle tristesse !

Être vivant c'est être présent pour soi et pour les autres dans l'instant et de près comme de loin. La disponibilité que nous offrons à ceux que nous aimons, notre temps, est la chose la plus inestimable que nous avons à offrir. L'argent se gagne et se dépense, le temps ne se gagne pas, non, c'est un leurre de penser cela, le temps, lui, ne fait que passer et ne se rattrape jamais.

Le temps devrait se mesurer non pas en secondes, en minutes, en heures, en jours ou en années, mais en intensité, en émotion, en présence, en écoute et en amour.

C'est certain que, cette réflexion-là, je ne l'avais pas, du temps où ma mère était en bonne santé. J'entends, avant qu'elle parte en voyage. Du haut de mes treize ans, pensant l'avoir à mes côtés pour toujours, je pouvais l'ignorer des heures entières, des jours, même des semaines. Quant à mon père, il était le roi de l'absence, de près comme de loin… certains se font omniprésents, eh bien, lui, il était « omniabsent »…

Si je la fais courte, je dirais que l'on peut être présent tout en étant ailleurs, comme absent tout en étant ici…

Mon père, mon frère et moi, aujourd'hui, nous sommes tous là, les uns pour les autres. Ma mère et Gaïa nous auront enseigné cela aussi, savoir être « présent » au « présent », et ce n'est d'ailleurs pas un hasard si l'on utilise le même mot.

Et cette présence en soi permet la présence en dehors de soi, d'observer son environnement, comme le disait si bien Gaïa. Tout est unique, ouvrons les yeux et connectons-nous à autre chose qu'à nos écrans, à la vie, sous toutes ces formes, réapprenons à ressentir notre univers. Sortons nos têtes de nos bocaux, de nos guidons, de nos vies chronométrées par le dictat de nos tâches journalières.

Eh bien, c'est exactement ce que je suis en train de faire, je change le cours des choses. Ma vie, qui était si bien programmée, je la transforme.

Je crois que je commence à comprendre, je suis en train de changer, la transformation est lancée puisque depuis déjà un mois, je ne fais rien de ce que je faisais depuis des années. J'ai interrompu ma routine et, finalement, tout va bien, je dirais même tout va mieux !

C'est comme si, en fait, j'étais depuis quelques années devenue passagère de ma vie comme dans une voiture, en pilotage automatique… Au départ je conduisais, puis à un moment, connaissant si bien la route, je n'y faisais même plus attention… et j'ai lâché le volant… me laissant porter, sauf que je ne profite même plus du voyage, car à ne plus conduire, je suis devenue passive, j'ai fini par m'endormir.

Mais là, depuis l'arrivée du livre, j'ai l'impression d'avoir repris le contrôle. Fini, plus de G.P.S. ! Plus d'automatisme !

J'ai même décidé, l'autre jour, que chaque matin je ferai un truc différent, ne serait-ce qu'en allant jusqu'à la galerie, sur mon trajet.

Au lieu de me déplacer en mode automatique, oui, parfaitement, comme un bon petit robot programmé, j'allais prendre d'autres rues, j'allais saluer un inconnu, me prendre un café dans un bar où je ne suis jamais allée, offrir un croissant à une gamine qui marche vers l'école…

Finalement, je me rends compte que même quand je peignais, je n'étais plus vraiment innovante, j'avais fini par trouver un style bien à moi, mais je ne me réinventais plus, et ce bien avant le départ de maman…

Eh oui, la mort de maman est un faux alibi à mon *burn-out*, tout compte fait, je me rends compte qu'elle est plutôt un réveil, une épreuve qui me pousse à reprendre les commandes de ma vie en me reconnectant à mes valeurs profondes.

Décidément, cette Miss Rainbow Adventure n'a pas fini de nous surprendre et de nous en apprendre.

Et maintenant que tout se précise, il ne nous reste plus qu'à fixer les dates et à faire venir la presse pour présenter la fondation, le projet et le nouveau look de Miss Rainbow.

Dès aujourd'hui, je vais contacter quelques médias, radio, télé, magazines et journaux. Je vais faire appel à mes connaissances et annoncer le grand retour à l'aventure, ça va dépoussiérer les vieux souvenirs.

Ce week-end, je peins encore et encore, et je prépare mes argumentaires.

« Il suffisait d'une étincelle pour que le feu reprenne, incendiant
le monde d'une lumière incandescente,
de celle qui brille dans les yeux des enfants. »

Mag. B.

Lundi 17 avril – Miss Rainbow – Le retour

Incroyable ! Ce matin aux aurores, ma boîte mail est pleine, mon téléphone n'arrête pas de sonner. Tout le monde veut le *scoop*, le grand retour de Miss Rainbow.

« Lilou, le peintre célèbre, qui plus est, la fille d'Océane, de l'aventure Rainbow, marche sur les traces de sa mère. »

Je n'en reviens pas de l'engouement des médias ! Ils devaient être à court de nourriture, pas assez de drames en ce moment.

Je crois que le mieux pour moi serait de tous les convoquer et de faire une grande conférence de presse à la galerie, comme ça, pas de jaloux, tout le monde aura les infos en même temps.

Étant donné qu'ils sont tous très intéressés, je les convoque pour samedi prochain à la galerie de Toulouse, ce qui me laisse une semaine pour me préparer. Nick sera de retour pour se présenter avec Lenny.

Ça y est, je vais devoir stresser toute la semaine. Je sais, il faut que je prévienne mon Tony, j'ai besoin de ma fée de l'organisation ! Je vais l'inviter à passer la semaine avec moi pour me préparer à cet événement et nommer son adjoint pour gérer la galerie de Paris, il va pouvoir s'en sortir une semaine tout seul. Je lui envoie un texto :

Tony ! Au secours ! Changement de programme pour toi cette semaine. Tu vas devoir briefer Mathew pour qu'il gère seul Paris pendant la semaine, il faut absolument que tu viennes m'aider. Je te raconterai tout sur place, c'est trop long à expliquer, un gros événement se prépare et j'ai besoin de ton professionnalisme et de tes dons d'organisation.

Ni une ni deux mon téléphone sonne :

— Allô ! Non mais, qu'est-ce qui se passe *chéwie* ? Tu m'appelles un lundi pour me dire de ramener mes fesses à l'autre bout de la France du jour au lendemain. J'espère que c'est grave au moins.

— Coucou, je t'ai dit que c'était trop long à te raconter là, mais oui, c'est grave, mais ça va te plaire, je te le promets ! Une conférence de presse.

— *No way* ! Oh, génial, génial, enfin, enfin ! Ah, tu me fais plaisir, *chéwie*. Bon, c'est bien de faire de la com, j'adooorrreee.

— Oui, mais ce n'est pas vraiment pour les galeries, écoute, fais-moi confiance, descends dès que tu peux, prends le temps de tout expliquer à Mathew et prends le premier avion, réserve avec la carte de la galerie.

— Mathew va bien gérer, ne t'inquiète pas, je lui ai déjà bien tout appris, on a fait beaucoup, beaucoup d'heures supplémentaires ces derniers temps, il apprend vite, si tu vois ce que je veux dire…

— Tony, tu es… oh… incorrigible ! Je ne te laisserai plus passer les entretiens d'embauche !

— Dis donc, est-ce que je t'ai dit quelque chose, moi, sur ton livreur de pizzas photographe porno, hein ?

— Non mais, mais ça va pas ! Il est photographe animalier et… Eh bien, je… je vois que les nouvelles vont vite, hein… merci Karine !

— Oui, photographe animalier peut-être, enfin dans l'atelier vous ne preniez pas des flamants roses en photo, il paraît… Enfin, bon… en tout cas, Karine a dit que t'as l'air mieux ces derniers temps, alors, moi, je dis tant mieux, continue avec tes *30 Millions d'amis* (vieille émission de télé sur les animaux, pour ceux qui ne connaîtraient pas).

— O.K., alors, tu viens quand ?

— Je vais essayer d'arriver demain en fin de journée, ma belle.

— Super ! Tu me sauves.

Ce Tony, s'il n'existait pas, il faudrait l'inventer. Une tornade d'enthousiasme, un peu fou, mais vraiment très méticuleux et organisé. Je pourrais l'appeler Tony Poppins. Ah, oui ! En plus, je suis certaine que cela lui plairait. En fait, non, c'est une mauvaise idée, je ne lui ferai pas la blague, car je sais déjà ce qu'il me répondrait… Et vous ne voulez pas le savoir. Une de ces mauvais jeux de mots grivois concernant le second rôle du film (un certain ramoneur, je crois).

Revenons-en à ma conférence de presse de samedi. Il ne me sert à rien d'attendre Tony pour préparer mon courrier à l'attention des médias, je vais m'y coller dès aujourd'hui avec Karine.

Vendredi 21 avril – Tony et compagnie

Tony est arrivé mardi soir, je suis allée le chercher à l'aéroport. Depuis, nos journées ont filé à la vitesse de la lumière, ce type est une fusée incontrôlable, et surtout il a un merveilleux contact avec le monde de la communication.

Tout est prêt pour demain, ils vont être très nombreux, nous avons organisé un grand apéritif dînatoire, un groupe de musiciens sera présent pour jouer les morceaux de l'album de maman (quand je vous disais que Tony pensait toujours à tout !). Nous avons fait entrer Miss Rainbow dans la galerie, dont le toit est aussi haut que celui de l'atelier (c'est le même bâtiment comme je vous l'avais dit).

Nous avons décoré la salle avec des banderoles, arc-en-ciel bien évidemment, et des gourmandises de toutes les couleurs seront servies aux invités, bref nous avons recréé l'ambiance de nos deux héroïnes.

Nick est avec nous à la galerie ce soir, avec Karine, Tony et Lenny.

Nous devons tous être là demain pour présenter la fondation Miss Rainbow.

Nous avons réussi à réunir toutes les chaînes de télévision importantes, radios, magazines et journaux.

— Allez, c'est bon, nous ne pouvons rien faire de plus ce soir. Il faudra revenir demain midi pour accueillir le traiteur et finir la mise en place. J'en peux plus de ce stress, que penseriez-vous de sortir manger quelque part et prendre un verre ou deux, histoire de penser à autre chose.

— Oui, ma *chéwie*, très bonne idée, mais pas de folies, demain est une grande journée.

— Tony est comme une mère pour toi, me glisse Nick en rigolant.

— Une mère ? J'dirais plutôt un chaperon.

— Tu es jaloux, Nick ? Tu voudrais qu'on s'occupe un peu plus de toi ? lui lance Tony, en lui offrant son regard coquin et gourmand.

Nous explosons tous de rire, même Nick rit un peu plus nerveusement, ce qui est normal, car il ne connaît pas encore très bien Tony.

Nous sortons manger, dans un restaurant de style bodéga que Karine et moi aimons bien. Ils y servent de délicieuses tapas et les meilleurs mojitos de la ville, le tout dans une ambiance latine festive et conviviale, exactement ce qu'il faut pour décompresser.

Nous avons bien ri toute la soirée, il faut dire qu'avec Tony, c'est toujours animé. Il n'a pas pu s'empêcher de danser et il faut avouer qu'il danse divinement bien la salsa.

C'est assez perturbant d'ailleurs, j'imagine, car il danse aussi bien en tant qu'homme que femme, il peut mener ou se faire mener, et dans les deux cas, on ne voit que lui.

Il rayonne, il est lumineux, gracieux, en fait, il pourrait rendre jalouse n'importe quelle femme. Il a plus de classe et de sensualité dans ses déplacements que pas mal de femmes que je connais.

— Il faut que tu me donnes des cours, Tony. Tu es si…

— Sexy, oui, vas-y, *chéwie*, tu peux le dire !

— Pfff, t'es bête, non ! Enfin si… mais je voulais plutôt dire, féminin… enfin je veux dire gracieux, léger et sensuel aussi.

— Arrête, tu vas me faire rougir, enfin c'est un compliment n'est-ce pas ?

— Mais oui ! Je rêverais de savoir danser comme toi, me mouvoir comme toi…

— Tu as tout, ma Lou *chéwie* ! Il s'agit d'accueillir cette féminité sans complexe. Sois fière, sois belle ! C'est tout ! Si tu te sens belle, alors tu seras belle, et puis si tu n'y arrives pas, commence par faire semblant et tu finiras par y croire ! Ah, ah, ah. Tu sais, c'est de l'illusion, tout n'est qu'illusion… Je veux dire notre physique, notre sexe… tout ça n'est qu'illusion… Oublie ton enveloppe et fais briller ton cœur et ton âme, et tu verras, c'est magique ! Change le regard que tu portes sur toi et tu changeras tous les regards !

— Eh bien, Tony, quelle inspiration ! Je vais suivre ton conseil, mais je crois que même si je crois fort que je suis grande et mince, je ferais toujours un mètre vingt-quatre.

— Mais tu comprends rien ! Tu es grande, ma belle ! Tu es gigantesque et tu t'en rendras compte pas plus tard que demain ! Tu portes en toi la force de tes mères, car pour moi, Océane et Gaïa sont toutes les deux à l'intérieur de toi.

— Ah, c'est sûr que quand je monterai sur l'estrade pour faire mon discours je prendrai de la hauteur…

— Non, mais, dis-moi, Nick, comment fais-tu pour supporter cette tête à claques ?

— Pardon, Tony ? Tu prendrais pas un peu trop tes aises là ? Je te signale que la tête à claques te signe tes chèques de paye !

— Ah non, ma *chéwie*, ça fait un moment que nous sommes passés au virement là, d'ailleurs je remercie Karine pour cette avancée spectaculaire !

— Pas un mot de plus ou je… je… Bouh, tu m'énerves !

— Mais nous aussi on t'aime, Loulou, puis surtout, tu ne peux plus te passer de nous…

— Ne m'appelle pas comme ça ! Putain, Lenny, t'es vraiment… Argh ! C'est toi qui lui as dit que je détestais que tu m'appelles comme ça, hein !

— Allez, viens, ma belle, je te fais danser ça, te calmera.

Lenny, Tony et Nick se sont bien trouvés, à eux trois ils ne manquent jamais de me charrier.

J'ai dansé plusieurs salsas avec Tony. C'est un vrai régal de danser avec lui, surtout sous les yeux dévorants de Nick.

Notre soirée touchant à sa fin, nous sommes rentrés nous coucher. Tony, ce soir, repart avec Karine, de manière à nous laisser Nick et moi en amoureux.

Samedi 22 avril – *The show must go on !*

Nous y sommes, il est 17 heures, l'orchestre est en place, ils ont fait la balance, le traiteur a tout installé, la déco est finie.

Nous allons, dans un premier temps, présenter la fondation et sa *dream team* et, bien sûr, le projet consistant à marcher sur les pas d'Océane et Gaïa en illustrant le livre de mes futures toiles.

Nous sommes tous les quatre fins prêts, Lenny, Nick, mon père et moi, tous au garde-à-vous.

Les premiers invités commencent à arriver, et à chaque passage de porte j'ai le cœur qui tape un coup de tambour et plus ça va, plus je me dis que mon cœur pourrait remplacer l'orchestre à lui tout seul.

Le monde afflue, j'hésite entre partir en courant ou me cacher sous une table… Serait-ce bien raisonnable ?

Nick s'approche de moi :

— Tout va bien, Clochette ? Ça va être compliqué de s'esquiver ce soir.

— Tu ne crois pas si bien dire. Je tentais d'élaborer un plan, mais ça me semble compliqué, non ?

— Tu maîtrises ton discours et puis, même si t'oublies tout, tu sais déjà tout, tu as tout dans ta tête, tu as tout mis en place, alors oublie ton papier, parle avec ton cœur, sois spontanée, inspire-toi d'Océane et Gaïa.

— Amen…

Nick me glisse un baiser dans le cou et approche ses lèvres de mon oreille :

— Vous êtes vraiment en beauté ce soir, cette robe boutonnée dans ton dos, me rend fou d'impatience… A-t-elle une grande valeur ?

Je crois que Nick a le don de me faire rougir et je crois que depuis que je le connais j'ai développé une nouvelle pathologie. Un peu comme des symptômes grippaux : bouffées de chaleur, frissons, nœuds dans l'estomac, vue trouble, tachycardie, mains moites et la liste n'est pas exhaustive.

Non, non, oh non, pas du tout, non, non, non, je vous vois venir ! Oui, oui, mais non, non, pas du tout, oh, que non, non, non, je ne suis pas amoureuse. Pourquoi tomberais-je amoureuse, d'un homme sublime, au corps de rêve, accompli et épanoui professionnellement, attentionné, galant, romantique, sexy, humble, intelligent et drôle… non, mais vraiment, pourquoi ? Ça n'aurait aucun sens, voyons !

Disons que la vraie question, du moins celle que, moi, je me pose, est inversée : « Pourquoi, lui, tomberait-il amoureux de moi ? »

Tony arrive pour m'extirper de mes pensées :

— Alors, beauté fatale, tu es prête ? Non, je retire ma question, ça va être à toi ! Tu es parfaite dans cette robe !

— Ah oui ? Nick aussi a l'air d'aimer ma tenue.

— Mais oui, tout toi ! Sage, discrète, mais effrontément sauvage, tu vas assurer ! Allez ! je vais t'annoncer, tu sais que j'adore ça prendre le micro et faire le show ! C'est parti, admire la star.

Mais comment fait-il, Tony pour être si sûr de lui, il est très inspirant, il est tellement à l'aise avec ce qu'il est, ce qu'il véhicule, qu'il met tout le monde d'accord. Tout le monde le respecte et l'apprécie, même les « culs serrés » comme il ose le dire, et ce, parce que malgré sa douce folie, il est très pro, honnête, intègre et fiable.

Bon sang, c'est à moi !

— Bonjour à tous, je vous souhaite la bienvenue dans la galerie Lilou *in* Toulouse. Nous sommes très heureux que vous soyez aussi nombreux pour célébrer cet événement. Ce qui nous rassemble aujourd'hui c'est ce qu'appelait Gaïa, une renaissance, un retour à la vie… Ma mère avait dit, et même écrit « Parce que pour mourir, il faut être vivant », et nous dirons qu'il faut parfois « mourir pour mieux renaître ». Non, ce ne sera pas le titre d'un nouveau livre, mais juste une manière d'annoncer le grand retour de Miss Rainbow qui fait à elle seule renaître le souvenir de ma chère maman, la déferlante Océane que la plupart d'entre vous ont connue.

C'est à ce moment-là que Tony tire sur le grand rideau qui cachait encore Miss Rainbow à la vue du public.

J'aurais voulu continuer mon discours, mais tous les regards et les appareils photo s'agitent dans tous les sens.

— Wouah, quel enthousiasme ! Je n'en attendais pas moins, alors je vous laisse la découvrir, en faire le tour, la prendre en photo et je vous expliquerai tout dans quelques minutes.

Je regarde tous ces gens s'agiter autour de Miss Rainbow comme des enfants, les yeux grand écarquillés et les sourires sur toutes les lèvres. Je pense que parmi eux certains devaient être très jeunes à l'époque, comme moi, et sont peut-être papa ou maman aujourd'hui, d'autres sont peut-être devenus grands-parents. En tout cas, ça réveille en eux des souvenirs certains.

— Maintenant que vous avez découvert la première surprise, laissez-moi vous présenter la surprise suivante. Je vais pour cela demander à mon frère Lenny, que vous connaissez sûrement déjà aussi, Nick et mon père Laurent de me rejoindre. Voilà, nous sommes donc tous les quatre très fiers de vous annoncer la naissance de la fondation Miss Rainbow. Mon frère Lenny en est le trésorier, mon père Laurent en est le vice-président, Nick en est le photographe officiel et secrétaire et j'en suis la présidente. La création de cette fondation, dans un premier temps, nous amène à partir dans plusieurs pays à la rencontre de quelques personnes, que ma mère a connues et accompagnées, afin de les aider à notre tour. J'ai décidé d'illustrer en peintures le livre et l'histoire de ma mère, de retrouver ses personnages clés et de les peindre, aujourd'hui, soit quinze ans plus tard. Mettre en lumière que les graines un jour semées finissent toujours par pousser. Notre emblème et mascotte, Miss Rainbow, ne bougera pas d'ici, nous prendrons l'avion et d'autres moyens de transport. Pour cela, nous acceptons tout ce qui nous aidera à pouvoir étoffer ce projet, soit sous forme de don, soit sous forme d'adhésion à la fondation. Chaque adhérent recevra régulièrement des infos sur l'avancement de ce projet, sur le voyage ou toute nouvelle action qui pourrait être mise en place. Chaque adhérent pourra, s'il le souhaite, devenir acteur s'il possède une compétence particulière ou quoi que ce soit pouvant être utile à la concrétisation d'un projet. Mon travail d'illustration du livre *Parce que pour mourir, il faut être vivant* a déjà démarré depuis un mois pour toute la partie paysages, monuments et portraits. Bien que cela sorte complètement de ce que vous connaissez de mon art plutôt abstrait contemporain, vous y reconnaîtrez ma patte très personnelle et clairement d'avant-garde. Nous partirons en juin, à notre retour, il me restera encore beaucoup de travail de finition. Par contre, nous vous donnerons rendez-vous en août pour une énorme soirée incontournable à Paris, au cours de laquelle toutes mes toiles seront mises aux enchères et dont les ventes serviront la fondation. Une soirée qui promet d'être inoubliable. Voilà, je ne vous en dis pas plus, désormais je vous invite à vous restaurer autour de ce magnifique buffet aux couleurs de Miss Rainbow. Nous allons faire danser vos papilles sur des rythmes aux saveurs arc-en-ciel. N'hésitez pas à venir à notre rencontre si vous avez des questions, nous nous ferons un plaisir d'y répondre. Que la fête commence ! Musique !

— Oh, ma *chéwie*, *chéwie* ! Tu as été parfaite, tu les as tous envoûtés, pris dans ta toile.

— Non, dans mes toiles, ah, ah, ah.

— Mais oui ! Avec tes toiles, tu tisses une gigantesque toile et avec tes œuvres, tu vas créer des interactions, des connexions qui vont générer des actions et qui permettront à chaque fois de créer de nouvelles toiles, de nouvelles connexions vers une œuvre grandissante, grandissante, grandissante !

— C'est clair. En fait, mes toiles sont des graines et la toile de l'araignée, la terre, l'univers ! Les branches de ces graines devenues des arbres sont les ramifications de cette toile universelle.

— Ma *chéwie*, un nouvel art est né sur lequel tu es appelée à régner ! Ah, ah, ah.

— Quelle folle inspiration ! Mais bon, une araignée c'est moche… je préférais la comparaison au colibri qui pollinise, surtout qu'une araignée, ça ne vole pas…

Nick s'approche de nous pour se mêler à la conversation

— Mais, dites-moi, vous parlez arachnide ?

— Oui, c'est une longue histoire de toiles sur fond de toile universelle, je te raconterai. Mais je trouve l'image peu flatteuse pour moi, car les araignées sont poilues, moches et ne volent pas…

— Alors si je peux partager mes connaissances avec vous, en tant que photographe animalier, je te dirais qu'il existe de très jolies araignées, l'araignée-paon, tiens, par exemple, elle te plairait avec ses couleurs arc-en-ciel, et en plus elle chante et elle danse ! D'où son surnom. En fait, elle tient sa technique de drague de la danse du paon, qu'elle imite lors de la parade nuptiale mettant en avant son abdomen aplati et met en lumière toutes ses couleurs, comme le fait le paon.

— Ah oui ! O.K. alors, va pour l'araignée-paon !

Je sens une main sur mon épaule, je me décale pour laisser la personne se joindre à nous.

— Bonsoir, vous vous souvenez de moi ? Je suis Paul de France 3, j'ai quelquefois rencontré votre mère, et d'ailleurs vous étiez présente, une ou deux fois.

— Oui, oui, je me souviens, bonsoir !

— Je tenais tout d'abord à vous féliciter pour cette soirée et pour ce beau projet. Aussi, je pensais qu'il serait intéressant de discuter avec la chaîne pour repasser le film de votre mère justement d'ici quelques semaines, de manière à raviver la mémoire de chacun, et pourquoi pas la faire connaître à ceux qui ne la connaîtraient pas encore. Je pense que vous allez aussi le relayer sur les réseaux sociaux comme votre mère l'avait fait, enfin, votre frère surtout. Et de ce fait, je pensais aussi que votre frère, qui est un spécialiste en informatique et pas mal calé aussi en audiovisuel, pourrait filmer et nous envoyer des extraits de vos rencontres, de vous, en train de peindre, et même du voyage aussi, pourquoi pas, de manière à ce que nous fassions un reportage complet à la fin. Qu'en pensez-vous ?

— Eh bien, wouah ! Oui, bien sûr ! Ce ne sont que de bonnes idées ! J'adhère complètement, ce serait parfait !

— Je crois que vous pouvez vous préparer à aller de surprise en surprise. Je me souviens que l'effet Miss Rainbow avait été plus que contagieux, donc attendez-vous à ce que cela ravive les esprits !

— Mais nous y comptons bien.

— Alors, trinquons au grand retour de Miss Rainbow et souhaitons une belle réussite à la fondation.

— Oui, à la fondation Miss Rainbow ! À toi, maman, et à notre mystérieuse Gaïa !

Je sens mon père très ému, il s'est esquivé et il fait le tour du Combi, un verre à la main. Il a un léger sourire en coin comme si un vieux souvenir avait hameçonné le coin de ses lèvres pour les tirer vers le haut… J'imagine ma mère, au bout de cette ligne qui joue à la pêche aux sourires nostalgiques.

Il ne faudrait pas que ce sourire qui n'a pas l'air bien accroché, s'échappe et replonge en éclaboussant ses yeux avec des larmes.

Je n'aime pas voir mon père triste, il a été si heureux ces dernières années, c'était tellement bon de les voir s'aimer comme au premier jour. En fait, ils se sont aimés bien plus fort, bien plus vrai qu'au premier jour, car il faut avoir connu le manque pour savourer la présence, il faut avoir connu l'échec pour jouir d'une réussite, il faut avoir souffert et connu le pire pour reconnaître le meilleur et le bonheur quand ils sont là…

Alors, ils se sont aimés à nouveau, mais mieux.

Nous savions malgré tout qu'elle partirait, que la vie lui offrait juste un répit, une deuxième chance, pour mieux faire, pour prendre sa place, pour accomplir sa mission de vie qui a été d'inspirer d'autres âmes à chercher la leur. Et je dois dire qu'en quinze ans, elle a réussi à faire de sa vie un rêve éveillé, elle a su contaminer des tas de personnes, femmes et hommes, de son courage, de sa détermination à croire en la vie, en la beauté des émotions et des sentiments qui sont guidés par le cœur et non par la raison. Et oui « le cœur a ses raisons que la raison ignore », c'est vrai, car la raison *raisonne* et souvent nous emprisonne alors que le cœur *résonne* d'un amour qui nous libère… Tout est encore une question de longueur d'onde…

À trop réfléchir on en oublie d'agir… alors qu'à trop aimer… non rien… pourquoi ?

Parce que l'on n'aime jamais assez.

Mon père vient de monter à bord du Combi, c'est alors que je décide de nous prendre un verre à tous les deux et de le rejoindre.

— Hey, papou, je peux me joindre à toi ?

— À *vous,* tu veux dire ?

— Euh ben… je ne vois personne d'autre que toi là, à moins que…

— Moi non plus, je ne les vois pas, mais elles sont bien là, je sens leur présence partout, tout autour de moi, sur moi, ce van est hanté par leur présence, c'est dingue !

— Non, pas hanté, ça a quelque chose de négatif, je dirais embelli, sublimé, parfumé, encensé… Oui, il est magique, vibrant et envoûtant ! Je pense qu'elles ont vécu tellement de sensations fortes et d'émotions qu'elles en ont imprégné chaque millimètre.

— Elle me manque tellement…

— Oui, papou, à moi aussi elle me manque… mais comme tu l'as dit, elle est là, toi comme moi, nous en avons conscience, nous la ressentons ! Et crois-moi, parle-lui, tu verras… aie confiance, elle te répondra.

— Oh, mais je lui parle, sans arrêt, toute la journée je lui parle… mais elle ne répond pas, jamais…

— Non, pas comme ça, elle ne peut pas t'écouter à longueur de journée, elle ne le pouvait déjà pas vivante, alors imagine maintenant ! Tu veux qu'elle meure une deuxième fois ?

J'ai réussi à le faire rire un peu et je n'en suis pas peu fière. Heureusement qu'il y a l'humour pour alléger le poids du chagrin.

— Tu peux juste, de temps en temps, t'adresser à elle de manière courte, mais intense, en y mettant tout ton cœur et toute ton âme. Ensuite, reste réceptif, ne t'attends pas à un tour de magie, mais regarde tout autour de toi, en gardant le cœur bien ouvert et tu verras les signes. Tu verras sa présence en tout, en fait, tes yeux naturellement changeront de regard… Tu sais, depuis que j'ai repris la lecture de son livre, les choses me semblent de plus en plus claires… Je comprends les messages de Gaïa et je me sens guidée par leurs signes.

— En tout cas, tu es bien la fille de ta mère et tu commences à parler comme elle.

— Mais oui, papou, je suis elle et elle est moi. C'est ce que j'ai compris, ce qui est né un jour, vivra pour toujours… rien ne disparaît, tout se transforme toujours. Elle est juste passée de l'autre côté de l'arc-en-ciel, dans un autre espace-temps, quelque part entre ici et ailleurs… Mais quand il pleut, c'est étrange, mais je me dis qu'elle est dans chaque goutte de pluie et du coup je me suis mise à aimer la pluie.

Et c'est à ce moment précis que l'orchestre s'est mis à jouer *Somewhere over the Rainbow.*

— Genre, tu veux dire… comme ça là ? Ce serait une réponse ?

— Oh, que oui, et c'est on ne peut plus explicite ! Tu vois, tu commences à comprendre comment ça marche ! Allez, viens, on va rejoindre les autres !

— Vas-y, ma puce, ils t'attendent tous, moi, je vais rester ici encore un peu.

Je me lève donc pour serrer fort mon père dans mes bras et le laisse à ses instants d'intimité.

Lenny fait super bien son travail de communicant, moi qui le croyais plus introverti, il se débrouille finalement royalement bien. Il va de groupe en groupe, serrer les mains, répondre aux questions organisationnelles ou budgétaires, bref, un vrai chef. Nick se fait plus discret ou bien il essaie d'échapper à quelques blogueuses affamées, je crois que je ferais mieux de lui venir en aide.

— Me revoici ! Est-ce que tout se passe bien ?

— Super ! Cette soirée est un succès. Dis-moi, tu sais que dans deux semaines je dois repartir ?

— Ah oui, c'est vrai tu dois aller au Canada, c'est ça ? Pour les baleines, je crois…

— Exact, je pars à Tadoussac et en Gaspésie, et je pense que nous aurons bien avancé dans l'organisation et toi dans tes toiles… alors je me disais que peut-être, tu pourrais m'accompagner. Qu'en penses-tu ?

— C'est dans deux semaines ! Je... je ne sais pas te dire, là, comme ça, donc je devrais regarder mon agenda et demander à Linda, Karine et Tony s'il n'y a pas des choses importantes prévues à ces dates-là.

— Coucou, j'ai les oreilles qui sifflent... On parle de moi ?

— Ah ! Tony, oui, en fait non, pas vraiment, on parlait de la difficulté de prévoir des choses à deux semaines près... enfin, tu sais...

— Euh, non, pas du tout, je ne sais rien, ma *chéwie*, qu'est-ce qu'il y a ? Qu'est-ce que notre petite araignée essaie d'esquiver ?

— Je viens de l'inviter à partir en Gaspésie avec moi pour quatre jours, je dois partir en croisière sur un bateau privé, dans les fjords pour photographier les baleines.

— Oh, *my God* ! Mais oui, qu'elle part avec toi, bien sûr qu'elle part ! Et si elle ne veut pas, moi, tu sais, je veux bien la remplacer, nous pourrions nous exercer dans la langue de Shakespeare, j'aurais bien besoin de pratiquer un peu.

— Tony, tu n'es pas sortable ! Je ne m'esquivais pas, je dois quand même vérifier deux trois trucs avant de dire oui, c'est tout. En plus, le bateau...

— Excellent, le bateau, excellent entraînement pour toi, ma belle ! Impossible de te sauver, ah, ah, ah, à moins de sauter et, franchement, dans le Saint-Laurent, je te le déconseille fortement !

— À moins de vouloir rejouer un extrait de *Titanic* comme l'autre jour, mais cette fois dans le rôle de l'iceberg !

La soirée touche à sa fin et les invités commencent à partir les uns après les autres.

Je pense que la semaine prochaine au plus tard, cela devrait être diffusé sur tout type de support, télé, radio, blogs et magazines.

Cela, cumulé avec la projection du film, devrait faire quelques émules !

Nous sommes rentrés très tard, il nous a fallu attendre que l'orchestre et le traiteur rangent tout leur matériel, nous avons aussi nettoyé un peu la galerie.

Nous reviendrons finir demain.

Vendredi 5 mai – Les baleines

Eh oui, Nick m'a convaincue et nous sommes dans l'avion en direction de Montréal, où nous attend un autre petit avion devant nous amener à Tadoussac, à un bateau privé.

Il n'y a plus de neige et il paraît qu'il fait même plutôt bon, autour des quinze degrés, enfin, à Montréal, parce que là-haut en Gaspésie et, qui plus est, sur le Saint-Laurent, il faut plutôt s'attendre à des températures avoisinant les zéro… oui !

Alors, je vous passe mes angoisses à bord du petit avion que nous avons pris pour arriver à Tadoussac, un avion de quatre places, dont le moteur chantait tellement fort qu'on ne pouvait même pas s'entendre crier…

Nous sommes quand même arrivés à bon port, sains et saufs. C'est un très joli village situé à l'embouchure du fjord du Saguenay, les baleines y trouvent de la nourriture en abondance. La première chose que l'on voit en arrivant est cet énorme hôtel au toit rouge qui date de 1864, ce mythique hôtel Tadoussac compte environ cent cinquante chambres, je crois.

— Savais-tu que ce village a été visité par Jacques Cartier en 1535 et qu'il a été le premier poste de traite de fourrures établi au Canada et le premier port océanique de la vallée du Saint-Laurent ?

— Non, je n'en savais rien.

— Et là, non loin, de l'hôtel, c'est la plus ancienne église de bois qui existe en Amérique du Nord, appelée la Petite Chapelle ou chapelle des Indiens, tu vois qu'elle a le même toit rouge que l'hôtel.

Un monsieur nous fait signe, c'est le conducteur du bateau. Il est magnifique (le bateau) ! Une ligne ultramoderne, pointue à l'avant, qui lui confère un effet aérodynamique.

— Mais… c'est carrément un yacht !

— On va dire que mes clients, en général, me soignent bien. Oui, il est quand même assez petit, tu sais, il y a deux chambres minuscules, un petit coin salon en haut, derrière le poste de pilotage et un autre plus grand en bas avec la cuisine, les deux chambres et une mini-salle de bains.

On ira voir après, on va lui laisser nos valises. Garde ton sac à dos, on va marcher un peu avant de reprendre encore un transport, qu'en penses-tu ?

— Oui, entièrement de ton avis, un peu d'air fera du bien. Mais du coup, lui, il va être tout le long avec nous ?

— Pourquoi cela te contrarie ? Tu t'étais imaginé autre chose, peut-être…

— Oh, non, non, pas du tout, enfin… un peu quand même, je pensais qu'on aurait eu plus d'intimité, quoi…

— Je te bâillonnerai et tu pourras crier, il ne t'entendra pas… et ça n'en sera que plus excitant. Ah, ah, ah. Mais je plaisante ! Non, j'ai mon permis, il est là pour nous accueillir, faire l'état des lieux et la mise à disposition, c'est tout. Si tu avais vu ta tête !

— Ah, c'est malin ! C'est toi que je devrais bâillonner pour t'éviter de dire autant de conneries !

— Eh bien, eh bien… des promesses, j'espère ? On dirait bien qu'il va devenir chaud bouillant le Saint-Laurent !

Avant de monter à bord du bateau, nous entamons une petite marche le long de la promenade en bois, construite au-dessus des rochers et qui longe le fleuve, le sentier de la pointe de l'Islet.

C'est vrai qu'ici, comparé à Montréal, il ne fait vraiment pas chaud et un petit vent glacial vient nous chatouiller les narines et les oreilles.

— Tu devrais sortir tes gants, bonnet et écharpe, Lou.

— Oui, je crois bien que je me sentirai mieux si je me couvre parce que ce vent est glacial, disons qu'il m'aide vraiment à me souvenir de tout ce qui dépasse de mes vêtements ou de mon visage.

— Eh oui, c'est d'ailleurs généralement ce qui gèle en premier, le nez, les oreilles et les doigts. D'abord ils noircissent, puis ils tombent, ah, ah, ah ! Mais là il fait bon, franchement. Je te ramènerai en février tu verras.

— Oh, je te crois sur parole !

— Si tu veux, on va s'installer là-bas, sur les rochers, on profite du coucher du soleil, avec un peu de chance on pourra déjà observer quelques baleines avec le soleil en toile de fond. Je vais déplier un peu de matos, je devrais déjà pouvoir prendre de beaux clichés d'ici.

— O.K. ! Parfait pour moi.

Je m'assois sur les rochers pendant que Nick installe tout son matériel photo.

Et à peine installée, je m'exclame :

— Oh, oh, regarde ! Regarde ! Y en a plusieurs là. Oh ! Je n'en avais jamais vu ! Elles sont blanches, il y en a trois ou quatre.

— Oui ! On est chanceux vraiment. Ce sont des bélugas, magnifiques ! Ils ne te rappellent rien, la Toulousaine ?

— Mais si, nos avions, c'est vrai, la même forme. C'est incroyable !

Quel magnifique spectacle ! Je suis là, assise sur les rochers, mes bras entourant mes genoux, en face de moi, cette énorme étendue d'eau, au milieu des fjords. Au loin, juste en face, comme coincé entre les deux falaises, le soleil vient caresser la surface de l'eau et s'y reflète en changeant la couleur sur toute sa surface. Un soleil de feu qui change l'eau en or en arrière-plan, comme un décor de fond de scène et la danse des baleines blanches au premier plan. On se croirait devant un ballet.

Une baleine, cet animal énorme, en fait, j'aurais voulu dire monstrueux, mais je ne peux pas, car elles n'ont rien de monstrueux, ou alors je devrais dire, monstrueusement belles !

Elles semblent si légères, leurs courbes viennent jouer avec les cercles qui se dessinent sur l'eau à chaque fois qu'elles plongent. Tout est douceur, rondeur et volupté.

Devant tant de grandeur, je me sens toute petite, un peu comme une souris qui verrait le monde en grand ! Et reconnaissante aussi pour ce cadeau.

— C'est incroyable ! Merci, merci, merci, de m'avoir montré cela.

— Avec plaisir, Lou, mais là tu ne vois qu'une seule espèce ! Il existe treize espèces de baleines à voir ici dans le Saint-Laurent, celle à bec commune, la noire, le cachalot, et après tu as le dauphin à flancs blancs, celui à nez blanc, l'épaulard, le globicéphale noir, le marsouin, le petit rorqual, le bleu, celui à bosse, et le commun.

Le béluga, tu l'auras déjà vu et on pourra aussi sûrement voir des phoques, les gris et les communs. De temps en temps, ils jouent tous ensemble, c'est génial à observer.

Nous sommes restés là, les yeux dans la même direction jusqu'à la disparition complète du soleil cédant l'espace scénique à la lune tout aussi gigantesque. La pleine lune date d'il y a trois jours, alors elle a gardé presque toute sa rondeur.

Nick a pris un merveilleux cliché de mon œil, on y voyait le soleil couchant s'y refléter. Un moment d'une merveilleuse poésie, ensuite il s'est amusé à faire des contre-jours en jouant avec les reflets, les ombres et lumières.

La plus belle de toutes les photos, c'est une queue de béluga formant comme un éventail devant le soleil, amplifiant la sensation de chaleur qu'il renvoie par sa couleur orangée tirant sur le rouge, comme des flammes. On dirait vraiment un éventail en feu.

— Allez, on décolle ? Je suis content de moi, j'ai pris plusieurs très bons clichés.

— O.K. J'ai hâte de découvrir notre navire !

J'aide Nick à plier son matériel et nous marchons tranquillement vers le bateau.

— Charles ? Vous êtes à bord ? Nous sommes prêts, désolé pour l'attente, je ne voulais pas manquer les clichés du coucher du soleil.

— Oui, j'arrive, Nick ! Allez, bienvenue à bord. Je vous fais une petite visite et ensuite Nick je te montre vite fait la technique pendant que madame s'installe.

C'est impressionnant ! Et vraiment pas si petit qu'il le disait, il y a en effet un salon en cuir blanc derrière la cabine de pilotage, puis quelques marches, en bas, un superbe deuxième salon d'angle en cuir blanc, plus grand, avec des meubles en genre de ronce de noyer, un écran plat, un comptoir avec une petite cuisine américaine fonctionnelle et ultramoderne rouge et noire. Et trois portes, une donnant sur une toute petite salle d'eau, avec bac de douche noir aux vitres teintées, un lavabo et une petite paroi qui dissimule des W.-C. Une autre porte donne sur une chambre avec un très grand lit qui prend quasiment toute la place, on peut juste en faire le tour, il y a une colonne de chaque côté, une armoire en guise de tête de lit qui va jusqu'au plafond (un peu comme dans les camping-cars). La dernière chambre est plus petite encore, mais offre deux lits simples en mezzanine avec des armoires intégrées en dessous. Ils sont positionnés en L inversé, un dans le fond, et un perpendiculaire à droite.

— Alors, qu'en penses-tu ?

— C'est vraiment cool ! J'adore, c'est fonctionnel, confortable et très classe.

— Super ! Tu t'installes et tu nous sers un apéritif ? Tu as le bar sous la télé, je vais avec Charles pour qu'il m'explique deux ou trois choses.

— À vos ordres mon Capitaine !

— N'hésite pas à monter le chauffage, tu as la télécommande au mur, là…

— Ah oui, génial ! Je vais faire monter la température, bonne idée !

Sur ces mots, Nick me refait son sourire en coin dont il est le spécialiste, vous vous rappelez : cette fossette qui forme un « ouvrez les guillemets » ou une ouverture de parenthèses…

Je lui ai donc répondu en lui servant à mon tour, ma spécialité, mordillement de lèvre inférieure accompagnée de pommettes à peine rosées, le tout relevé par des yeux en papillotes à l'ama(e)nde.

Cet échange de regards gourmands nous donne le ton et me souffle un vent de fantaisie.

Alors, ni une ni deux, voilà que je cours dans tous les sens, jetant nos sacs dans la chambre, fouillant dans les placards, sortant deux verres, une bouteille de scotch, des glaçons dans la partie congélateur, vite ! vite ! Une boîte d'olives qui traîne par là ! Super !

Voilà qui est pas mal ! Qu'est-ce qu'il pourrait bien manquer ? Mes yeux balaient la pièce à la recherche de la fantaisie qui pourrait tout changer, quand ils s'arrêtent sur une casquette de commandant de bord… Et si…

Oui, soyons audacieuses, je cours me déshabiller complètement, ne portant plus que pour seul accessoire la fameuse casquette. Je prends un verre dans chaque main et attends, attends, attends… Je commence à me sentir un peu potiche, mais ce n'est pas grave… Et si… je cours vite fait à la salle d'eau, histoire de me scruter en tous points, les dents, les jambes, tout va bien, inspection en règle, j'y retourne.

Je retourne au salon les verres à la main.

— Lou, tu peux servir un verre à Charles s'il te plaît ? Il descend prendre un verre avant de partir.

— Non !

— Comment ça, non ?

Eh merde ! C'est un très grand moment de solitude. Je n'ai pas eu le temps de dire non qu'ils étaient sur le seuil de la porte, et moi accroupie derrière le comptoir de la cuisine… à poil…

— Mais tu es où ? T'es à la chambre ? Viens nous rejoindre, viens prendre un verre avec nous ! Ah, tu as trouvé des olives, cool, et tu n'as rien trouvé à boire ? dit-il en ouvrant la porte des chambres une à une et ne me voyant pas… T'es aux W.-C. ? dit-il en toquant et tournant la poignée des W.-C. Bon, tu prendras un verre ? Je te sers ?

C'est à ce moment que je décide de lever mes deux mains au-delà du comptoir de la cuisine derrière lequel je me cache pour déposer les deux verres de whisky sur le comptoir.

— Oh, merci ! Nous sommes servis Charles, je n'avais pas vu nos verres. Mais à quoi tu joues ? Tu te caches ? dit-il en zieutant par-dessus le comptoir…

Et, me découvrant, ni une ni deux, il se retourne dos au comptoir, dos à moi donc, face à Charles les deux verres à la main.

— Tiens, Charles, trinquons. Pourrais-tu allumer la télé s'il te plaît, je voudrais voir la chaîne météo pour ces jours-ci.

Pendant ce temps-là, Nick fait le tour du comptoir et se moque ouvertement de moi, clignement d'œil et pouce en l'air.

— Sinon, je pense que les appareils électroménagers de la cuisine doivent être relativement faciles à faire marcher non ? Aïe ! s'exclame-t-il à la suite d'un coup de poing que je lui ai mis dans le tibia.

— Tu t'es cogné ?

— Oui… il y a quelques angles assez agressifs dans cette cuisine.

— Le four est assez simple, pas vraiment de programmes, juste la température à régler et quelques modes de cuisson classiques, chaleur tournante, gril, ce genre de trucs.

— Oui, nous devrions pouvoir nous en sortir…

Et comme Nick fait le malin à faire semblant de vouloir attirer Charles dans la cuisine alors que je me planquais nue, accroupie sous le comptoir et à ses pieds, je vais commencer à le chatouiller, histoire de le mettre mal à l'aise, lui aussi.

— La météo a l'air assez bonne, vous êtes ben chanceux, car il y a souvent du brouillard ici, de c'côté-là du Saint-Laurent, fait frais et on n'y voit plus rien quand y fait un temps d'même. Mais ils ont prévu un beau soleil.

— Aaah, c'est vraiiimeeennnt gééénialll, çaaa… répond Nick, montant ou descendant de plusieurs octaves de voix et en s'agitant un peu…

— Tu t'sens-tu bien, Nick ? Bon, ben, je vais y aller moi, hein ? Vous autres, z'avez des choses à faire, me semble…

— O.K., oui, Charles, je ne te raaacompagne pas, tuuu connais le chemin, mon amiii…

— Ouais, allez, à dans deux jours !

— Il est parti, il est parti ! Sors de là-dessous vilaine !

Nick se penche pour m'aider à me relever et me prend par la taille pour me porter, j'enroule alors mes jambes autour de lui.

— Tu portes très bien la casquette ! Avec un capitaine comme toi, je me fais moussaillon sur-le-champ et je ne remets plus jamais les pieds sur terre, me dit-il en me déposant sur le comptoir, allant chercher de ses dents une olive qu'il vient déposer au bord de mes lèvres. Tu m'as mis un peu mal à l'aise tout à l'heure, dis-moi… tu es joueuse ? me demande-t-il en plongeant sa main dans son verre…

… Il y attrape un glaçon qu'il s'amuse à faire glisser le long de mon corps, jouant de mes courbes, alternant entre caresses glaciales et baisers brûlants. Il manie l'art du chaud et froid, oui parfaitement, car c'est un art de ne pas tomber dans la tiédeur des relations. Le froid saisit, fait frissonner, pique. Le chaud fait transpirer, brûle, fait rougir, fait palpiter le cœur, alors que la tiédeur est juste confortable, si confortable qu'elle nous endort…

Je connais la sagesse de la loi du milieu, il est vrai que pour jouer d'un instrument à cordes, mieux vaut ni trop tendre ni trop lâcher, pour en sortir les meilleures notes… Mais j'avoue que pour les relations, il est parfois bon de sortir de la partition, pour jouer ses propres notes, elles ne seront ni fausses ni justes, puisqu'incomparables aux autres…

On ne peut pas comparer ce qui n'a jamais existé, d'où l'intérêt de se réinventer sans cesse.

Vous me direz alors que les notes existent déjà et que par conséquent, soit elles sont bonnes, soit elles sont fausses, soit alors je parlerai de sons plutôt que de notes. Un son, un bruit, peu importe, si le cœur en est l'instrument, l'amour en sera la musique.

À bas les référentiels ! Créons sans peur, sans frein, jouons la vie sur nos propres accords, ce qui est bon pour moi ne l'est pas forcément pour toi, d'où l'importance de s'ouvrir à soi avant de (et pour mieux) s'ouvrir à l'autre.

Après beaucoup de « oh » et d'ébats, Nick remonte pour préparer le bateau à prendre la route (si je puis dire). Pendant ce temps-là, je me creuse la tête sur ce que je pourrais bien préparer comme repas.

Mon téléphone bipe, j'ai reçu un message de Lenny qui me dit que Maik et plusieurs autres personnes ont répondu présents et que les choses se précisent bien. Nous avons fixé la première rencontre au samedi 3 juin à Ljubljana. C'est dans à peine un mois, cela va vite arriver !

D'ailleurs, je crois que c'est ce week-end qu'ils repassent le film de maman à la télé. Il me semble même que c'est demain soir si je ne me trompe pas. Je vais regarder le programme.

Oui, c'est cela, demain soir à 21 heures, *Parce que pour mourir, il faut être vivant*, sur T.F. 1. Il nous faudra regarder le journal de 20 heures, car ils vont sûrement rediffuser la conférence de presse pour l'occasion.

Samedi 6 mai – Les baleines et le rocher de Gaspé

Aujourd'hui, comme le disait la météo, nous avons bénéficié d'un superbe temps clair, froid, très froid, mais doté d'un beau ciel bleu, par conséquent d'une belle vue dégagée sur le fleuve.

Nous n'avons pas pu croiser toutes les espèces de baleines, mais au moins six d'entre elles et des phoques. Comme me l'avait décrit Nick, le fleuve s'est transformé en un vrai terrain de jeux entre dauphins, baleines et phoques.

En fin de journée, nous sommes arrivés à Gaspé où nous avons débarqué pour nous promener sur sa plage et admirer le fameux Rocher percé.

C'est vraiment un bel endroit, comme un air de Normandie ou d'Irlande, les façades des maisons en bois sont colorées, du jaune, de l'orange, du rouge et du bleu. En fait, on en oublierait facilement qu'il n'est qu'un fleuve, tant on se croirait au bord d'un océan sans vagues… il est un des plus longs fleuves du monde.

Après une longue promenade à Gaspé, Nick me dit qu'il faut absolument que je goûte la fameuse poutine québécoise, qui n'est autre qu'une grande assiette de frites arrosée de sauce à la viande et parsemée de fromage qui fait « kouik » (ceci étant dû au bruit qu'il fait entre les dents, un genre de couinement, grincement, comme si l'on mangeait du polystyrène). C'est un plat copieux, très consistant, et je dois dire que j'ai plutôt aimé. J'éviterai juste de passer sur la bascule demain matin.

J'ai pris de beaux clichés du Rocher percé avec mon téléphone, aussi je pense que demain pendant que nous naviguerons, j'en profiterai pour crayonner un ou deux paysages. J'ai toujours avec moi de quoi dessiner. Où que j'aille, j'emporte toujours une boîte de crayons graphite, des crayons de couleur, des crayons pastel et un ou deux carnets à dessins.

À 20 heures, nous avons allumé le poste, mis les infos, et effectivement ils ont rediffusé la conférence de presse avant de repasser le film.

Ce soir, nous nous collons tous les deux sous une grosse couverture polaire sur le canapé du bateau et nous regardons le film de maman.

Je n'aime pas trop la gamine qui joue mon rôle, je trouve qu'elle en fait des tonnes !

— Non franchement ! Je ne suis pas comme ça… ce n'est pas moi, ça !

— Oh, non ! C'est clair, toi t'es cent fois pire que ça !

— Oh, espèce de… On verra bien quel type ils prendront pour te jouer le jour où ils feront la suite du film ! Je ferai en sorte que ton double soit bien choisi, t'inquiète, j'y veillerai personnellement !

— Pour moi ? Oh, mais c'est couru d'avance, ils prendront un beau brun ténébreux, Stanley Weber serait pas mal.

— Ah, ah, ah, oui, il est pas mal canon lui. Ressemblance ? Hum, un peu, c'est vrai, mais pour jouer ton rôle de bel Anglais, j'aurais plutôt choisi Mister Bean !

— Genre comme ça ?

Et voilà Nick debout en train d'imiter l'inimitable Mister Bean, il est hilarant !

— Allez, assieds-toi, va ! Regarde la suite du film avec moi au lieu de faire le fou !

C'est incroyable que ce film, vu, revu et re-revu me fasse toujours autant d'effets. J'ai pleuré comme une madeleine. L'actrice qui joue Gaïa est formidable, quant à l'actrice qui joue le rôle de ma mère, malgré un talent fou et une certaine ressemblance, il est plus difficile pour moi d'y croire. Je pense que c'est complètement normal que j'aie plus de mal avec les membres de ma famille représentés. On peut copier, imiter à la perfection, mais on ne peut pas remplacer quelqu'un par une autre personne, l'affect, lui, ne suit pas. Je veux dire, plus qu'une personnalité, notre aura raconte notre vie, notre cœur, notre âme qui ne sont pas transférables ni copiables… L'âme est invisible, pourtant, c'est elle qui en montre le plus, à qui sait regarder. C'est celle qui raconte le mieux à qui prend le temps de lire.

Elle permet de lire ce qui n'a pas été écrit, entendre ce qui n'a pas été dit et voir les trésors du cœur ensevelis parfois sous des montagnes d'artifices.

Quels artifices ? Imaginez que notre monde soit une grande scène de théâtre.

Alors, nos artifices sont nombreux, nos costumes, pour ne pas dire nos vêtements, nos masques, pour ne pas dire nos maquillages, nos sourires (qui sont parfois trompeurs, rappelez-vous du clown triste), nos accessoires qui sont nos voitures, nos maisons.

Tout ceci serait alors une grande supercherie. Or si c'était le cas, cela voudrait dire que nous pourrions à tout moment réécrire notre rôle, notre texte, changer de costume, changer de décor.

Au lieu d'être acteur d'une pièce, le but d'une carrière, il me semble, c'est de devenir l'auteur de son propre rôle et de sa propre pièce ! Dès lors que l'on voit les choses ainsi, alors on comprend que tout est toujours possible !

Oui, et c'est précisément ce que je fais ! Je suis en train d'écrire ma propre histoire, mais comme il restait de l'encre sur la plume de ma mère, j'ai choisi de poursuivre son livre qui n'a pas encore tout dit. Ensuite, je pourrais retirer une plume de mes propres ailes, la plonger dans l'encrier de mon cœur, nourri par ses souvenirs, mais bien tourné vers l'avenir.

Une manière bien plus poétique de dire que je suis en train de faire mon deuil… clore un cycle pour en ouvrir un autre, ainsi va la vie.

Lundi 8 mai – Retour sur la terre ferme

Ce matin nous sommes revenus sur la terre ferme après une escapade irréelle, magique et très romantique, j'ai eu la sensation d'avoir été kidnappée hors de ma vie.

Sur un bateau, on a l'impression d'être dans un autre univers, l'expression « avoir les pieds sur terre », par exemple, prend tout son sens, car sur l'eau, on s'évade bien plus facilement. Sur terre tout a un début et une fin, on distingue des étapes, on y voit des repères, des destinations, des « pied-à-terre », mais sur l'eau, et encore plus en mer, j'imagine, au large… Il n'y a plus de repères, plus de limites, l'horizon est infini, pas d'étapes, pas d'escales, pas de « pied-à-terre »… On ne voit plus d'où on est venu ni où on va… C'est une sensation extraordinaire, un livre rempli de pages vierges…

L'endroit propice au recueillement, à la remise en question avant un nouveau départ, on hisse les voiles, on dépose tout en mer, il n'y a plus que le présent, vous et l'immensément grand, la grande « Océane » qui nous lave pour faire peau neuve…

D'ailleurs, aujourd'hui j'ai pris ma douche en continuant à réfléchir à cette expérience.

Cette pensée a fait naître en moi une toute nouvelle idée, l'envie de vivre ma douche comme un nettoyage… J'entre dans ma douche comme si elle était sacrée ou magique, un rituel.

Je sens l'eau couler sur le sommet de mon crâne, me lisser les cheveux, et couler le long de mon visage, me caresser le corps en entier. Pour la première fois, je ressens tout, je suis là, dans l'instant présent. Je ferme les yeux, et me savonne en sentant la mousse jusqu'à me concentrer sur ses crépitements qui me chatouillent délicatement la peau. Je fais peau neuve, quand je sortirai, je serai prête à attaquer cette nouvelle ère de ma vie.

Nous avons chaque jour l'occasion de faire peau neuve, il faut juste savoir arrêter le courant de la vie qui parfois est trop fort, trop rapide, trop brouillon, trop houleux, trop pressé, trop trouble…

Imaginez-vous d'un coup, comme ça, soudainement que vous vous mettiez à crier « stop ! ». Et, « abracadabra », le temps s'arrête, tout se fige… et profitez, respirez, faites une pause, prenez le temps, ressentez la vie vous traverser, contrôlez votre souffle, présent dans l'instant, reprenez conscience de votre corps et de tout ce qu'il ressent jusqu'à la moindre de vos cellules…

Tellement de personnes ont commenté le titre du livre de ma mère sans en comprendre la nuance, ils riaient de l'évidence, de cette lapalissade… Mais il y a vivre et vivre… Il est vrai que tant que l'on va bien, que l'on n'a mal nulle part, on oublie, on s'oublie, on court, on rame, on néglige, on consomme et on se consume… et un jour, comme ça… on réalise, notre corps nous réveille, il sonne l'alarme, et parfois il hurle, et ce jour-là, on *est*, on *naît*… Eh oui, c'est souvent par l'épreuve que l'on *s'aime*, que l'on *sème* le mieux…

Le papillon nous l'enseigne si bien… par ses deux naissances, la première est physique, en tant que chenille, puis vient le temps de la chrysalide, la transformation, qui n'est ni plus ni moins que l'éveil (malheureusement souvent par les difficultés, on pourrait donc parler de mise à l'épreuve) et le papillon, la deuxième naissance, la naissance spirituelle, laquelle, enfin permet la pollinisation (pour ne pas dire la transmission).

Tout me ramène encore à ces fameuses ailes, le colibri, la coccinelle, le papillon, il y a tant d'enseignements en dehors de nos quatre murs, de nos cages, de nos barrières limitantes qui nous formatent en nous rendant sourds, aveugles et muets dans un individualisme extrême faussement comblé, mais véritablement victime d'une consommation effrénée et insatiable d'artifices…

J'entends dire autour de moi que les gens ne changent pas, je pense que ce n'est pas vrai, celui qui dit cela n'est juste pas prêt à engager son propre changement. Il ne parle que de son incapacité personnelle à agir. Même le serpent (pour ne pas dire la vipère) qui peut avoir mauvaise réputation, mue, fait peau neuve, renaît.

Quant au homard, lui, il renaît sans cesse ! À chaque fois qu'il évolue, qu'il grandit et que sa carapace devient trop étroite, il se met à l'abri sous un rocher le temps de s'en fabriquer une nouvelle, et renouvelle l'expérience aussi souvent que nécessaire. Souvenez-vous quand je vous parlais de costume de scène… Eh bien, je pense que notre rôle dépend longtemps de différents metteurs en scène et influenceurs (nos parents, familles, professeurs, employeurs, notre milieu social, le système, etc.) jusqu'au jour où l'on décide de reprendre le stylo, prenant conscience que les choses ne sont pas forcément ce qu'elles semblent être, qu'elles peuvent être différentes et paradoxalement plus semblables à qui nous sommes vraiment.

Ma mère m'a appris cela aussi, que ce que nous rêvons secrètement de devenir est ce que nous sommes réellement, ni plus ni moins… La distance entre ce moi actuel et cet être fantasmagorique se calcule en heures de travail, en kilos de motivation, en tonnes de persévérance et en soupçon de courage.

Le carburant pour amorcer le départ ? C'est l'amour et la confiance en soi, certains diront la foi. Oui, aussi, mais avant d'avoir foi en la vie, il faut avoir foi en soi, car quand la vie nous met à l'épreuve, on est souvent seul face à soi-même…

Je sors donc de ma douche, comme neuve, que de sensations inédites pour moi depuis un mois ou deux ! Nick est reparti en mission pour quelques jours en reportage dans des parcs.

Allez, si j'ouvrais mon ordi pour faire le point sur mes mails et rattraper un peu mon retard, et ensuite je file à la galerie.

Oh, *my God* ! Mais qu'est-ce qui se passe ? C'est quoi cette montagne de messages ? Ça arrive de partout ! Il faut que j'appelle Lenny !

— Allô, bro ? *I'm back !* Mais j'ai comme un problème informatique ma boîte mail déconne grave ! Mon ordi délire aussi…

— Eh ouais, sista ! J'allais t'appeler pour te prévenir, puis je me suis dit qu'il valait mieux que je te laisse savourer ton *escape love*, ah, ah, ah ! Bon, je t'explique, j'ai relancé le Facebook, le blog et la chaîne de maman, j'ai retrouvé tous ses identifiants, pas trop compliqué comme c'était moi l'administrateur ! Et, euh, en fait depuis le film et la rediffusion de la conférence de presse, il se passe un truc de dingue ! En fait tous les gens qui les suivaient sont devenus fous, sauf que maintenant, ben, il y a aussi leurs enfants, voire leurs petits-enfants pour ceux qui étaient déjà de l'âge de maman… On a déjà plusieurs centaines d'adhérents… Comment dire… que le budget, il est déjà beau… Écoute, sista, j'ai bien réfléchi à tout ça et je me suis dit qu'il fallait voir plus grand, plus loin que ce voyage, penser à après, peut-être ici en France, tu vois ? Dis, tu crois que tu pourrais peindre une Miss Rainbow avec le nom de la fondation et que je le reprenne en graphisme pour de l'impression de tee-shirts, ainsi tous les adhérents pourraient avoir le leur.

— Beaucoup d'informations, Len. Oui, je comprends ce que tu veux dire… Sur le « voir plus grand », j'y pense aussi ! Mais ne brusquons rien, tout se fera en son temps, j'en suis certaine, on suivra notre instinct et… les signes ! Pour les tee-shirts, c'est une excellente idée, comme ça les adhérents auront pleinement le sentiment de faire partie d'une équipe ! Les Miss Rainbow Pacific Warriors !

— Oh, trop bon ça ! Tu es trop forte, ma Loulou.

— Oh, tu m'exaspères ! Peux-tu seulement retirer une seule putain de syllabe !

— J'adore te voir t'énerver !

— Non, non, là, tu m'entends, c'est tout ! Tu ne me vois pas, sinon tu serais là en face de moi et déjà en train de me supplier en pleurant de te lâcher !

— Oh, ma Loulou, t'es pleine d'espoir, touchante, vraiment.

— Allez, ça va, mais sinon t'as toujours pas résolu mon problème d'ordi.

— O.K. Allume l'assistant à distance Team Viewer et donne-moi le code par S.M.S., et je règle le problème en deux-seize.

— Fait, je mets le chrono.

— Allez, c'est bon… Je vois que ton ordi est aussi bien rangé que ton appart. Ta boîte mail c'est le reflet de ton cerveau, non ? Ça part dans tous les sens, aucun classement, aucun filtre… Mais comment tu fais pour gérer ?

— Ben non… Rien, je fais rien, chacun son job. Moi je peins, et mes trois drôles de dames (oui j'inclus Tony qui est sûrement la plus « drôle » des trois), elles gèrent ! Chacun fait ce qu'il sait faire le mieux ! C'est ça une équipe ! Et pour la fondation, il faudra faire pareil selon les compétences de chacun !

— D'accord, et donc dans la fondation, justement, à part peindre tu comptes faire quoi ?

— Mais je fais justement une excellente coordinatrice et dénicheuse de talents !

— O.K., O.K., ça se défend en effet.

— Bon, allez, bro, je te laisse, je dois bosser et rattraper tout mon retard !

— Eh ouais ! Ton retard de quoi ?

— Ben, je sais pas, je vais demander à Karine, mais j'ai forcément beaucoup de choses à faire, signer, planifier et tout et tout.

— T'es trop forte, t'en sais rien en fait… Ah là là ! Vraiment t'as de la chance que tout le monde t'adore.

— Moi aussi je t'aime, bro ! À plus.

— Tchao.

Enfin, j'ai accès à mes messages, je ne sais même pas par où commencer.

C'est incroyable, les gens me proposent des idées d'actions d'entraide, de manifestations artistiques, me proposent leurs talents dans tel ou tel domaine, me demandent s'il y aura une suite au livre de ma mère, si nous comptons faire un film, etc.

Mais surtout, ces personnes nous encouragent, nous félicitent et nous remercient de redonner vie à Miss Rainbow et de propager une nouvelle fois ce virus d'espoir et de positivisme.

Je me demande si cette soif, que dis-je cette soif, cette famine d'amour et d'espoir est le reflet de notre société actuelle… Les gens ne sont pas si aigris ni réellement frustrés, ils sont affamés, et ne sachant l'exprimer (car on ne quémande pas l'amour), dès que l'occasion se présente de pouvoir vibrer à l'unisson au travers d'un mouvement, d'un élan d'espoir, de joie, alors ils répondent présents. Qui sur cette terre, ne voudrait pas, en toute honnêteté, être aimé pour ce qu'il est et être fier de ce qu'il fait.

L'amour c'est la nourriture de l'âme, certes, et l'amour, lui, il se nourrit de quoi ?

Si l'on considère que l'amour n'est pas qu'un sentiment, qu'il est bel et bien vivant, au même titre qu'une plante, qu'un animal, qu'un être humain., on comprend alors que si on ne le nourrit pas, il meurt.

Sa nourriture, il la puise à l'aide de nos cinq sens :

Nos yeux pour regarder avec sincérité et intensité ; nos oreilles pour écouter attentivement et avec tolérance ; notre bouche pour embrasser et communiquer avec douceur et respect ; notre nez pour sentir l'être, le parfum, la présence ; notre toucher pour étreindre et caresser.

Cette famine viendrait alors de nos cinq sens que nous avons petit à petit anesthésiés.

Les gens ne regardent plus, entendent mais n'écoutent plus, ne communiquent plus que par textos, ne sentent plus, plus habitués aux vapeurs d'un pot d'échappement qu'au doux parfum d'une fleur, quant au toucher… il est à l'économie, comme si, se prendre dans les bras devait nous engager au lieu de juste nous soulager.

Alors qu'en fait, nous avons tout en nous, la recette, les outils et les bons ingrédients… Nos cinq sens produisent les cinq fruits et légumes par jour indispensables à la bonne santé de l'amour : nos regards, nos mots doux, nos baisers, nos parfums, nos caresses.

« En*sens*ons notre amour. »

Enfin, comme le chiffre 7 des sept couleurs de l'arc-en-ciel et de nos sept chakras, pour boucler la boucle, nous devons relier les cinq sens de l'amour à ses deux organes vitaux qui sont le cœur et le cerveau, car quand ces sept-là sont tous connectés harmonieusement, c'est l'éveil de l'âme :

« Nous sommes am(e)oureux. »

Mais enfin, que m'arrive-t-il ? Est-ce toi, Gaïa, qui me souffles tes pensées ?

Je ne sais pas d'où cette inspiration me vient, mais j'envoie de suite ce texte à Lenny pour qu'il en fasse quelque chose sur les réseaux, avec un clin d'œil à notre chère Gaïa.

« Je crois en une contamination de l'amour,
de la bienveillance, de la douceur et de l'intelligence.
Chaque fois qu'on pose un acte de tendresse, d'affection,
d'amour, chaque fois qu'on éclaire quelqu'un en lui donnant
un conseil, on modifie un tout petit peu l'avenir [...]. »

Christophe ANDRE.

Jeudi 1er juin – Rendez-vous en Slovénie

Ces trois dernières semaines ont été intenses. J'ai fini toutes mes moitiés de portraits en diptyques. Quel travail ! J'ai effectué quelques allers-retours à Lyon et à Paris pour des rendez-vous avec des acheteurs et pour faire le point avec Linda et Tony. J'ai d'ailleurs rencontré le petit nouveau, Mathew, qui accompagne Tony, dois-je préciser, vraiment partout ? Par contre, je l'ai trouvé un peu différent, le Tony, il avait plutôt l'air d'une « première dame » qu'une « drôle de dame »... Bizarre, bizarre, notre Tony cœur d'artichaut serait-*elle* tombée amoureuse ?

Nous sommes donc fin prêts pour la grande aventure, le grand départ, nous partons demain pour quelques semaines, nos rendez-vous sont les suivants :

- samedi 3 juin à Ljubjana en Slovénie ;
- lundi 5 juin à Fot en Hongrie ;
- mercredi 7 juin à Ploiesti en Roumanie ;
- vendredi 9 juin à Choumen en Bulgarie ;
- dimanche 11 juin à Bikaner en Inde ;
- samedi 17 juin à Katmandou au Népal ;
- retour prévu le 22 juin.

Nous allons parcourir la même distance que ma mère, mais en trois semaines et non en six mois, remarquez bien que je parle de distance et non de chemin.

Inutile de préciser que la distance et le chemin parcourus sont deux choses totalement distinctes que Gaïa avait très bien expliquées à maman ainsi qu'à Maik…

Voyager jusqu'à soi est le plus beau et long voyage que l'on puisse entreprendre sans bouger de chez soi.

Ma valise est prête, j'attends Nick avec impatience, mon baroudeur préféré (non pas que j'en connaisse beaucoup). Il doit me rejoindre à l'atelier, bien que moins confortable, nous préférons l'atelier à mon appartement. C'est plus sympa comme terrain de jeux pour les deux grands enfants polissons que nous sommes.

Quoiqu'aujourd'hui, nous n'ayons plus guère de place, à part à l'intérieur de Miss Rainbow. Le moindre espace vide a été comblé par une toile, j'y ai exposé tous les diptyques en attente de leur deuxième partie.

J'ai longuement réfléchi à la manière de l'accueillir, lui ayant déjà fait le coup de la lionne sauvage, du capitaine de bateau, de l'artiste fantasque… Quelque chose qui aurait pu lui faire un clin d'œil à notre dernière escapade.

Je vous interdis d'effleurer l'idée même que j'aurais pu me déguiser en baleine ! En sirène peut-être, pourquoi pas ? J'y avais pensé, mais un costume de sirène, vraiment ça ne me tente pas trop, mais pourquoi un costume quand on est devenue la pro du *body painting* ?

Alors, oui, tout à fait, je me suis peinte en sirène, deux étoiles de mer 3XL sur la poitrine et des écailles partant du nombril aux orteils. J'ai recouvert le canapé d'un grand drap bleu en guise d'Océan, sur lequel j'ai peint un semblant de rocher au niveau de l'accoudoir. J'ai laissé la porte de l'atelier ouverte pour ne pas avoir à me lever pour ouvrir.

Vous vous souvenez de la pièce de théâtre, des costumes et du décor ? Oui ! Si nous voulons que notre vie soit magique, devenons magiciens !

J'ai même pensé à mettre la bande originale du *Grand Bleu* sur Deezer.

Je crois qu'il arrive, il frappe à la porte de l'atelier.

Et s'il se fichait de moi… s'il se mettait à rire en se moquant, qu'il trouve ça grotesque, ou pire qu'il parte en courant en se disant que je suis barge.

Non, non, non, sois toi et tais-toi, me dit ma petite voix, vous savez la fameuse petite voix qui vous aime plus que vous-même et qu'il ne faut jamais faire taire.

— Je suis là, entre, c'est ouvert (ou plutôt tout bleu pour ceux qui suivent).

Nick entrouvre la porte, en laissant passer juste un bouquet de… de… je ne sais pas trop en fait, de fleurs en… en papier, on dirait, oui, des fleurs en papier.

Il se faufile et en me voyant il a bien failli soit faire tomber la fleur qu'il avait dans la bouche ou bien carrément l'avaler, je ne sais pas. Si seulement j'avais pu le prendre en photo à ce moment-là afin de pouvoir immortaliser ce regard.

Il retire de son autre main la fleur de sa bouche :

— Il faut toujours que tu mettes la barre plus haut toi, hein ? Je pensais vraiment te surprendre, et là j'arrive… bam ! Tu m'apparais en sirène enchanteresse, comment veux-tu rivaliser avec une femme comme toi ?

— Une rivale ? Vraiment ? L'amour est-il un combat en duel ?

— Eh bien, entre toutes tes esquives du début il m'a fallu ruser pour pouvoir te toucher.

— Mais qui portera à l'autre le coup fatal ?

— À défaut de fatalité, je te porte, moi, un beau bouquet de fleurs de mots.

— C'est magnifique ! Quelle idée originale ! J'adore !

— Ces fleurs-là ne faneront jamais, car les mots bien au contraire s'encrent (s'ancrent) pour toujours. Tiens, une fleur, un mot, pour chaque jour, le premier.

Nick me tend une tige se mettant à genoux le regard plongé dans le mien, moi qui le surplombe, nue sur mon rocher. C'est une fleur de papier piquée au bout d'une tige de câble vert torsadé. Je déplie la fleur et lis :

Pour la plus extraordinaire des femmes qu'il m'a été donné de rencontrer.

— Ne bouge pas, tiens ton bouquet dans l'autre main et regarde-le.

C'est reparti, Nick prend des photos.

— C'est clair que malgré toutes les espèces vivantes que j'ai pu photographier, tu es vraiment l'espèce la plus improbable de toutes et surtout la plus sexy. Je n'ose même pas te toucher tellement t'es belle… si je te caresse, la peinture va s'en aller.

— Déshabille-toi et plonge avec moi.

— Pas si vite, je veux d'abord goûter l'eau, tester la température, je ne voudrais pas mourir d'hydrocution, dit-il en passant ses mains délicatement de mes chevilles, remontant le long de mes cuisses, de mes hanches, de ma taille jusqu'à ce qu'il n'y ait plus de peintures sous ses mains. Il recommence à me caresser de cette façon jusqu'à avoir presque totalement recouvert mon corps de peinture bleue. Nos deux corps bleus se débattant faisaient de nous un océan déchaîné.

Nous avons fini par nous endormir sur le canapé, enroulés dans le drap plein de peinture.

Lovés dans les bras l'un de l'autre et partis dans les profondeurs abyssales (heureusement que je n'utilise pas l'écriture automatique), quelqu'un toque à la porte.

— Hello ! Y a quelqu'un ? Sista, t'es là ? Prête à décoller ?

— Non ! Enfin si, mais non ! Attends ! Ouvre pas, j'arrive.

— O.K., O.K., j'ai compris, t'es pas seule et vous faites encore des trucs chelous ! Ça va, j'attends.

Je me mets alors à chuchoter à Nick :

— Dépêche ! Lève-toi on file à la douche, allez !

Nick et moi nous enroulons dans le drap et marchons l'un derrière l'autre, un peu comme les courses de sac à patates.

Quand Lenny entrouve la porte :

— Désolé, vraiment, mais je voulais pas rater ça ! On vous l'a déjà dit à vous deux que vous étiez complètement frappés ? O.K., je vous attends dehors, je ne veux pas en voir plus… Vraiment, là c'est déjà trop pour moi, sista, t'es une grande malade.

Nick et moi avons juste beaucoup ri jusqu'à arriver sous la douche. Il aura fallu faire couler beaucoup d'eau avant de faire complètement disparaître les dernières traces de peinture.

— J'suis rentré, j'fais un peu de rangement et je me sers un verre d'apéro, je vous sers ?

— Oui, vas-y Len, sers nous deux verres, on arrive dans deux minutes.

Le temps de nous sécher, d'attraper deux peignoirs, nous sortons dire bonjour à mon frère.

— Salut, Len, comment vas-tu ? lance Nick.

— Salut, bro.

— Bon, déjà, on dira pas un mot sur ce que j'ai cru voir mais que j'ai pas vu, hein… O.K., bon, sinon ça va super bien. J'ai hâte d'être à demain.

— Oui, oui, tu viens nous chercher à l'appart demain matin ?

— Oui, ça marche, vous serez à l'heure et pas de trucs bizarres pendant le voyage parce que sinon j'pars sans vous, moi !

— Allez, trinquons à notre belle aventure ! À Miss Rainbow et à ses Pacific Warriors !

— Ah oui, d'ailleurs j'ai emporté les tee-shirts, j'en ai tout un carton dans la voiture. Je les embarque dans la valise pour les offrir là-bas, puis après j'en ferai d'autres et on pourra les vendre et verser les fonds à la fondation !

— T'as plein de bonnes idées, Len, c'est génial et je suis certaine que nous irons de surprise en surprise.

Nous avons passé un bon début de soirée avant de nous quitter sur le seuil de l'atelier, Lenny prenant la route de chez lui et nous celle de l'appartement. Je vérifie une dernière fois que tout est bien fermé, j'ai programmé l'alarme avant de sortir.

— Tu as fait mettre une alarme ?

— Oui, car je me suis dit qu'il valait mieux avec toutes ces toiles à l'intérieur.

— Tu as eu raison.

Vendredi 2 juin – On décolle

Le réveil sonne. *My God*, c'est le grand jour, je ne dois rien oublier.

Un dernier câlin avant de mettre les pieds au sol et on décolle.

— Tu as bien tout ? Ta caméra, ton appareil, tout ton matériel pro, n'est-ce pas ?

— *Yes M'am, but all I really need is Ya !*

— Allez, arrête, je suis sérieuse là.

— Mais moi aussi, on ne peut plus sérieux !

— On met nos tee-shirts, déjà tu crois ?

— Hey oui, bonne idée, comme ça même dans le voyage les gens sauront que c'est nous… ou pas !

— J'te sers un café, on a le temps ?

— Mais oui, zen, « Loulou », on a le temps.

— Oooh !

— J'arrête, O.K., promis, j'arrête, déstresse.

Lenny est à l'heure, il sonne à l'interphone et nous le rejoignons en bas.

— Salut, Nick, je te présente Thomas, un ami d'enfance, j'te le présente pas Lou, ah, ah, ah ! Il nous accompagne, car il ramènera ma voiture chez moi et viendra nous chercher avec quand on rentre, ça m'évite de payer le parking de l'aéroport.

— Salut, Thomas !

À l'aéroport, toute la routine habituelle, l'attente, les contrôles et tout le reste.

Nous voilà enfin bien installés dans l'avion, prêts à décoller. Lenny, assis à côté dans la rangée du milieu, n'arrête pas de me regarder. Je n'aime pas quand il fait ça, je connais cette face de chouette, avec ses grands yeux. Il me fait un grand clin d'œil, car il sait qu'il est en train de m'énerver.

— Mais quoi ? Pourquoi me regardes-tu comme ça ? Tu m'énerves à la fin ! Qu'est-ce qu'il y a ? J'ai un truc qui va pas ? Nick, regarde-moi, j'ai un truc qui va pas ?

— Non, non, t'as rien, je t'assure, me répond Nick, quand une hôtesse s'approche de moi et se penche pour me parler :

— Bonjour, vous êtes bien Lilou ?

— Oui, c'est moi…

— Veuillez me suivre s'il vous plaît.

— Mais… que se passe-t-il ?

Je regarde Nick, inquiète, je ne comprends pas ce que l'on me veut.

— Ne t'inquiète pas, Lou, ce n'est sûrement rien qu'une formalité.

Je me lève et suis l'hôtesse qui me fait traverser l'avion.

— Mais où m'emmenez-vous, madame ? Il y a un problème ?

— Je ne peux rien vous dire, madame, c'est top secret.

Mais c'est quoi ces conneries, me dit ma voix intérieure, qu'est-ce que t'as bien pu faire ?

L'hôtesse frappe à une porte, on dirait bien qu'il s'agit de la porte du cockpit, et elle ouvre.

Là, le commandant de bord se retourne, se lève et c'est avec un très large sourire et des yeux grands écarquillés qu'il me tend la main.

— Lilou ?

— Oui, c'est moi, mais… on se connaît ?

— Indirectement, oui, me répond-il avec un accent slave assez prononcé.

— Je suis Slobodan, et je suis très honoré et heureux de vous avoir à bord du vol qui nous mènera à Ljubljana !

— Mais non, c'est pas vrai ! Vous êtes… vous êtes *le* Slobodan ? Celui de maman ? Vous êtes pilote ? Oh, mon Dieu, je crois que je vais pleurer. Oh non, c'est pas vrai, c'est foutu là, oui, je pleure.

Slobodan, sûrement par pudeur, aurait voulu me prendre dans ses bras, mais n'osant pas il s'est contenté de me prendre les deux mains aux creux des siennes et de les serrer très fort.

— Quand votre frère m'a contacté, j'ai été très heureux et j'ai su tout de suite qui vous étiez. Je n'ai pas beaucoup connu votre maman, mais… quelques mots, vous savez de simples mots, juste quelques mots peuvent changer une vie… Nous nous étions fait une promesse et aujourd'hui je lui fais honneur, même si elle n'est pas parmi nous, vous êtes là et vous êtes une partie d'elle.

— Elle est là, Slobodan, elle est à bord de cet avion, n'en doutez pas un instant.

— Vous ne croyez pas si bien dire !

En disant cela, Slobodan saisit son attaché-case, ouvre le bouton-pression et, en le dépliant, il sort un petit carnet dans lequel il me montre des photos :

— Là, regardez, c'est ma femme, mes enfants et là… je ne vous les présente pas. Elles me suivent, pour moi, elles sont mes anges gardiens en quelque sorte.

Slobodan garde sur lui la photo quelque peu abîmée du Polaroid. Il y pose, avec ma mère et Gaïa, assises de chaque côté du lit d'hôpital sur lequel il était couché et branché de partout.

— D'ailleurs, j'ai dit à votre frère qu'il était hors de question que vous dormiez à l'hôtel, ma femme vous attendra à l'aéroport pour vous conduire chez nous.

— Je n'en reviens pas d'être là, sur ce vol, à sa place, de vous rencontrer tel qu'elle aurait rêvé que vous soyez, en bonne santé, père de famille et pilote. Elle serait tellement heureuse et je le suis doublement pour elle.

Mon frère est un sacré cachottier ! Donc votre femme vient nous récupérer à l'arrivée, c'est vraiment très chouette de votre part.

— C'est avec grand plaisir. Et demain nous viendrons vous aider à organiser la rencontre avec les autres à la salle.

— Super ! Je vais rejoindre mon siège, alors, à tout à l'heure ?

— Oui, je vous rejoindrai plus tard à la maison.

— Oui… et… aussi, je suis désolée pour… l'autre petite, vous la connaissiez aussi, je suppose.

— Svetlana, oui, nous nous connaissions tous plus ou moins bien. Cela a été très difficile, elle était déjà très faible quand votre mère est venue et il me semble qu'elle nous a quittés peu de temps après sa visite. Je me souviens qu'elle était vraiment impatiente de les rencontrer, elle avait même tenté d'apprendre la chanson en anglais qu'elle tenait absolument à leur chanter. C'était il y a longtemps, et c'est vrai que je suis extrêmement reconnaissant d'avoir pu guérir, j'ai traversé l'arc-en-ciel comme, auraient dit mes anges, et aujourd'hui j'ai le sentiment que tout est possible. Allez, on se voit après, bon vol !

— Oui, merci Slobodan. Bon vol à vous également.

L'hôtesse me raccompagne à mon siège. Au moment de m'asseoir, je jette un regard très ému à mon frère. Vous savez, un de ces regards qui nourrit autant celui qui le donne que celui qui le reçoit. Lenny saisit cet instant qui se passe de mots tant nos yeux sont bavards.

Je raconte à Nick ce moment privilégié que je viens de vivre et lui explique où nous allons dormir ce soir.

En débarquant, comme convenu, Sara, l'épouse de Slobodan, une jolie dame blonde fidèle à la photo, avec un bébé dans les bras et tenant une petite fille par la main, nous fait de grands signes de sa main libre.

C'est un moment assez amusant, Slobodan ayant omis de me dire qu'elle ne parlait ni français ni anglais, nous nous sommes serré les mains, souris, et souris encore, en faisant des signes d'acquiescement chacun à notre tour.

Nous nous présentons les uns après les autres, le bébé se prénomme Deni et la petite fille, Ljuba.

Nous la suivons jusqu'à un genre de monospace minibus, nous chargeons nos valises dans le coffre et montons avec elle.

Nous mettons nos mains en prière pour lui montrer notre gratitude, ce à quoi elle répond d'un très large sourire, pointant ses yeux toujours vers le sol. Son attitude envers nous exprime énormément d'humilité, ou bien est-ce de la timidité, peut-être les deux…

La petite Ljuba semble très amusée de notre rencontre, mais là encore, elle dégage comme une certaine timidité quelque peu malicieuse. Peut-être que c'est un trait de caractère qu'elle tient de sa mère, en tout cas je les trouve toutes les deux craquantes.

Sara se gare devant une petite maison, devant laquelle se tiennent trois vieilles dames assises, l'une d'entre elles semble nous pointer du doigt.

Nous descendons, récupérons nos valises, et Sara s'adresse aux femmes en leur faisant des signes de la main. Les trois se lèvent et rentrent dans la maison. Sara nous fait signe de la suivre, en poussant la porte, nous arrivons dans le salon où nous découvrons deux des vieilles dames en train de s'activer autour de la table basse, y posant des tasses, du sucre et autres petites choses. Elles nous regardent vite fait en nous faisant un sourire timide. Sara nous cite un seul prénom :

— Babice.

La troisième sort de la cuisine, et Sara nous dit :

— Teta.

Nous acquiesçons toujours aussi bêtement, bien que je pense qu'elle en a oublié une sur les trois. Alors du coup, je me permets de montrer que je m'intéresse, en m'approchant de la première dame, lui prenant les mains et répétant sur la forme interrogative :

— Babice ?

— *Ne*, Babica.

— O.K., *sorry*, Babica ?

— *Da.*

Et alors je m'approche de la troisième et dis :

— Teta ?

— *Da.*

Je rejoins alors la deuxième et secoue la tête en guise d'incompréhension ou d'interrogation, mais Sara me répète alors :

— Babica.

— *Again* ? Babica ?

— *Da.*

O.K., donc je présume qu'elles ont le même prénom, qui se prononce *a* et non pas *e*, comme je l'avais entendu la première fois.

Elles sont vêtues de manière assez similaire, jupe longue plissée, gilet de laine boutonné et un foulard sur les cheveux noué sous le menton. Leur visage est très expressif, leur peau est très marquée comme si chaque ride correspondait à une ligne d'écriture. En fait, chacune de leurs expressions est un poème qui nous raconte toute une histoire. C'est un peu comme les arbres, plus ils sont cernés, plus ils ont vécu, plus ils ont d'histoires à raconter à ceux qui savent lire entre les rides.

Nous suivons Sara qui nous montre où poser nos sacs, il semblerait que ce soit la chambre des enfants. Nous comprenons que nous sommes attendus au salon pour le thé.

— Ces femmes sont vraiment adorables. Vous croyez qu'elles vivent toutes là ? demande Nick.

— En fait, je crois que oui, Slobodan m'avait expliqué que vivaient avec eux les grands-mères et la tante, car elles sont veuves et que Sara n'a pas de frère pour s'occuper de sa mère. Quant à la tante, elle a plus ou moins élevé Slobodan quand il était petit pendant quelques années, car ses parents avaient eu de gros soucis d'argent.

— Ah, mais alors, ce ne sont peut-être pas leurs prénoms que Sara nous a donnés, mais leur statut de famille ! Je pense que *babica* c'est « mamie », et *teta* c'est « tante », sûrement.

— Ça se pourrait bien en effet, rétorque Nick.

Elles nous attendent pour prendre le thé, elles ont préparé toutes sortes de gourmandises, des petits gâteaux, mais il y a aussi des carrés de feta, des olives et autres amuse-gueules.

Slobodan nous a rejoints un peu plus tard, nous avons mangé avec eux et sommes allés rapidement au lit car nous étions fatigués.

Samedi 3 juin – Les premières retrouvailles

Ce matin, tout le monde est opérationnel de bonne heure, car nous sommes excités à l'idée d'organiser cette petite réception. J'ai très envie de rencontrer Maik aussi, le beau ténébreux, enfin tel que le décrivaient Gaïa et maman, l'aventurier solitaire. Sera-t-il présent ? Je l'espère. Une dizaine de personnes auraient répondu positivement aux invitations.

Nous avons un peu de route jusqu'à Ljubljana, alors nous chargeons la voiture et prenons la route.

Nous nous arrêtons faire quelques courses avant d'arriver à la salle. Lenny avait demandé à quelques personnes d'aider à l'organisation sur place.

En arrivant je reconnais tout de suite les lieux, exactement tels que maman les avaient décrits, le quartier branché et artistique de la ville. Les murs des bâtiments recouverts de fresques murales, de pop art. J'adore ! Je me sens vraiment dans mon élément ici.

— Je suis certain que l'endroit te plaît déjà, Lou. Je me trompe ? demande Nick.

— Oh, c'est clair, c'est terrible ! J'aurais adoré participer à la déco de ce quartier.

— C'est peut-être pas trop tard ! Et il me semble que c'est avant tout un lieu de rencontre artistique, tu pourrais exposer ici, si tu voulais.

— Oui, c'est vrai, c'est une bonne idée. J'ai hâte ! Allez ! Allons nous présenter.

J'entre d'un pas plus que décidé à l'intérieur de la salle quand j'entends un homme à la voix grave, mais suave, prononcer quelques mots d'anglais.

— *Hey, hey, here comes Lilou I bet ! You're even more beautiful than your mom, and I can tell you, how she was gorgeous !*

(Hey, hey, Lilou arrive, je présume ! Tu es encore plus belle que ta mère, et je peux te dire à quel point elle était jolie.)

Je ne vois pas d'où vient la voix, il semble qu'elle arrive de l'angle de la pièce.

— *Maik ? Are you Maik ?*

— *Yep that's me !*

— *Oh wouah ! I didn't know you'd be there so early, and in fact I wasn't sure you'd come...*

(Je ne savais pas que tu serais là si tôt et en fait je n'étais pas sûre que tu viennes.)

— *How could I miss that ? Those girls showed me my way back home. My Rainbow angels... Let me look at you, you have your Mother's eyes and her smile also.*

« Comment aurais-je pu rater ça ? Ces filles qui m'ont montré le chemin pour rentrer chez moi. Mes anges arc-en-ciel… laisse-moi te regarder, tu as les yeux de ta mère, et son sourire aussi. »

— *And Gaïa, did she write to you again ?*

(T'a-t-elle écrit encore ?)

— *Who ? I'm kidding, you know, sometimes I wonder if she was even real... we wrote to each other for a while, at least, till I found... my way back.*

(Qui ça ? Je plaisante, tu sais des fois, je me demande si elle était réelle, nous nous sommes écrit quelque temps, au moins, jusqu'à ce que je retrouve le chemin du retour.)

— You know, when I met them, I was thinking I was the freer man that exists, I didn't know, I was totally the contrary. I was free in the exterior, that's why I kept on traveling, on crossing borders, but I was fleeing. I was fleeing from my soul... so I could go always further, I would have never gone further enough... I wasn't free at all, I was my own prisonner... you can't flee from your soul and heart, you're free, only once you front them for real, peacely and respectly.

(Tu sais, quand je les ai rencontrées, je pensais que j'étais l'homme le plus libre qui existe, je ne savais pas que j'étais tout le contraire. J'étais libre de l'extérieur, c'est pourquoi je passais ma vie à voyager, à traverser des frontières, mais je fuyais, je ne serais jamais allé assez loin... Je n'étais pas libre du tout, j'étais mon propre prisonnier... Tu ne peux pas fuir ton âme et ton cœur, tu n'es libre qu'une fois après leur avoir fait face pour de vrai, en paix et avec respect.)

The worst lie ever is the one you make to yourself, because you can't lie to your soul, unless you'll die but not the way you mean, in the worst way ever, you'll die while you're still alive.

(Le pire des mensonges est celui que tu te dis à toi-même, parce que tu ne peux pas mentir à ton âme, à moins d'en mourir, mais pas de la manière dont tu l'entends, de la pire des manières, tu mourras de ton vivant.)

That's it, I came back and I wrote a book, the best book I've written in my life, not a fucking road book but a life book...

« Travel everywhere and you'll go nowhere, travel inside your soul and you'll go everywhere »

(Voilà, je suis rentré et j'ai écrit un livre, le meilleur livre de ma vie, pas un putain de livre de route, mais un livre de vie. « Voyage partout et tu n'iras nulle part, voyage en toi et tu iras partout. »)

— *Oh my God, this is so beautiful ! so meaningful ! I think I should read this book as soon as possible !*

(Oh, mon Dieu, c'est magnifique ! plein de sens ! Je pense que je devrais lire ce livre dès que possible !)

— *Well I brought one for you obviously, I wrote some words inside, please read it later, once you'll be home.*

(Eh bien, j'en ai apporté un pour toi, bien sûr, j'ai écrit quelques mots à l'intérieur, s'il te plaît, lis ça plus tard, quand tu seras rentrée.)

Nous avons poursuivi notre discussion un moment ; Nick s'est joint à nous, et lui a demandé s'il avait pris sa guitare, car lui avait emporté son harmonica. Maik a pris Lenny dans ses bras, car maman lui avait aussi beaucoup parlé de lui, et il faut dire que Lenny les avait quand même beaucoup plus aidées que moi.

Je me rends compte qu'encore une fois la magie a opéré de manière spectaculaire. Nous pouvons tous être l'étincelle de quelqu'un d'autre, je veux dire, encore une fois il n'a été question que de mots…

Mais les mots, quand ils sont choisis avec soin, avec intelligence et surtout avec bienveillance, avec pour seul calcul celui de rallumer une flamme, alors ils deviennent magiques.

Je trouve cela tellement captivant, tellement enivrant, de penser que nous avons tous ce fabuleux pouvoir magique à porter de lèvres. Gaïa tirait des flèches de mots, oui, c'est de cela qu'il est question. Le mot étincelle qui fait naître la flamme de l'amour, de l'espoir, de la confiance, de la force, de la motivation, de la volonté, de la guérison, de l'amitié ou du pardon. Le mot qui ne servirait à traduire qu'une seule langue universelle, unis vers celle du cœur.

D'ailleurs, en même temps que je me fais cette réflexion, j'en fais le constat tout à fait contraire. C'est-à-dire qu'à l'inverse, les mots mal choisis peuvent faire d'énormes dégâts.

À ce moment même je repense à ma mère qui nous avait dit qu'elle devait partir pour « optimiser ce qui lui restait de vie », pour « accomplir quelque chose de grand, de bien, de beau », « je ne me suis jamais sentie aussi bien que là-bas ». Et quand bien même, là encore, une autre réflexion me vient, cette phrase qui dit :

« Que je suis responsable de ce que je dis, mais pas de ce que tu comprends. »

Exact, car « moi » quand j'ai entendu « optimiser ce qui me reste de vie », j'ai compris « toi, ma fille, tu ne mérites pas mes derniers instants », et quand j'ai entendu « accomplir quelque chose de grand, de bien, de beau », j'ai compris « que j'ai raté ma vie en faisant des enfants », et quand j'ai entendu « je ne me suis jamais sentie aussi bien que là-bas », j'ai compris « je n'ai jamais été heureuse auprès de vous ».

Alors, bien sûr, il y aura toujours des personnes qui ne comprendront pas bien ce que vous direz, ou qui comprendront de travers, et bien que nous ne soyons pas responsables des mauvaises interprétations qui ne font que traduire l'état même de son interprète…

Nous devons quand même faire attention aux mots que nous choisissons de prononcer. Je ne dis pas non plus qu'il faille mentir, mais la vérité, aussi dure soit-elle, peut être dite avec tact. Il existe toujours une formule magique, permettant de faire grandir l'autre, dans le message que l'on veut lui transmettre.

Surtout qu'à bien y réfléchir, qui grandit le plus dans ce type d'échange et de partage ? Si l'un grandit, l'autre s'élève et *vice versa.*

Pour ma part, le déclic, ça a été Nick, une phrase aura suffi à résoudre le mystère de dix ans d'échec de relations amoureuses, une seule phrase :

« Je ne suis pas ta mère, moi je n'irai nulle part, je ne t'abandonnerai pas. »

Faire que l'autre se sente important, il compte, peu importe son âge, son physique, son grade, son statut… il compte.

Les choses, les objets ont un prix, les êtres ont une valeur, et comme nous nous servons des chiffres pour juger du prix d'un objet, nous nous servons des mots pour juger de la valeur d'une personne…

Mais qui sommes-nous pour juger ? Des experts en humanité ? N'avons-nous pas chacun nos petits secrets ? Nos défauts ? Nos imperfections ? Connaissons-nous chaque instant de vie d'une personne ? Connaissons-nous ses souffrances ? Ses rêves secrets ? Les profondeurs de son âme ? Avons-nous été là dans toutes ses batailles ? Dans tous ses échecs et toutes ses victoires ? Dans toutes ses blessures, ses déceptions et ses joies ?

Alors que je me perds dans mes pensées, Nick, comme par télépathie, s'est approché derrière moi, m'enlaçant dans ses bras, me glisse à l'oreille :

— *You know what girl ?*

Il a sa tête au creux de mon épaule, je lui réponds alors tout bas :

— Tiens, tu me parles en anglais maintenant, tu as trouvé que je manquais de pratique ? Eh bien, non, je ne sais pas quoi, jeune homme.

— *Well I fell badly…*

(Eh bien, je suis méchamment tombé…)

— Comment cela, tu es tombé ? Je ne t'ai pas vu tomber, lui dis-je en souriant.

— *I fell badly in love, with the most fabulous craziest and sexiest artist I've ever met.*

(Je suis méchamment tombé amoureux de l'artiste la plus fabuleuse, la plus folle et la plus sexy que j'ai jamais rencontrée.)

À ces mots… oui ces mots justement, que je trouve savamment choisis, mon cœur me fait le coup de l'ascenseur. Vous connaissez cette sensation étrange que votre cœur se met au saut à l'élastique, un genre de descente d'organe, mais à la vitesse du son. Il se retrouve dans les talons. Limite, j'avais envie de regarder par terre, pour chercher à le ramasser (du genre « tiens, c'est pas mon cœur, là, que je viens de faire tomber ? »). Mais cette sensation s'enchaîne avec une pointe violente dans la poitrine (oui, un peu comme un tir de flèche).

En tout cas, Nick, Gaïa et Cupidon ont dû suivre le même cours.

J'attrape les mains de Nick, fais un demi-tour sur moi-même pour que mes yeux puissent lui dire les mots que mes lèvres ne savent encore pas prononcer.

Encore une chose difficile à saisir, c'est comme si j'avais peur de dire l'amour, de peur qu'une fois le mot prononcé, il s'échappe de mon être… Comme si je préférais le ressentir, le garder là bien au chaud à l'intérieur, à l'abri… Comme si je craignais une sorte de malédiction, le mot une fois prononcé sortirait de mon être à tout jamais, emportant avec lui le sentiment qui l'avait fait naître…

Je suis certaine que même si cela paraît étrange, nombreux d'entre vous sont ceux pour qui ces mots résonnent. Nick est patient et je sais qu'il sait, le jour viendra, j'en suis certaine… ce jour où je ne craindrais plus la perte, l'abandon, la disparition, ni même le rejet. Ces peurs qui ne sont fondées que sur des pensées toxiques et donc qui ne tiennent à rien, si ce n'est à notre seule volonté de les nourrir ou pas. Le problème c'est qu'en les nourrissant, on les fait vivre et on change nous-mêmes notre avenir. Vous vous souvenez de la fameuse obsolescence programmée des sentiments ? On provoque des événements inconsciemment, essentiellement pour donner raison à cet ego fondé sur nos peurs. Tout le monde connaît ce fameux point de conclusion qui dit : « Ben oui, je le savais ! Je savais bien que ça finirait comme ça ! » Comment pouvons-nous nous duper autant ? Comment pouvons-nous trouver cet inconfort (de vivre dans la peur : peur de vivre, d'aimer, de voyager, de créer) si confortable ? Eh bien, simplement qu'il nous permet de ne rien faire, de ne prendre aucun risque, cela soulage notre ego…

Aimons-nous suffisamment pour nous autoriser à prendre ces risques (qui n'en sont pas vraiment en fait), alimentons notre enthousiasme, notre courage et nos rêves, ainsi, le seul risque que nous prendrons, c'est celui d'être heureux et libres. Je l'ai déjà dit, je le répète, mais notre seule vraie prison est notre mental.

— Nick, si tu prenais déjà des photos de Maik avec son livre, en zoomant aussi sur le titre du livre et le sous-titre qui fait référence à Gaïa, tu veux bien ?

— Oui, sans problème. Allez, je m'y mets, je vais là-bas m'installer un spot ou deux pour avoir un meilleur éclairage. Après je demanderai à Slobodan de venir, il a emporté son costume de pilote.

Lenny, Sara, Slobodan, les gérants de l'atelier et moi préparons une table avec de quoi manger et boire.

Deux nouvelles personnes arrivent d'un pas décidé, le sourire aux lèvres, elles m'ont l'air un peu âgées pour être d'anciens enfants de l'hôpital.

Elles tiennent dans leurs mains des plats recouverts de serviettes. Mon intuition me dit qu'elles pourraient être les infirmières de l'hôpital.

Oui ! Elles se présentent enthousiastes en nous tendant à bout de bras les deux plats qu'elles avaient préparés. Pour cet anniversaire très spécial, elles avaient cuisiné les mêmes plats que, quinze ans en arrière, elles avaient portés à ma mère et à Gaïa. Ne sont-elles pas formidables ?

Puis, petit à petit, d'autres personnes arrivent, plus jeunes, dans mes âges, accompagnés d'enfants ou de parents.

Je prends plaisir à aller saluer chacun d'entre eux et organise les sessions de photos avec Nick. Tout le monde a joué le jeu en apportant ce qui les définissait le mieux aujourd'hui. Certains sont venus avec des outils à travailler le bois, des outils de mécanique, des jeunes femmes avec leurs bébés, d'autres avec des accessoires de couture ou de coiffure.

J'avais préparé avec Lenny des documents pour l'accès au droit à l'image que j'ai pris soin de faire signer à chacun, en leur expliquant que de chaque photo naîtra un tableau qui viendra illustrer le livre de ma mère.

Nick avait aussi installé une caméra sur pied dans un coin stratégique de la pièce, de manière à tout filmer et en faire des montages vidéo.

Je parle à chacun, je prends des enfants dans mes bras, je me laisse porter et tout se passe si naturellement, comme si toutes ces personnes et moi nous nous connaissions déjà. Comme si un fil invisible nous avait toujours reliés les uns aux autres, la fameuse grande toile universelle. De temps en temps, mon regard s'échappe et vient croiser celui de Nick que j'observe en train de prendre ses photos, prenant soin avant chaque prise de vue de relever le col de chemise d'un jeune homme ou d'essuyer le coin des lèvres d'un bébé qui fait des bulles avec sa bouche…

Je le trouve si beau quand il travaille, quand il œuvre à ce qu'il aime faire. Je suppose comme lui me trouvait belle en me regardant peindre :

Une personne n'est jamais aussi belle que quand elle fait ce qu'elle aime.

Dans ces instants en suspens, où nos regards se croisent alors que nous vaquons chacun de notre côté à nos tâches, nous nous rejoignons comme par magie. Il y a un magnétisme entre nous difficile à expliquer. Cet instant précis, où nos yeux communient, est une seconde soustraite à l'instant présent. Nous nous téléportons sur notre fameuse fréquence personnelle, un espace-temps différent où nos âmes se rejoignent dès qu'elles le décident.

En fin d'après-midi, nous avons fini forcément autour de Maik qui avait sorti sa guitare, accompagné de Nick à l'harmonica. Nous avons chanté les chansons du livre tous ensemble avec beaucoup d'émotion. Je n'en revenais pas moi-même de cette empreinte si profonde qu'une seule rencontre avait pu laisser quinze ans en arrière.

Comme quoi, il ne faut jamais sous-estimer le pouvoir que nous avons les uns sur les autres, faisons en sorte qu'il soit positif... une belle parole, un compliment, un encouragement. Choisissons nos actes et nos paroles pour qu'au lieu d'éteindre le feu de quelqu'un, nous en soyons l'étincelle de départ !

Tout le monde nous a aidés à ranger le matériel et à nettoyer la salle. Nous avons offert un tee-shirt de Miss Rainbow à chacun, faisant d'eux des membres de la fondation.

Slobodan nous a ramenés chez lui où nous avons dormi un soir de plus.

Demain matin il nous fera faire un rapide tour de ville avant de nous conduire à l'aéroport d'où nous prendrons l'avion pour Budapest.

À Budapest, Lenny nous a réservé une voiture de location pour nous conduire jusqu'à l'orphelinat de Fot.

[...] Tu te limites à notre réalité d'aujourd'hui...
mais essaie d'ouvrir les possibles...
peut-être êtes-vous l'une pour l'autre, plus que ça...
avant, ailleurs, ou même après...
les âmes, Océ, les âmes subsistent. [...]

Parce que pour mourir, il faut être vivant *(page 287).*

Dimanche 4 juin – Fot

Nous sommes bien arrivés à Fot, nous attendons pour récupérer la voiture et conduire vers l'orphelinat.

Je suis impatiente d'arriver, bien que je sois aussi un peu inquiète à l'idée de rencontrer Lilla. Cette jeune femme, un peu plus jeune que moi et qui a su partager des moments extrêmement forts avec ma mère, qui au même moment semblait m'échapper, pour ne pas dire me fuir.

Je partage ce sentiment avec Lenny, qui ne l'a pas du tout vécu comme moi. Lenny, *alias* maître Yoda, beaucoup plus zen, plus réfléchi et moins impulsif que moi, pèse les choses. Il relativise toujours bien mieux que moi.

— C'est génial, au contraire, Loulou, on va enfin la rencontrer, c'est ce que maman voulait, et on va peut-être comprendre nous-mêmes ce lien… ou pas, mais en tout cas, on pourra en avoir le cœur net, nous faire une idée, poser un point à la fin de ce texte qui n'était pas fini.

— Ouais, t'as sûrement raison, mais, peut-être que pour toi c'est plus facile parce que t'es son fils…

— Je vois pas le rapport. Ne me dis pas que tu cherches à te comparer à elle, quand même. C'est n'importe quoi, allez, arrête de projeter je ne sais quelle peur non fondée sur cette rencontre, laisse faire les choses.

— Ton frère a raison, Lou, laisse faire, ce sera forcément magique comme tout ce que nous vivons depuis que vous avez reçu ces livres.

De toute façon, je crois que vous allez vite recevoir vos réponses, la voiture est prête, allez, on y va.

Au fur et à mesure que nous approchons, je sens mon cœur se dérober dans le fond de mes chaussettes.

— Nous y sommes ! Alors, Lilou, comment tu te sens ? C'est bon, ça va aller ?

— Mais oui ! Impec ! Quel est le pire qu'il puisse se passer après tout ? Et si elle ne voulait tout simplement pas nous voir ?

— Écoute, Lilou, si tu veux j'y vais en premier, je pars en éclaireur et je vous dis quoi.

— O.K., Len, oui vas-y, c'est mieux si c'est toi… reviens vite nous dire.

Lenny part devant et revient dans la minute.

— C'est bon, elle est là, je l'ai vue.

— Et donc ? Tu lui as parlé déjà ?

— Non, en fait, je pense que c'est mieux si c'est toi qui lui parles.

— Mais tu plaisantes ? Tu devais aller lui parler en premier.

— Je… Ouais, mais… non, c'était pas une bonne idée.

— Bon, j'y vais alors ! Espèce de dégonflé !

Je pars d'un pas décidé vers le bâtiment, quand j'aperçois la silhouette d'une grande femme élancée, les cheveux très longs tressés jusqu'en bas du dos. Elle porte une longue robe blanche un peu bohème. Elle a tout d'un ange. Elle se retourne et me regarde avec de grands yeux bleus ronds comme des billes et un très large sourire en tendant ses bras vers moi.

— Lilou ?

— *I suppose you must be Lilla.*

— Oui, je parle français, tu sais. Je suis tellement, tellement contente de te rencontrer, enfin ! Tu es exactement comme je l'imaginais !

— Oh, c'est vrai ! Eh bien, moi, je dois dire que tu es vachement plus belle encore que ce que je pensais. Je vais chercher les autres.

— Oh, merci, c'est gentil !

Je repars vers la voiture et dis aux garçons que c'est bon, que nous sommes au bon endroit et que je viens de rencontrer Lilla.

— Bon, ben ça y est, je l'ai rencontrée, il ne s'est rien passé d'exceptionnel ni de magique, enfin je veux dire, elle était super contente, moi aussi… Elle a l'air extra et, putain, ce qu'elle est belle, au début j'ai cru que c'était un ange, j'vous jure. T'as pas trouvé, Lenny ?

— Moi ? Euh… je ne sais pas, je ne l'ai pas bien vue en fait.

— Ça va pas, Len, y a un problème ?

— Mais non, pas du tout, c'est le voyage, je pense que je suis un peu fatigué.

— En plus, super nouvelle, elle parle français.

Nous retournons auprès d'elle.

— Bonjour. Comme je suis heureuse ! Alors, c'est toi Lenny, je suis sûre !

Elle avance vers mon frère et le serre dans ses bras comme si elle l'avait toujours connu et attendu depuis très longtemps. Lenny reste bête, les bras autour d'elle sans pour autant oser les refermer. Je dois dire que j'ai rarement vu mon frère rougir, pour tout vous dire, il n'est pas juste rouge, il a juste l'air d'un petit garçon intimidé et très embarrassé.

Cette embrassade commence à être longue, et finalement nous commençons, nous aussi, à nous sentir embarrassés et presque de trop.

Nick me donne un coup de coude, se penche vers moi pour me chuchoter à l'oreille :

— Tu la vois, la magie ?

— Hum, hum, voilà, voilà ! On est super contents de se rencontrer enfin ! Maman, d'où elle se trouve, doit être tellement heureuse !

Lilla lâche enfin mon frère tout en lui attrapant la main et cela n'a pas l'air de lui déplaire.

Je me dis que ce doit vraiment être dans sa nature de « choisir » des êtres et ne plus pouvoir les lâcher ensuite. Sans vouloir me moquer, c'est quand même étrange comme comportement.

Elle part la première, entraînant mon frère avec elle.

— Venez, vous devez avoir faim ou soif. Je vais vous présenter au reste de l'équipe.

Nous la suivons.

Finalement, il semblerait que ce soit la même directrice qu'il y a quinze ans, elle sourit en nous voyant.

Lilla lâche enfin la main de mon frère pour nous offrir un verre à boire et quelques petits gâteaux.

J'en profite pour me rapprocher de lui et lui parler :

— Eh ben, dis donc, quelle rencontre ! Elle est un peu *space*, non, quand même ?

— Écoute, je… je sais pas quoi te dire, c'est bizarre… tu vas me prendre pour un dingue, mais j'ai l'impression de la connaître…

— Mais non ! C'est parce que maman nous en a beaucoup parlé, tout ça fait que, finalement, inconsciemment tu as ce sentiment-là, c'est tout.

— Non, je te jure, c'est autre chose, je l'ai vue d'abord de dos, puis quand elle s'est tournée, j'ai… j'ai pas pu lui parler, c'était comme si… comme si j'avais vu un fantôme.

— Bah oui, ça c'est sa robe blanche ! Moi, j'avais cru voir un ange.

— Mais non, je déconne pas, je sais pas, et t'as vu comme elle m'a pris dans ses bras ? J'ai ressenti tellement de choses…

— Tu vas pas t'y mettre toi aussi ? Alors, c'est comme pour maman ? Elle t'a reconnu ? Et moi… rien…

Peut-être parce qu'elle porte le collier de maman.

— Non, je te promets, Lou, c'est autre chose.

— Mais écoute, tu entends ? On dirait… Lilla, qu'est-ce qu'on entend là ? On dirait la chanson de maman.

— Ah oui, c'est ça, ah, ah, ah, c'est mon perroquet. Il est dans la pièce derrière, je vais le chercher.

Lilla s'éclipse et nous ramène, posé sur sa main, un ara d'Amazonie, un perroquet de toutes les couleurs et qui siffle l'air de la chanson des « sourires arc-en-ciel ».

— Wouah, alors ça, c'est fantastique ! Il est génial ce perroquet !

— Oui, il est mon meilleur ami. Quelqu'un est venu nous l'offrir quelques mois après que Miss Rainbow soit partie. Il semblerait qu'il m'ait choisie, alors depuis quinze ans il ne me quitte presque jamais, je lui ai appris à siffler et à dire quelques trucs.

— C'est dingue ! Et comment il s'appelle ?

— Vous allez rire, j'ai choisi de l'appeler Océgaïa... Il doit avoir vingt ans environ, mais il ne sait pas voler.

— Comment cela ? Tu veux plutôt dire qu'on lui a coupé les ailes ?

— Non, il pourrait sûrement, mais il ne sait pas... J'ai essayé de lui apprendre, mais j'ai laissé tomber, car ça ne marche pas. De toute façon il n'est pas malheureux ainsi, il se promène en marchant, en sautillant ou en escaladant à l'aide de son bec.

Lilla est incroyable, elle doit mesurer dans les un mètre quatre-vingts, de très grands yeux bleus, des traits fins, un visage doux et angélique, juste deux fines mèches de cheveux reviennent de chaque côté de ses tempes, et sa longue tresse qui passe sur son épaule redescend jusqu'à sa poitrine. Dans sa longue robe en coton blanc et crochet, le perroquet posé sur sa main, elle a l'air d'un personnage sorti tout droit d'un conte de fées.

Quand elle parle, elle touche souvent son collier du bout des doigts de sa main droite. Ce fameux collier de maman, représentant une fée, justement, qui joue de la harpe, me fait dire que j'imaginerais bien Lilla en train de jouer de la harpe, assise dans un croissant de lune.

Je crois que je vais la peindre, elle m'inspire tellement de personnages à la fois.

Je regarde mon frère la dévorer des yeux, il a l'air fasciné par sa rencontre, il est devenu muet, mais sûrement pas aveugle.

Plus je la regarde et plus je m'imagine différentes peintures de personnages, tous plus mystiques les uns que les autres.

Je crois que Nick avait raison, il y a de la magie dans cette rencontre, il est en train de se passer de grandes choses.

Lilla nous guide ensuite vers l'endroit où nous allons pouvoir dormir pendant deux jours. Nous y posons nos affaires et la suivons pour visiter l'établissement et rencontrer les enfants.

— Et, dis-moi, Lilla, le hangar qu'elles ont peint est-il toujours là ?

— Mais oui ! Nous n'y avons pas touché, par contre il a vieilli…

— Je peux le voir ?

— Oui, allons-y !

Nous voici enfin devant la fresque, cela représente tellement pour nous, de nous trouver là. Je pose mes mains dessus, la caresse comme pour ressentir les coups de pinceau que ma mère avait pu donner. Je ferme les yeux pour me transporter quinze ans en arrière et pouvoir les observer, écouter les cris des enfants qui participent, écouter ma mère et Gaïa leur expliquer et rire avec eux.

Sa voix… sa voix et son rire me manquent tellement, et, plus le temps passe et moins j'arrive à m'en souvenir, c'est comme si je discutais avec quelqu'un tout en m'éloignant de plus en plus, jusqu'à ne plus entendre du tout… le son semble venir de plus en plus loin, trop loin.

Je me retourne pour regarder Lenny, les pupilles en mode gilet de sauvetage pour ne pas se noyer…

— Elle me manque.

— À moi aussi, sista, à moi aussi.

Nick me rejoint, me caresse la joue pour recueillir discrètement une larme qui perle.

— Tu veux qu'on te laisse un peu là ? Tu veux du temps pour te poser ?

— Oui, Nick, je te remercie, je voudrais bien rester un peu seule ici. C'est gentil.

Nick, Lenny et Lilla repartent et me laissent là, avec les souvenirs, les traces de leur passage. Adossée à la fresque je me laisse glisser jusqu'au sol et reste assise là quelques instants. Je médite, je pleure, je me recueille et je m'inspire. C'est un peu comme si j'étais venue déposer sur ce lieu, pour moi sacré, mon chagrin, et que maintenant, j'attendais de refaire le plein à l'aide des bonnes vibrations de cet endroit d'où résonnent encore les cris et les rires des enfants. J'aurais tant voulu les vivre, ces instants-là, j'ai encore du mal à ne pas les voir comme des instants qui m'ont été volés de vivre auprès de ma mère. Est-ce un manque de maturité ? Peut-être, mais comment faire pour apprendre à faire la paix avec cette année vécue comme la pire de ma vie.

Et que me dirait Gaïa ? Je replonge dans ma méditation, je me concentre sur ma respiration et j'essaie de ressentir et d'écouter ce que le silence aurait à me dire.

Aussi dingue que cela puisse paraître, je me suis mise à entendre, oui j'entends les enfants comme si j'y étais et je ressens instantanément beaucoup, mais vraiment beaucoup d'amour m'envahir. À chaque inspiration je sens comme une vague de bien-être, de douceur monter en moi et à chaque expiration, un sentiment de sérénité, d'apaisement et ainsi de suite.

Et d'un seul coup je crois que j'ai compris, je crois que j'ai reçu la réponse à ma question.

En fait, dès l'instant où j'ai arrêté de ressasser mes souvenirs, où j'ai arrêté de penser (en mode ego), d'où le terme d'égocentrisme, dès l'instant où je me suis mise à ressentir et à écouter en silence, je me suis sentie bien.

En fait, je suis égoïste, la réponse est dans le détachement, dans la compréhension que rien n'y personne ne nous appartient. J'aurais préféré priver des centaines de personnes de l'aide et l'amour de ma mère pour le garder à moi seule quitte à ce qu'elle en meure… Eh oui, car finalement, si elle n'était pas partie, elle serait morte il y a quinze ans.

Cette blessure que je trimbale depuis si longtemps est donc uniquement due à mon ego. Encore une fois, au lieu de remercier l'univers de nous avoir offert quinze ans, je ne fais que centrer mon attention sur cette seule année où elle m'a manquée.

Et si je me concentrais plutôt sur le positif, sur tout cet amour qu'elle a semé sur son chemin et dont j'ai la chance de goûter les fruits aujourd'hui et sur le changement qu'elle a fait naître entre notre père et nous, nous permettant de nous retrouver.

Je n'avais que treize ans, il est donc normal d'avoir réagi comme je l'ai fait à l'époque, mais aujourd'hui, il est de ma responsabilité de me guérir de cette blessure.

C'est alors qu'assise aux pieds de leur fresque, je crée mon propre mantra (prière), que je prononce à voix haute :

« Je me pardonne de toute cette vaine souffrance que je me suis infligée, maman, je te pardonne de ne pas avoir su trouver les bons mots. Je comprends que l'amour n'est pas dans l'appartenance, mais dans le partage, qu'il est universel et que tout ce qui s'est passé est la meilleure chose qui pouvait arriver. »

Je comprends ce que disait Gaïa quand elle parlait d'écouter ce que le silence a à nous dire. Il est le meilleur des messagers. Il s'agit de faire taire les mensonges de son ego pour écouter la vérité de son âme. C'est elle qui nous parle en silence, mais que l'ego, bien trop souvent, étouffe de son vacarme incessant.

Je reste encore là quelques minutes, en silence, auprès de mon âme bienveillante et de mes anges, qui semblent avoir fait la paix pour de bon.

Je me relève pour aller rejoindre les autres, en me dirigeant vers le bâtiment, j'aperçois Lenny et Lilla tous deux assis sur un banc. Je pense d'ailleurs qu'il s'agit du banc sur lequel ma mère et Gaïa étaient assises avec Lilla. Tout ceci est très étrange, tout s'imbrique comme un énorme puzzle, comme si Lilla était une des pièces manquantes, elle vient donc tout naturellement prendre la place qui l'attendait depuis si longtemps.

Mais il aura fallu du temps, pour que l'on sache quelle place était la sienne, d'ailleurs je ne le sais toujours pas vraiment, mais je sais qu'elle en a une. Océgaïa est sur le banc avec eux, ils lui donnent tous les deux à picorer. J'entends mon frère rire de bon cœur et je ne compte pas les déranger. Je retourne à l'endroit où nous avons rangé nos affaires, où je retrouve Nick.

— Ah, tu es là, tu vas bien ?

— Oui, je vais super bien, étrangement pour ne pas dire magiquement bien.

— Oui, c'est évident que nous sommes au bon endroit, au bon moment. Tu sais, je crois que ton frère est en train de vivre quelque chose d'exceptionnel, quelque chose qui n'arrive que très rarement, et je crois ne pas me tromper en disant que c'est ton frère le lien entre Lilla et ta mère.

— Non… tu crois ? Ah oui… Gaïa disait que quelque chose unissait Océ et Lilla ici, maintenant, avant, ailleurs ou même après… je me souviens ! En fait, l'histoire nous montre qu'il ne s'agissait pas de faits qui se seraient produits avant, mais bien après, et que cet « après » est en train de se produire maintenant ! Elles étaient unies par l'amour qu'elles allaient porter à mon frère à différents moments de leur vie… mais c'est tellement irrationnel…

— Âme-mère et âme-sœur se sont rencontrées sans comprendre ce qui les unissait puisque le lien n'était pas encore tissé… Lenny étant la maille qui tissera ce lien. C'est clairement fou, mais pas impossible. L'amour est vibration, énergie et il peut traverser toutes les dimensions telles que l'espace et le temps. Ton frère m'a dit qu'il avait eu l'impression de la reconnaître, il m'a dit avoir eu un choc, quand elle s'est retournée. Tu sais, je crois profondément en ces choses-là. Lilla a cru reconnaître ta mère, et, par cette même énergie d'amour qui aura su traverser le temps, Lenny a reconnu Lilla, aussi, plus ou moins à travers ta mère. Cette énergie d'amour s'est baladée entre eux et entre elles et les unit au-delà du temps et de l'espace. Suis-je clair ?

— Je crois comprendre… alors, pour toi, Lilla serait l'âme sœur de Lenny ?

— C'est encore un peu tôt pour l'affirmer, mais ça m'en a tout l'air.

— J'adore le concept en tout cas. C'est juste énorme ! Quant à moi, cette fille m'inspire beaucoup, j'ai eu plein d'idées de peintures en l'observant. Je voudrais faire d'elle la fée du pendentif de ma mère sur une grande toile. Je voudrais aussi la peindre avec son perroquet, je lui trouve un côté très angélique, mystérieux ou féerique.

— C'est vrai qu'elle a une beauté pure, une beauté qui met tout le monde d'accord peu importe les goûts et les couleurs de chacun.

— Tu la trouves belle, donc…

— Oui je la trouve très belle bien qu'elle ne soit pas du tout mon style. Lilla est comme un ange, toi, tu es une amazone. Elle a l'air sage et douce, mais moi j'aime ton espièglerie et ta folie. Elle est comme une porcelaine, la peau blanche et pure, mais moi j'aime tes taches de rousseur qui sont autant de grains de malice. J'aime ta rébellion, ton animalité, ton côté sauvage et farouche, bien que fragile et sensible. J'aime la lionne que tu es. Mais oui, elle est belle, tu l'as dit toi-même d'ailleurs et je la vois bien avec ton frère.

— Je plaisantais et je suis entièrement d'accord avec toi, elle met tout le monde d'accord. Si on allait voir ce qu'ils font ?

— Je te suis.

Nick et moi sortons pour rejoindre Lenny et Lilla. Tous les enfants sont désormais dehors et ils sont en train de faire des jeux avec eux.

— On y va ? On se joint à eux ?

— Allez ! Un peu d'exercice ne nous fera pas de mal.

Nous sommes donc tous restés dehors à jouer avec les enfants jusqu'à l'heure du repas. Nous avons ensuite mangé au réfectoire tous ensemble et avons commencé à préparer certaines choses pour le lendemain. Lilla a voulu cuisiner quelques petits gâteaux et autres spécialités locales. Ici, elle vit plus que modestement, elle dort dans un dortoir, elle n'a pas de véritable « chez elle », elle n'a toujours vécu qu'ici. Elle prend soin de tous ces enfants, car ils sont son unique famille. Elle rit tout le temps de tout et n'importe quoi, comme une toute petite fille, elle est fraîche, vraie et semble très naïve, bien que très écorchée par la vie.

Lenny a commencé à la taquiner et ils ont commencé à se fariner le bout du nez et le visage pour dégénérer très rapidement. Nous les avons accompagnés dans leur folie culinaire, heureusement que les enfants étaient couchés, car nous aurions été de très mauvais exemples à suivre. Nick et moi avons d'un seul coup pris quarante ans avec nos cheveux devenus tout blancs et décidons de nous esquiver pour aller prendre une douche, mais aussi pour laisser nos futurs tourtereaux un peu seuls.

— Bon, ce n'est pas que l'on s'ennuie, mais il se fait tard, on va se laver et surtout on vous laisse faire le ménage ! Après tout, c'est vous qui avez commencé ! Bon courage !

— Ah oui, voilà, c'est bien toi ça, quand il s'agit de faire le ménage… Je te reconnais bien là, Loulou.

— Toi, je te conseille de te taire si tu ne veux pas subir d'humiliation devant mademoiselle…

— O.K., allez, tchao !

Lundi 5 juin – Deuxième rencontre

Aujourd'hui encore nous avons préparé la salle pour pouvoir recevoir les invités. Nick installe son coin photo et la caméra pendant que nous dressons la table et posons la décoration.

Le reste du temps, nous l'avons passé avec les enfants à faire des jeux, et Nick et Lenny ont aussi effectué quelques réparations dans les bâtiments qui se font un peu vétustes.

J'ai passé du temps avec Lilla qui s'avère vraiment une fille géniale, drôle, et le cœur sur la main. Elle a voulu m'offrir le collier de ma mère que j'ai bien évidemment refusé. J'ai demandé à Nick de faire une séance photo avec elle pour que je puisse la peindre. Puis, comme nous avions de l'avance, elle a aussi posé pour moi, je l'ai croquée au fusain rapidement, je ne pouvais pas attendre de reproduire le pendentif comme je l'avais imaginé.

Elle a été très enjouée de ce dessin qui s'est imposé comme une évidence…

Puis je l'ai montré à Lenny qui a eu, tout de suite, une autre idée :

— Tu sais, elle est super photogénique et je crois que j'aimerais bien travailler avec toi, Lou, sur un projet la concernant.

— Oui, c'est-à-dire ?

— Je crois que j'aimerais créer un personnage virtuel d'elle avec son perroquet, une bande dessinée, mais sur ordinateur, ou en faire un jeu vidéo, je ne sais pas encore.

— C’est génial comme idée, Lenny ! Vraiment, j’adore, oui !

— En plus, cela nous permettrait de lui offrir un contrat de travail, des droits à l’image, etc.

— Bon, il faut qu’elle accepte quand même.

— Tu lui en parles ? Vous avez l’air assez proches, non ? Hier, comment ça s’est fini votre soirée ménage ?

J’ai à nouveau vu mon frère rougir avant de me répondre.

— Bien, rien de plus, je l’ai aidée à tout nettoyer, elle est incroyable, tu sais, elle travaille tout le temps et je ne l’entends pas se plaindre. Elle sourit tout le temps, elle est à la fois spontanée et pourtant timide. Je ne sais pas trop comment m’y prendre…

— Dis-moi, tu m’as l’air d’en pincer sacrément pour elle ou je me trompe.

— Écoute, tu me connais bien, c’est pas mon genre de m’emballer, j’en pince pas pour elle, Lilou. Je… enfin, c’est *elle*. J’ai trente-deux ans, je sais faire la différence entre en pincer pour quelqu’un et trouver ce quelqu’un qu’on a toujours attendu. Depuis que mes yeux ont croisé les siens, elle est devenue mon horizon, c’est-à-dire que peu importe où je pose mes yeux depuis hier, je ne vois qu’elle, aussi loin que je veuille regarder dans le futur, je la vois… Je crois qu’elle est mon évidence. C’est dingue, elle va me prendre pour un fou, je ne veux pas la brusquer, lui faire peur ou la faire fuir…

— Len, si tu lui dis tout ce que tu viens de me dire, mot pour mot, elle ne fuira nulle part, crois-moi. Et puis, je vois bien la façon qu’elle a de te regarder, je crois que vous avez le même horizon, tu sais. Elle aussi te dévore des yeux.

— O.K., d'après toi je devrais lui dire, déjà, là comme ça, ce que je ressens ?

— Ben oui, là maintenant, pas dans quinze ans, hein ! Laisse passer cette journée de rencontres et parle-lui ce soir.

La journée se déroule magnifiquement bien, ponctuée encore une fois de belles rencontres et de beaux échanges.

Puis, en soirée, comme je le lui avais suggéré, Lenny est parti faire une balade avec Lilla.

Pendant ce temps-là, Nick et moi sommes restés en compagnie de cet étrange oiseau, Océgaïa, qui ne vole pas. Nick s'est régalé à le prendre en photo sur toutes ses coutures.

Lilla s'est vraiment fait plaisir, en plus de lui avoir appris à siffler la chanson de maman, il dit « *carpe diem* », « Rainbow », et il sait siffler aussi le refrain de la chanson *Somewhere over the rainbow*.

Je suis certaine que quand Lilla nous a dit qu'il ne savait pas voler et qu'elle avait essayé de lui apprendre, cela a dû résonner en vous comme en moi. Je me trompe ?

Évidemment, j'ai tout de suite pensé à la carte qui accompagnait mon livre, le triptyque avec l'oiseau arc-en-ciel sur la branche :

Tu n'as pas besoin de mes ailes, tu as déjà les tiennes, apprends à voler.

Parfois j'ai vraiment l'impression que notre vie entière est un puzzle géant dont il faut chercher les pièces ! Il y a quinze ans que cet oiseau est entré dans la vie de Lilla, pour devenir son meilleur ami, Océgaïa, qui a des ailes mais qui ne sait pas voler. Aujourd'hui Lenny tombe raide dingue de Lilla, alors que notre mère, quinze ans en arrière, avait presque failli l'adopter. On croirait une série d’énigmes à résoudre et dont l’auteur ne manquerait pas d’humour…

D’ailleurs sur la carte de Lenny, il y a aussi un oiseau en plein vol et celui-ci parle de commencement…

Rien de tout cela n’est dû au hasard, je crois que c’est assez clair et nous sommes indéniablement sur le bon chemin.

Je vois au loin Lenny et Lilla revenir, main dans la main, j’en déduis que mon conseil a porté ses fruits.

Je ne vais pas lui sauter dessus tout de suite pour connaître le déroulement de l’histoire, surtout que nous partons demain matin. Je vais les laisser profiter de leur soirée en amoureux, il aura bien le temps de tout me raconter pendant le voyage.

Mardi 6 juin – Roumanie

Avant de prendre la route vers l'aéroport, Lenny et Lilla se sont isolés un long moment. Ils se sont longuement embrassés et leurs yeux étaient remplis de promesses.

Je l'ai à mon tour prise dans mes bras :

— Je crois, mon amie, que l'on va se revoir très bientôt.

— Oui, très bientôt c'est certain.

— En attendant, prends soin de toi.

— Oui, prends soin de toi aussi, et de ton frère.

— T'inquiète, je veillerai sur lui et je te le ramènerai bientôt.

Une fois en route, je peux enfin interroger mon frère sur ce qu'il s'est passé entre eux.

— Alors, alors, dis-moi tout ! Je veux tout savoir !

— Eh bien, je suis forcé de dire que tu avais raison, je lui ai dit ce que je ressentais, et en fait j'ai à peine pu finir de lui parler qu'elle m'a sauté autour du cou. Nous nous sommes embrassés et elle m'a dit qu'elle ressentait exactement la même chose. On a parlé de maman et elle m'a dit que tout est devenu clair à l'instant où elle m'a vu. Elle dit que c'est déjà moi qu'elle aimait à travers maman, mais qu'elle ne le savait pas encore et que j'étais le lien qui les unissait au-delà du temps.

— Alors, ça, c'est… tu entends, Nick ? C'est, c'est exactement ce que tu m'as dit ! Et maintenant ? Tu lui as parlé de ton projet de création et de mon projet de peinture ?

— Oui, je lui en ai parlé, ça lui fait beaucoup de choses en même temps. Je lui ai dit que cela pouvait changer complètement sa vie, qu'elle pourrait venir avec nous en France, avoir ses papiers grâce au contrat de travail et qu'elle serait parfaitement indépendante. Elle avait l'air enthousiaste, forcément intéressée, mais aussi un peu inquiète, ça fait beaucoup en un jour. Elle acceptera, c'est sûr, elle m'a dit qu'elle devait y réfléchir et se préparer, car elle s'occupe de beaucoup de choses à l'orphelinat. J'ai cru comprendre que la directrice comptait prendre sa retraite bientôt et qu'elle espérait que Lilla prenne la relève, alors ce n'est pas si simple pour elle car elle leur doit beaucoup.

— Wouah ! Tu m'étonnes, ça fait beaucoup en un jour. Mais avec l'idée que j'ai derrière la tête, bien des choses vont changer, mon bro.

— Qu'est-ce que tu manigances qu'on ne saurait pas encore ?

— Il est encore trop tôt pour en parler, vous verrez, mais ça va être trop cool ! Chacun son job ! Lenny, tu gères l'orga, Nick, tu gères la com et les médias, et moi je gère la matière, le produit et les surprises !

— Je lui ai offert mon téléphone perso, j'aurai mon pro pour pouvoir la joindre.

— Hey ! Et si on faisait d'elle, l'égérie ou la marraine de la fondation avec Océgaïa, ce serait top, non ?

— Chaque chose en son temps, hein. Déjà, voyons comment vont se dérouler les jours qui viennent. On retrouve qui déjà en Roumanie ?

— On va rencontrer Sylvia de l'association Esperanza, on atterrit à Bucarest où on loue à nouveau une voiture pour nous rendre à Ploiesti. Tu avais bien réussi à la joindre, n'est-ce pas ?

— Oui, mais je crois que les choses sont difficiles là-bas, elle n'a plus l'aide de l'association chrétienne française. Elle m'a dit qu'elle n'avait plus sa petite maison où elle avait reçu maman, mais qu'elle vivait sur place désormais.

— Ah, mince ! Il est donc primordial que nous allions la voir. Je me souviens du passage du livre dans lequel maman la décrivait comme une jeune femme entièrement dévouée à aider son prochain et les plus défavorisés de son pays, une Wonder Woman de l'ombre.

— C'est complètement ça. Mais tu as bien conscience, sœurette, que ce n'est pas notre petite fête qui va changer le cours de sa vie ?

— Non, je sais bien, mais tu verras, ce n'est qu'une première étape, rien n'est vain dans tout ce que nous entreprenons. Aie confiance !

— Lou, l'amazone arc-en-ciel a parlé, je te sens de plus en plus inspirée, ma belle, dis-moi.

— Oui, c'est exactement ça, ma route se dessine de plus en plus clairement, je commence à comprendre ce que nous sommes en train de faire ! Chaque empreinte laissée par les filles est une pièce du puzzle, et plus nous avançons, plus il prend forme, plus le dessin, ou devrais-je dire leur dessein, devient notre réalité.

Pour être plus concrète, elles ont planté des graines, nous en récoltons aujourd'hui les fruits et avec ces fruits, j'ai l'intention de cuisiner une énorme tarte, la meilleure et la plus grande que l'on ait jamais vue ni goûtée !

— Tu me donnes faim !

— Patience, Len, patience !

Bucarest

Étant donné les dernières informations fournies par mon frère au sujet de Sylvia et de ses difficultés, nous n'allons pas tenter de nous inviter dès ce soir.

Nous n'irons que demain matin pour préparer la salle et en attendant nous dormirons à l'hôtel à Bucarest.

En arrivant, nous avons commencé par la recherche d'un hôtel pas trop mal situé et d'où nous pourrions visiter un peu la ville à pieds, en plein cœur du quartier Lipscani.

Nous nous installons et sortons pour un tour rapide dans ce fameux quartier vibrant de ses antiquaires, de ses boutiques et cafés chics, mais où l'on trouve encore des échoppes anciennes et des auberges-caravansérails telle que l'Hanul Lui Manuc, dont on nous avait parlé.

Il s'agit du plus ancien bâtiment hôtelier de Bucarest, construit en 1808, il a été le plus gros complexe commercial de la ville.

Aujourd'hui l'établissement comprend un restaurant populaire, des bars, un café et des magasins. C'est un bâtiment imposant et qui nous plonge encore aujourd'hui dans une autre époque, grâce à certains éléments d'origine conservés, comme la grande porte d'entrée en fer, sa très grande cour pavée et arborée, et tous ses galeries et balcons qui l'entourent. Nous y avons mangé une cuisine traditionnelle, un ragoût aux cèpes et en dessert un gâteau fait dans de la pâte filo avec du fromage blanc à l'intérieur, portant le nom de *plăcintă*.

Nous nous sommes régalés avant de continuer à flâner dans ce quartier historique et très agréable de la ville. Nous sommes rentrés dans quelques toutes petites boutiques typiques, puis perdus dans quelques rues tortueuses, aux façades un peu délabrées, pour nous retrouver face à de magnifiques façades telles que celle de la Banque nationale.

Lenny est là et l'instant d'après, il n'est plus, une partie de lui demeure absente depuis que nous avons quitté Fot.

On parle souvent de trouver sa moitié, dans le cas présent, il l'a plutôt perdue on dirait.

En fait, je pense que l'on ne trouve pas vraiment « sa moitié » quand on rencontre une âme sœur, *un âm-our*, ou encore *un âm-i.* À mon sens, ce sont deux personnes parfaitement entières qui s'offrent mutuellement une partie d'elles, comme un échange de bon procédé, nous offrons à l'autre le meilleur de nous-mêmes et *vice versa.*

Lenny est reparti de Fot avec une partie de Lilla tout en laissant sur place une partie de lui. Je préfère cette manière de voir l'amour, au concept de « moitié », car cela voudrait dire qu'avant il nous manquait une partie de nous… et donc nous serions dans une recherche de ce besoin qui comblerait un manque… Or, dans *besoin* et *manque* il y a quelque chose de malsain et un peu à sens unique. Cela sous-entend aussi que ces deux moitiés de personne se rencontrent pour former un seul et même tout.

Je préfère l'idée de deux personnes entières, saines, sans besoin ni manque et parfaitement autonomes, qui mettraient en commun le meilleur d'elles-mêmes dans un dépassement de *soi* pour l'*autre.* Ce serait alors cette mise en commun, ce partage qui fusionnerait, donnant naissance à un troisième élément qui porterait le nom d'amour, comme une entité séparée mais bien vivante et qu'ils devront continuer inlassablement à alimenter comme je l'ai déjà dit plus tôt.

— Lenny ! Tu es avec nous ?

— Hein ? Oui, bien sûr, je suis juste un peu pensif.

— Un peu, dis-tu ?

— Je pense à elle…

— Je sais, visualise ce fil conducteur qui vous relie et retrouve-la.

— Pardon ?

— Oui, vous êtes unis c'est une certitude, concentre-toi sur ce lien en visualisant un fil, suis-le ce fil d'Ariane en pensée jusqu'à elle, peut-être même que tu n'auras pas à aller jusqu'à elle, peut-être bien que tu l'y rencontreras à mi-chemin, car elle aura fait la moitié du parcours de son côté.

— Tu deviens étrange, Lou.

— Tu vois, plus rien ne me surprendrait à présent, ne l'as-tu pas encore compris ? Nous sommes tous reliés les uns aux autres sur une même toile, selon un plan bien plus grand que notre petit plan personnel de vie. Chaque personne que nous avons croisée avait une histoire en commun avec la nôtre, mais à des degrés ou des niveaux différents. Je prends l'exemple du couple qui avait récupéré Miss Rainbow, il ne connaissait même pas maman réellement, mais un lien bien réel les reliait à elle. Une histoire parallèle dans laquelle maman, par le biais de son livre, s'est incrustée. Le livre a été le véhicule, le lien. Peu importe comment ou par qui le lien est fait, il existait déjà, ensuite naissent les fameuses connexions. On parle alors de synchronicité quand elles se font au bon moment, mais en fait, elles se font toujours au bon moment, ni trop tôt ni trop tard, seulement des fois, c'est nous qui ne sommes pas disponibles, pas encore prêts ou pas à l'écoute. Dans la synchronicité, tous les éléments sont coordonnés, c'est-à-dire que la connexion se fait au moment où nous sommes disposés à la recevoir. Mais finalement, c'est toujours le bon moment, c'est notre constatation ou notre conscientisation qui vient des fois plus tard…

— Alors là, Lilou, vraiment tu m'épates ! Mais d'où sors-tu tout ça ? Tu as avalé une encyclopédie sur la spiritualité dans la nuit ou quoi ?

— À vrai dire, je me surprends moi-même, j'en sais rien, je vois les choses différemment jour après jour, comme si Gaïa me soufflait sa sagesse à l'oreille.

— Tu commences à m'inquiéter, petite sœur ! Gaïa, tu dis ? Ou… peut-être… es-tu, toi aussi, comme l'aurait dit maman, en train de faire connaissance avec ton âme.

— Peut-être, et toi ne sens-tu pas des changements ? Ne vois-tu pas les choses différemment depuis quelque temps ?

— Tu sais, moi, je suis quand même plus apaisé que toi, j'avais beaucoup accompagné maman dans son projet, j'étais moins révolté et plus âgé. Je ne l'ai pas du tout vécu comme toi, je me suis vraiment senti acteur de l'aventure à part entière et donc un peu « sauveur » si je puis dire… Je n'ai pas tenté comme toi de nager à contre-courant, c'est épuisant… Je me suis laissé porter par le *flow*, et du coup, j'ai vraiment eu l'impression d'atteindre l'autre rive avec elles, tu vois, en même temps… Toi, tu t'es bloquée dès le départ, donc, tu n'as pas pu vibrer à l'unisson, si je puis dire, et t'es restée frustrée. T'es enfin en train de lâcher prise, c'est cool.

Mercredi 7 juin – Sylvia

Aujourd'hui, nous avons retrouvé Sylvia à l'association Esperanza, nos retrouvailles ont été intenses, mais moins enjouées que les précédentes, car dans leur cas, tout n'est pas « bien qui finit bien ».

En effet, le centre, qui était à l'époque de ma mère tout neuf, en quinze ans seulement a bien mal vieilli. Sylvia nous a paru fatiguée et un peu désabusée. Nous avons pris beaucoup de photos, des lieux que je vais peindre, des enfants et de Sylvia.

Le diptyque de Sylvia sera un des rares qui n'inspirera pas la joie. Les autres peintures montrant un avant/après, mettront en évidence une évolution positive (mis à part pour Svetlana qui n'a pas survécu et qui sur la toile se transforme en ange). Le tableau de Sylvia témoignera d'un recul ou en tout cas d'une dure réalité quand, parfois, les choses ne s'améliorent pas, et ce malgré tous les efforts et le cœur mis à l'ouvrage.

Cela dit, l'histoire n'est pas encore finie ! D'ailleurs le soleil ne brille jamais trois cent soixante-cinq jours par an, mais ce n'est pas pour ça qu'il ne continue pas de se lever chaque matin… Pour Sylvia c'est pareil, l'important est qu'elle soit encore là, qu'elle n'ait rien lâché, enfin si, elle a lâché son confort au service de sa cause pour être encore plus disponible auprès de ceux qu'elle aide.

Bientôt, j'en suis certaine, et je m'y engage, elle saura qu'aucun de ses sacrifices n'aura été vain.

Continue de briller, jolie Sylvia, continue de te lever chaque matin, ne lâche jamais rien, le vent souffle et va chasser les nuages qui te barrent la route depuis quelque temps.

« Esperenza », quel joli nom pour une association humanitaire, « l'espoir » est le sentiment qu'illustre l'arc-en-ciel dans l'imaginaire des gens. L'arc-en-ciel annonce le soleil qui revient après la pluie, il nous inspire de continuer de croire en des jours meilleurs.

Nous incarnons, par notre venue ici, Miss Rainbow et ce qu'elle représente, et nous allons tout faire pour redonner vie à Esperanza, à l'espoir que le soleil brille pour cette association ! Nous serons l'arc-en-ciel du changement et du renouveau.

Dès ce soir, avec Nick nous allons travailler sur des montages vidéo que nous enverrons par mail aux journalistes venus lors de la conférence de presse.

Il est important que nous partagions sur les réseaux également tout ce que nous vivons, pour que tous ces gens qui s'étaient attachés à l'histoire de maman (j'entends par là les lecteurs de son livre comme les spectateurs de son film) comprennent qu'ils peuvent aujourd'hui en devenir les acteurs !

Demain nous partons pour la Bulgarie, nous nous rendrons à Choumen, un endroit que j'appréhende un peu, car je me souviens bien des difficultés qu'ils rencontraient à l'époque.

Ce soir, Nick et moi avons laissé Lenny à son téléphone pour passer un moment ensemble. J'avoue que depuis le départ, nous n'avons pas vraiment eu de moment pour nous. Nick retravaille chaque soir sur les clichés pris pendant la journée pour ne pas perdre de temps, quant à moi, toutes ces rencontres, ces lieux inconnus, ces trajets me fatiguent beaucoup.

Je ne me plains pas, mais je ne suis pas du tout dans ma zone de confort. J'ai tout de l'artiste un peu sauvage, je suis du genre sociable, mais à petites doses… Quand je dois passer trop de temps à parler avec beaucoup de gens, je dois vraiment aller puiser dans d'énormes ressources pour rester concentrée, donc après chaque événement je retourne dans ma tanière (mon atelier) pour me ressourcer.

Je préfère clairement ces dernières rencontres, car les gens me parlent d'eux, alors que pendant les vernissages, je dois parler de moi et de mes toiles. Je n'aime pas parler de mes toiles, surtout qu'elles disent déjà tout et dans toutes les langues en plus ! Elles sont bien plus bavardes que moi, surtout qu'elles disent exactement ce qu'elles veulent et à qui elles veulent… Chacun reçoit de mes toiles le message qui lui revient.

Nick et moi n'avons rien mangé ce soir, nous n'avions pas envie de nous restaurer, mais plutôt de nous poser.

En arrivant dans la chambre, je me suis laissée tomber sur le lit, les yeux fixés au plafond, je n'avais envie de rien de spécial, j'avais comme une sensation de vide et de trop-plein à la fois, un vide d'énergie contre un trop-plein d'émotions et d'informations reçues.

Je n'avais pas envie de manger, pas envie de parler, même pas envie de sexe, mais pas non plus envie d'être seule.

Nick s'est allongé à mes côtés et nous sommes restés là couchés l'un à côté de l'autre. Nos deux bras longeant nos deux corps et se frôlant sur toute leur longueur ont permis en un seul effort de rotation du poignet de faire s'unir nos mains. Ce simple geste suffit ce soir à faire passer ce que des centaines de mots n'auraient sûrement pas su décrire.

Jeudi 8 juin – Choumen

Nous sommes arrivés dans la matinée à l'aéroport de Varna et avons conduit jusqu'à Choumen.

En arrivant, à peine garés et sortis du véhicule, nous avons été accueillis par deux chiens, un genre de colley et un lévrier. J'en déduis automatiquement que le projet d'intégrer les chiens en matière d'accompagnement et de soutien affectif aux enfants a donc bien été mené à terme.

Nous continuons à marcher vers la réception et nous apercevons encore quelques enfants jouant au ballon avec d'autres chiens.

La directrice de l'établissement, qui n'est plus la même, nous a reconnus grâce aux récits de certaines des femmes, infirmières et assistantes qui y sont encore. Elle est venue nous rejoindre dehors et se propose de nous faire faire le tour de la propriété.

Il y a un dortoir pour les chiens, chacun y a son petit enclos, avec son nom dessus qui a été choisi et peint par l'enfant qui en est le parrain.

Chaque enfant est donc responsable de son chien et aussi par conséquent de ce que cela implique, l'entretien de son enclos, le dressage aux bonnes manières, la nourriture, le brossage, etc.

D'après ce qu'elle décrit, c'est une grande réussite.

Dans l'après-midi, nous avons pu aussi participer à certains cours donnés aux enfants, et nous avons pu les voir mettre en pratique ce que nous avait décrit la directrice.

Les enfants se sont montrés super, ils étaient tous très fiers de nous présenter leur compagnon et surtout de nous montrer ce qu'ils savaient faire ensemble. Certains nous ont fait des démonstrations de dressage, d'autres de prouesses sportives, à celui qui saute le plus haut, qui court le plus vite, celui qui a le plus beau poil, le plus câlin, le plus fainéant, le plus peureux ou le plus courageux…

C'est avec certitude que je peux affirmer que maman et Gaïa auraient rêvé de voir cela ! Ce sont elles qui ont rendu cela possible et cet endroit est bien loin de ressembler à ce qu'elles nous avaient décrit.

Nous voyons là des enfants épanouis, fiers, responsables et souriants, et les chiens y trouvent visiblement leur compte !

— Lenny, tu as vu ça ! Ce dont elles avaient rêvé ! Cet endroit respire la joie de vivre et ça, ce n'était vraiment pas le cas il y a quinze ans.

Je vais appeler papa pour lui raconter ça ce soir.

— D'ailleurs, je l'ai appelé hier soir. Je… ben, oui, j'ai voulu lui parler de Lilla.

— Oh, oui, c'est vrai, j'ai zappé de l'appeler plus tôt, tu lui as dit quoi ? C'est vrai que cette rencontre comptait pour lui aussi.

— Je l'ai senti très ému, surpris, mais il a tout de suite réagi comme toi par rapport à cette histoire de lien. Il a dit que tu avais raison depuis le début, que chacune de nos actions depuis notre départ est venue ponctuer leurs initiatives passées.

— C'est ça, je l'appellerai quand même ce soir pour lui parler de Choumen, ou alors j'attendrai demain, après la rencontre avec les autres. J'aurai encore plus de choses à lui dire.

Le soir, après le repas, nous avons suivi les enfants dans leur salle de détente, dans laquelle il y a toutes sortes de jeux de société et de livres.

Nick a eu la bonne idée de sortir son harmonica, alors nous nous sommes assis en tailleur par terre avec tous les enfants. Une des animatrices a proposé à Nick de jouer *Imagine*, la chanson de John Lennon que les enfants ont appris en cours d'anglais. Nous avons tous chanté ensemble, vibré ensemble, et je pense avoir ressenti ce que ma mère décrivait souvent dans son livre. Un de ces grands moments de partage pendant lequel un groupe entier d'individus ne forme plus qu'un *tout*, et que de ce *tout* émane une belle et immense énergie. Vous savez ces fameuses *good vibes*. C'est dans ce genre de moments que l'on voudrait appuyer sur « pause », histoire de pouvoir surfer sur cette vague de bien-être le plus longtemps possible.

Mais en fait le plus important, je pense, c'est d'être capable d'identifier ces moments-là, pour les laisser nous imprégner.

Le secret, comme l'avait bien décrit maman, c'est de ne pas attendre que nos jours soient comptés pour apprendre à déguster et savourer chaque bouchée de notre vie.

Surtout que ce n'est pas parce que nous ne connaissons pas notre date butoir que nos jours ne sont pas comptés, d'un instant à l'autre, tout peut basculer, pour n'importe qui et n'importe quand.

En cet instant précis j'éprouve énormément de gratitude, je regarde Nick jouer, tous ces enfants assis autour de lui, chanter, sourire aux lèvres, et mon frère à mes côtés qui chante aussi. Mon cœur est gonflé à bloc. C'est comme si j'avais un énorme bouquet de fleurs en bourgeon dans le cœur, qu'elles venaient toutes d'éclore en même temps et qu'à l'odeur qu'elles dégageaient j'avais reconnu le parfum du bonheur.

Après cela nous avons tous regagné nos quartiers pour une bonne nuit de sommeil afin de pouvoir être en forme et préparer l'accueil de nos invités de demain.

Vendredi 9 juin – Stefan et Irina

Ce matin nous avons investi les cuisines pour préparer les retrouvailles de ce midi. Des petits gâteaux et autres assortiments, de la déco et les affiches de Miss Rainbow.

Désormais nous sommes fin prêts à les accueillir, je sais que Stefan et Irina seront présents et c'est déjà une très bonne nouvelle.

Nous entendons une première voiture arriver, je ne peux m'empêcher de sortir les accueillir. Je vois là un jeune homme et une jeune femme sortir du véhicule, en faire le tour pour ouvrir leur coffre. C'est alors qu'en m'approchant je vois en sauter deux chiens, qui s'assoient instantanément à leurs pieds. Ils les caressent rapidement et avancent vers nous, alors que les deux chiens ne bougent pas d'un poil.

La directrice prend les devants pour les accueillir et les salue en les embrassant et en échangeant quelques mots suivis de rires. Visiblement ils se connaissent très bien, ce qui m'étonne car la directrice est nouvelle au centre. Elle n'y est que depuis trois ans.

Elle se tourne vers nous et nous fait les présentations :

— Je vous présente Stefan et Irina que nous connaissons très bien, nous les voyons souvent. Ils viennent très régulièrement au centre en tant qu'intervenants auprès des enfants. Pour tout vous dire, Stefan est maître-chien, dresseur et éducateur canin, quant à Irina elle est psychologue, mais dans un domaine particulier. Elle anime des ateliers, et accompagne les enfants et les adultes en animothérapie et zoothérapie.

— Wouah ! Je suis tellement heureuse en cet instant. C'est tellement génial ! Mais, dites-moi, je ne connais pas tous ces termes, cela consiste en quoi ?

— Alors, en fait, l'animothérapie concerne surtout l'animal, apprendre à le comprendre pour rectifier un comportement déviant et tout autre souci comportemental, mais aussi apprendre au maître les gestes et pratiques pour aider au mieux son animal. Alors que la zoothérapie s'appelle aussi la psychothérapie assistée par l'animal, dans ce cas-là, on soigne différents troubles de l'humain à l'aide d'animaux. À leur contact on peut guérir ou apaiser bien des maux, ils sont des éponges affectives et des puits d'amour sans fond et sans calcul. De l'amour à l'état brut.

— Oui j'en avais déjà entendu parler, avec les chevaux, avec des ânes aussi. Je sais que cela pouvait aider lors de dépression et dans des cas d'autisme.

— Exactement.

— C'est marrant d'ailleurs, dis-je en me tournant vers Nick, « ani », phonétiquement, me fait penser à « anni-hiler » (réduire à rien) les maux, « ani-maux ». J'adore !

— Oui ! C'est vrai, tu fais de drôles de rapprochements, mais ton lien me plaît beaucoup.

Le chien d'Irina a l'air d'un mélange de jack-russel et de fox-terrier, tandis que celui de Stefan a tout du berger allemand.

Irina appelle son chien, lequel vous l'aurez deviné, je pense, s'appelle Vesta, et qui nous rejoint aussitôt.

— Vous savez, ce rendez-vous risque d'être très animé, car la plupart des anciens pensionnaires que vous avez invités et qui vont pouvoir venir risquent fortement d'être accompagnés de leur ami à quatre pattes !

— Eh bien, nous aurons de « l'ani-mation » entre les chiens des anciens pensionnaires et ceux d'aujourd'hui !

— Nick, je pense que tu vas te régaler et pouvoir prendre de nombreux et fabuleux clichés, car il faut absolument que tu prennes les invités en photo avec leur compagnon que je peindrai par la suite ! Ce serait génial aussi de prendre une belle photo de groupe avec tout le monde, les enfants, les invités et tous les chiens !

— Alors, quand j'ai parlé de compagnon, je n'entendais pas forcément des chiens, on est d'accord, ah, ah, ah ! nous dit Irina. Je pense qu'au moins une personne va venir à cheval et d'autres avec un chat, un lapin peut-être ou encore un oiseau.

— Ah oui ! nous aurons donc une vraie bergerie cet après-midi ! Encore mieux !

Au fil de la journée, les personnes sont arrivées et confirment ce qu'Irina avait dit, toutes accompagnées d'un animal à deux ou quatre pattes.

J'ai eu une belle discussion avec Stefan, et lui, comme une évidence, a appelé son chien Taro au masculin, en souvenir de Tara.

Il n'oubliera jamais cette rencontre qui, pour lui, a été salvatrice, Tara lui a clairement sauvé la vie. Elle l'avait fait sortir de sa prison mentale qui était devenue une véritable forteresse. Il a su développer par la suite une relation particulière avec les chiens, presque une histoire qui a été longtemps sans paroles.

Le cœur possède son propre langage qui se passe très bien des mots. Le cœur n'a pas besoin de traducteur, il s'exprime de multiples façons et il est souvent bien plus sincère à travers ses gestes et ses actes qu'à travers l'expression de quelques mots, même bien choisis. À commencer par le regard, les yeux sont le miroir de l'âme dont le cœur est le reflet. Or, je sais que beaucoup penseront que les animaux n'ont pas d'âme, mais par contre, souvent ils admettront qu'ils aient un « cœur », dans le sens de sentimental, mais pour moi, l'un peut difficilement aller sans l'autre. Et le plus surprenant c'est que si l'âme était réservée à l'homme, pourquoi aurions-nous choisi d'appeler l'animal « animal » qui vient du mot latin *anima* qui veut dire « âme » ?

Nick n'a pas arrêté de la journée, il était comme un enfant à Disneyland et ses clichés sont tous plus merveilleux les uns que les autres. Il a su capturer tellement de vie, d'émotions, de complicité, d'amour et d'intensité dans ses photos. J'espère que je vais pouvoir en faire de même quand je vais m'en inspirer en peinture.

Une fois de plus j'ai pu faire signer des droits à l'image et distribuer des tee-shirts de la fondation à tous. Beaucoup nous ont fait partager des anecdotes qui les auront plus ou moins marqués. Les petits tours que ma mère et Gaïa auront fait faire à chacun à bord du Combi par exemple, souvent assis sur leurs genoux à l'avant les laissant jouer du Klaxon autant qu'ils le voulaient sur des airs de *La Bamba*.

De courts instants, quelques minutes de vie que leur mémoire aura su rendre infinies ! C'est ce qui est incroyable, un souvenir vécu qui, à l'instant T, n'aura duré réellement que quelques minutes et qui, par la force de notre pensée, devient éternel… On dit bien que chaque minute passée ne revient jamais, d'où l'importance de combler notre temps par des moments, de vivre, avec un grand V, et surtout en conscience dans l'ici et le maintenant. Parce que, contrairement à la minute passée qui ne reviendra jamais, le moment vécu, lui, ne s'effacera jamais, il reviendra à chaque fois et aussi souvent que nous y repenserons. Nous le rendrons éternel.

Et là j'entends déjà ceux qui me diront que ça marche aussi pour les « mauvais souvenirs »… Je vous demanderais alors si vous connaissez la légende des deux loups ?

Celle du vieil homme qui raconte à son fils qu'en chacun de nous se déroule une bataille entre deux loups.

Le premier est bon et ne fait aucun tort. Il vit en harmonie avec tous ceux qui l'entourent et ne s'offense pas lorsqu'il n'y a pas lieu de s'offenser. Il combat uniquement lorsqu'il est juste de le faire, et il le fait de manière juste.

Mais, l'autre loup… celui-là est plein de colère. La plus petite chose le précipite dans des accès de rage. Il se bat contre n'importe qui, tout le temps et sans raison. Il est incapable de penser parce que sa colère et sa haine prennent toute la place.

Le grand-père lui avoue alors qu'il est parfois difficile de vivre avec ces deux loups à l'intérieur, parce que tous les deux veulent avoir le dessus.

Son petit-fils le fixe longuement dans les yeux et lui demande enfin lequel des deux loups est le plus fort.

La réponse du vieil homme est alors la suivante : « Celui que l'on nourrit le plus. »

Eh bien, je dirais que c'est la même chose avec les souvenirs, il est quand même bien plus agréable de se remémorer les bonnes choses que les mauvaises. Et si l'on pense avoir cumulé trop de mauvais souvenirs et pas assez de bons, alors consacrons-nous à faire que chaque jour soit meilleur que la veille. Nous construisons chaque jour nos futurs souvenirs, comme je l'avais déjà dit : après c'est maintenant.

Samedi 10 juin – Direction Bikaner

Aujourd'hui nous prenons l'avion pour Bikaner, je n'en reviens pas, nous nous rendons déjà en Inde, qui sera notre avant-dernière destination.

Nous devons y retrouver Isabelle, une autre Wonder Woman entièrement dévouée à son orphelinat et aux diverses activités qu'elle gérait à l'époque, allant de l'instruction au recyclage des plastiques pour la fabrication de bijoux, des ateliers de couture, la boutique et les excursions. Elle gérait tout cela de main de maître avec énormément de recul et de sagesse.

J'ai vraiment hâte de faire sa connaissance et j'espère bien qu'elle a gardé la même passion pour sa vocation.

En arrivant là-bas nous avons préféré prendre un taxi, parce que nous n'avons pas eu le courage de tenter la conduite.

Je peux vous dire qu'après à peine quelques minutes de trajet, nous avons vraiment réalisé que nous avions bien fait de choisir cette option. Quelle frousse ! Nous avons été téléportés dans un autre monde.

Aucun tracé au sol, on ne sait pas vraiment où commence et où s'arrête la route. Les vélos, les scooters, les tuk-tuks, les piétons sont partout, et entre eux se promènent des animaux. C'est juste dingue. Je crois halluciner quand on se retrouve à l'arrêt et en double file entre un chameau tirant une remorque et une vache bossue. Cette dernière venue coller sa gueule à la fenêtre me fait littéralement exploser de rire. Je n'en crois pas mes yeux ! Il y a tellement d'informations partout que mes yeux n'arrivent pas à fournir, des gens se font raser et couper les cheveux sur le trottoir, d'autres vendent des légumes, des épices à même la route. Je ne sais plus si je dois regarder au sol, droit devant moi, à gauche, à droite ou en l'air, car il y a de tout, partout.

Les déchets et la poussière de la rue se mêlent aux couleurs des tentures et à la lumière des dorures que revêtent les femmes. Tant de contrastes, de paradoxes visuels, je comprends tout ce que ma mère décrivait, mais mieux que la croire il fallait le voir pour le ressentir vraiment.

Je suis une amoureuse des couleurs, des matières, des contrastes, des incohérences, j'aime déranger au premier regard, perturber, bousculer et revisiter les acquis afin de déclencher des questionnements et faire douter les évidences. Je me régale de toute cette incohérence, de ces sourires riches de satisfaction, un terme étranger à notre culture d'éternels insatisfaits.

Nous arrivons enfin au centre, le taxi se gare et klaxonne, il a l'air de bien connaître les lieux, car en arrivant il nous demande si nous venons voir Isabelle. C'est vrai qu'Isabelle reçoit souvent des Français pour leur faire visiter le coin et leur proposer son excursion dans le désert à dos de chameau.

Je vois une femme qui s'approche en souriant et en nous faisant des signes de la main. Je descends la première de la voiture et elle me prend dans ses bras, se recule à nouveau et prend mon visage entre ses mains.

— Alors, enfin te voilà… Ta maman m'a beaucoup parlé de toi, nous sommes restées en contact, tu sais, toutes ces années. Elle savait qu'un jour tu viendrais.

— Ah bon ? Je suis surprise, elle ne m'en a jamais rien dit.

— Les choses de la vie… Si elle te l'avait dit, tu ne l'aurais pas crue, je me trompe ? Il y a un temps pour tout… Tu es là aujourd'hui, donc c'est tout ce qui compte. Ce voyage qui a été son chemin un jour est le tien aujourd'hui, c'est tout.

— Notre voyage est bien plus court que le sien, mais ce n'est pourtant pas ce que je dirais, car j'ai l'impression d'avoir fait un sacré bout de chemin depuis une semaine.

— Eh oui… La distance et le chemin parcourus sont deux choses bien distinctes. On peut faire du sur-place même en faisant le tour de la planète… C'est un sujet dont on a longuement parlé avec ta maman.

Je comprends tellement ce qu'Isabelle sous-entend par ses propos.

L'important n'est pas le nombre de pas que nous faisons, mais ce que nous apprenons sur nous à chaque pas que nous posons. Combien de fois nous allons d'un point A à un point B sans même se souvenir du trajet, sans avoir regardé le paysage, sans s'être sentis respirer, car nous ne sommes même pas habitants de notre être. Absents, perdus entre hier et demain et nullement présents dans l'instant. Le trajet ne nous a donc servi à rien et, bien qu'arrivés à un point B, nous n'avons pas avancé d'un poil…

Et puis des fois, c'est l'inverse, chaque déplacement nous rapproche un peu plus de nous, aussi paradoxal que cela puisse paraître.

— Allez, venez, suivez-moi, vous devez être fatigués, je vais vous montrer où vous allez séjourner. Je vous ai libéré une grande pièce où je vous ai installé des lits et vous avez un petit point d'eau. Vous aurez un peu d'intimité comme ça et même si en général ça ne craint pas grand-chose ici, avec tout le matériel que vous transportez, il vaut mieux être un peu prudent. Je vous laisserai des clés, ainsi vous pourrez aller et venir comme bon vous semblera.

— C'est vraiment très gentil de ta part, Isabelle. Vraiment ! Nous voudrions, avec Nick et Lenny, te suivre pendant quelques jours pour monter un petit reportage sur toi et tout ce que tu fais ici. Est-ce que tu accepterais ?

— Oh, mon Dieu ! Sur moi ? Sur l'orphelinat vous voulez dire ?

— Les deux. Oui, enfin c'est quand même toi qui fais tourner tout ça !

— Oui, mais je ne suis pas seule, tout le monde met la main à la pâte ici.

— Eh bien, justement, nous sommes curieux de découvrir tout ça, toute cette organisation et mettre tout cela en lumière.

— O.K., oui, super ! De toute façon ça ne peut être que bénéfique pour l'association, donc pourquoi pas ! Il faudra parler du site, car j'ai monté un site internet, il y a déjà longtemps, et d'ailleurs c'était avec ta mère ! Ça nous fera un coup de pub. J'y vends les bijoux que nous fabriquons et nous y acceptons les dons.

— Je ne savais pas que ma mère et toi étiez restées en contact.

— Si, si, nous nous écrivions régulièrement par mail et nous nous appelions de temps en temps. Elle a d'ailleurs fait plusieurs fois de très gros dons à l'association, je lui dois beaucoup. Grâce à elle j'ai pu ouvrir d'autres classes et agrandir la boutique.

— Eh ben, ça alors… je n'en savais rien… et Gaïa ?

— Pardon ?

— Ben, et Gaïa ? Tu as gardé des contacts ?

— Ah ! Gaïa… Oui, j'ai gardé des contacts avec elle aussi… mais je ne crois pas que tu sois encore tout à fait prête à ça…

— C'est quoi ce mystère-là ? Tu l'as dit à l'instant, si je suis là c'est que je suis prête. À quoi ? J'en sais trop rien encore, mais je sais que je le suis !

— Eh bien, Lilou, si tu étais vraiment prête, tu ne me poserais pas la question…

Cette réponse me laisse sans voix, que dois-je comprendre à cela ?

C'est n'importe quoi comme réponse… Je me souviens du livre de maman et du passage où Gaïa et elle avaient rencontré une chamane. Ce passage-là aussi m'avait laissée perplexe, que s'était-il vraiment passé ? Qu'est-ce que cette chamane avait découvert ? Ou que voulait-elle leur dire que Gaïa ne voulait pas entendre ? D'ailleurs, si je me souviens bien, Isabelle avait l'air de le savoir aussi.

Qui était-elle ? Un ange personnifié ? Avouez que vous aussi, vous y avez pensé…

L'avions-nous tous rêvé ? Impossible.

Une messagère, ça c'est certain, mais encore…

La journée est vite passée, Isabelle nous a fait visiter le site, la boutique, les ateliers, les classes et le dortoir.

Nous avons décidé de rester sur place une semaine, de manière à construire un vrai reportage sur les différentes activités de l'association.

Je m'occuperai de l'entretien, des échanges et du questionnement tout en mettant la main à la pâte, Nick filmera et prendra des photos et Lenny s'occupera du montage.

Nous allons donc passer une journée sur le recyclage des plastiques, une à la boutique, une dans les classes, une dans les ateliers couture et confection de bijoux, une en excursion touristique et une au dispensaire.

Isabelle a aussi ouvert un dispensaire dans lequel les soins sont prodigués par un médecin qui vient deux fois par semaine, la fameuse chamane vient aussi à la demande et des infirmiers bénévoles, pour la plupart en aide humanitaire et qui sont logés et nourris sur place.

Dimanche 11 juin – Journée recyclage

Ce matin nous nous levons donc de bonne heure, rassemblons toutes nos affaires et rejoignons Isabelle pour une grosse journée.

Je pensais que nous allions faire de nombreux kilomètres ou bien encore devoir nous rendre dans une décharge, mais pas du tout.

En fait, des déchets, il y en a partout, alors il est vrai qu'avant d'aller se rendre dans une décharge, il vaut mieux commencer par ramasser ceux qui sont dans les rues.

Il y a des rues beaucoup plus sales que d'autres, dans certaines ruelles on ne voit presque plus le sol, à se demander si c'est de la terre ou des pavés, car il est littéralement recouvert d'un tapis, non pas rouge, mais d'ordures en tout genre. Les animaux y sont regroupés par endroits, vaches et chèvres surtout pour s'en nourrir.

Isabelle connaît aussi ses endroits, tels que certains canaux, complètement bouchés par les déchets, ils y vont donc quasiment tous les jours pour désengorger et permettre au peu de volume d'eau de continuer à couler.

J'avoue ne pas maîtriser mes émotions qui sont très mélangées, j'essaie de bloquer mes élans de dégoût et de peur face à autant de saleté. Disons que je ne voudrais pas attraper de quelconques bactéries dans toutes ces ordures. En même temps, je me refuse à avoir ce genre de réactions premières de petite snobinarde occidentale, mais comment ? Même si snob n'est pas le terme, parce que je ne suis pas snob… ou peut-être le suis-je un peu, et c'est là que je m'en rends compte.

Et si j'essayais avant tout de me concentrer sur cette pollution intérieure invisible (j'entends par là mes jugements qui sont autant de déchets toxiques) en même temps que je m'occupe de celle qui est visible à l'extérieur…

Surtout que j'ai le choix de préférer fixer mon attention sur ces petites filles et garçons qui trient, ramassent avec nous en racontant des blagues, sourire aux lèvres. Je crois bien qu'ils se moquent d'ailleurs de ma manière de m'y prendre, ils doivent se dire que je ne suis pas bien dégourdie.

En fait, il s'agit de les ramasser par catégories, sachets, bouteilles, contenants, etc. Les sachets, nous devons les déplier, les mettre bien à plat et dans un chariot que nous traînons.

Une fois rentrés au centre, à midi, nous mangeons et bien entendu la journée n'est pas finie.

Nous allons dans un coin de la cour, où nous attendent d'autres femmes, avec des bacs remplis d'eau, et il y a des cordes à linge tendues un peu partout. Je comprends donc que c'est l'heure du nettoyage et du séchage. Me croirez-vous si je vous disais qu'à à peine à 15 heures, je suis crevée et j'ai déjà mal partout.

Mais c'est loin d'être fini ! Une fois tout lavé et étendu en attendant le séchage, nous devons aller trier à nouveau. Les sachets, notamment, vont servir à fabriquer des sacs à main, il nous faut donc les étaler délicatement à plat et les trier par coloris et si possible par grammage, épaisseur. Les autres déchets, contenants, bouteilles, bouchons serviront à la confection des bijoux, et là encore nous devons les trier par couleur. Cela se passe dans un atelier, nous laissons donc notre récolte du jour sécher pour aller finir de trier la récolte de la veille.

Les femmes et filles ont été très sympathiques, elles s'amusent beaucoup de mon incompétence et prennent beaucoup de plaisir à me montrer les bons gestes. J'admire ce goût de la transmission, cet esprit consciencieux aussi, car nous ne sommes pas dans une boîte où l'on vous demande du rendement, c'est une association, la démarche est aux antipodes. C'est admirable quand l'envie de bien faire remplace le devoir de bien faire qui chez nous finit souvent par devenir le « souci » de bien faire. Nous la connaissons cette expression pas très positive que paradoxalement nous utilisons pour mettre en avant une qualité : « j'ai le souci de bien faire ». C'est bien d'être consciencieux, mais dommage que ce soit un souci… tout ça parce que « souci » dénote un côté sérieux et que le mot « envie » dénote une certaine légèreté. Pourquoi ?

Eh bien, tout simplement que c'est encré (ancré) dans notre éducation, dans notre enfance, mais oui, souvenez-vous :

« Eh bien, mon enfant, comprends qu'on ne fait pas toujours ce qu'on a envie dans la vie ! » Et voilà…

Il faudrait juste éviter que le « pas toujours » devienne « jamais » et continuer d'avoir envie de bien faire sans que cela soit un souci. Encore une fois, cela prouve que bien choisir ses mots, c'est aussi bien choisir ses maux.

Il n'y a ici aucune concurrence, compétitivité, comparaison, surenchère, mais au contraire, aide, solidarité, transmission et conseils. Chacun fait de son mieux avec ce qu'il a.

Il est temps pour nous de regagner notre chambre et je suis vraiment fatiguée.

Nick et Lenny ont eux aussi participé, ils ont aidé à la récolte, porté les charges à notre place, vidé et rempli les bacs d'eau. Ils sont tous deux aussi épuisés que moi et nous sommes tous les trois conscients que ce travail accompli ce jour est pour eux le lot de chaque journée.

Après une bonne douche, nous nous sommes allongés sur nos lits et avons échangé sur notre expérience jusqu'à nous endormir.

Jeudi 15 juin – Le dispensaire

Jusqu'à aujourd'hui, nous n'avons pas vu les jours passer.

Hier, nous avons fait un peu de tourisme pour la première fois, nous avons accompagné deux couples guidés par Isabelle.

Nous avons commencé la journée par la visite du Centre national de recherche sur le dromadaire. Ces géants, autrement appelés « les vaisseaux du désert », ont dû se reconvertir puisqu'aujourd'hui remplacés par les machines, qui sont quand même plus rapides et moins têtues. Nous avons goûté tout un tas de spécialités à base de lait de dromadaire, chocolat, fromage, glaces, etc. Je dois avouer que ça a été une drôle de découverte, j'ai préféré les fromages aux sucreries, certainement en raison du lait lui-même qui est plus épais et plus salé que celui de vache.

Ensuite, après la dégustation de midi, nous sommes partis pour le fort de Junagarh, un vrai labyrinthe de couloirs, d'escaliers, de terrasses et de cours intérieures. Il est l'œuvre de quatre siècles d'histoire, soit seize générations successives de dirigeants de Bikaner et par conséquent la représentation de différentes influences architecturales, locales, mogholes ou britanniques.

Nous avons poursuivi par la visite du fameux temple de Karni Mata à Deshnoke, à une trentaine de kilomètres de Bikaner.

Karni Mata était considérée comme la réincarnation de Durga, la femme de Shiva, mère de Ganesh. Ce temple est aussi communément appelé le temple des rats. Ils y sont vénérés, considérés comme sacrés et il en abrite des milliers. Les rats sont la réincarnation de leurs défunts.

En fait, la croyance raconte que Karni Mata était membre d'une caste de conteurs de la région, les Charan. Elle aurait demandé à Yama, le dieu de la mort, de rendre la vie au fils d'un conteur affligé, Yama s'est exécuté, mais a ressuscité le jeune homme sous forme de rat. De colère, Karni Mata a volé toutes les âmes de sa caste du royaume de Yama : ils se réincarneraient désormais en rats, avant de renaître sous forme humaine…

C'est génial comme je dois faire taire toutes mes angoisses, d'abord il y a eu ces ordures à ramasser, à trier et maintenant je marche parmi mes amis les rats.

Le site abriterait environ dix mille rats et leur nombre n'augmenterait jamais, aussi il paraîtrait qu'il n'y a jamais un seul raton, les nouveaux rats surgiraient de nulle part réincarnant ceux qui disparaissent. En plus, la visite doit se faire pieds nus ou en chaussettes, alors je vous laisse à votre imagination.

Je me suis répété inlassablement « *yes I can, yes I can* », entre chaque pulsion qui tendait à me faire partir en courant sans jamais me retourner.

Je me résignais à garder mon calme et à ne pas réagir violemment aux chatouillements, ou désagréables sensations, car Isabelle nous a demandé de faire attention à ne pas blesser ces adorables créatures sacrées. Il faut savoir que si l'on tue un rat, il faut le remplacer par un autre, mais en or pur.

Fière d'être sortie de cette visite encore vivante, cela nous a donné un autre aperçu des folles journées d'Isabelle. Puisque même s'il ne s'agissait pas d'une corvée de tri d'ordures, la journée a quand même été intense, nous avons beaucoup marché, un peu roulé et elle a beaucoup parlé.

Pour nous, Occidentaux, quoique l'on décide de faire ici, ce sera plus épuisant que chez nous. Déjà, il y a le dépaysement naturel, où que nous soyons quand nous sommes en dehors de notre zone de confort, nous devons mobiliser plus d'énergie au quotidien, pour nous orienter, nous acclimater, comprendre et nous faire comprendre. C'est une perte de repères à la fois intellectuels et physiques.

Ces efforts-là sont donc systématiques dès que nous partons dans un pays étranger au nôtre et suffisamment éloigné pour opérer cette perte de repères.

Cela dit, le choc culturel ne sera pas toujours aussi énorme qu'en arrivant en Inde, où il y a du monde partout, du bruit tout le temps, des odeurs riches et fortes, parfois enivrantes et parfois dégoûtantes.

Les femmes dans leurs tenues colorées et leurs dorures, comme les temples majestueux, nous apparaissent comme des mirages dans le désert.

J'avoue que ces contrastes me plaisent beaucoup, ils sont comme mes toiles, qu'on les aime ou pas ils ne laissent personne indifférent. Vous serez sous le charme, choqué, époustouflé, ému, répugné, attristé, mais impossible que vous restiez stoïques.

Aujourd'hui, nous sommes au dispensaire et allons assister à la visite du docteur et avec un peu de chance, la chamane devrait passer dans l'après-midi.

Nous avons déjà vu défiler beaucoup de monde depuis ce matin, allant de blessures en tout genre, nécessitant bandages, attelles (un peu faites maison), aux gros rhumes, problèmes de peau, brûlures, mais beaucoup de plaies mal soignées, voire pas soignées du tout et donc surinfectées.

Isabelle vient nous voir pour nous dire que la chamane doit passer pour une femme qui souffre de maux de tête terribles. Le médecin l'ayant déjà auscultée plusieurs fois, en aurait discuté avec Isabelle pour faire venir la chamane qui dans bien des situations a réussi, là où sans raisons explicables, le médecin ne voyait pas d'amélioration.

Isabelle nous explique alors que nous pourrons rester, mais pas filmer ni prendre de photos, et que nous devrons demeurer le plus discrets et silencieux possible.

J'avoue que nous sommes impatients de la voir à l'œuvre.

La voici une heure plus tard qui entre avec un gros sac rempli de trésors. Elle a un air assez sévère, nous nous faisons tout petits et l'observons se mettre en place.

Elle a disposé dans la pièce divers objets, fait brûler des plantes, peut-être de la sauge. Elle s'est changée et a commencé à parler et chanter tout en effectuant des mouvements.

La jeune femme malade était, au départ, assise devant elle, puis elle l'a fait s'allonger. Au fur et à mesure qu'elle passe au-dessus d'elle et qu'elle agite divers objets et qu'elle chante, nous avons l'impression qu'il se passe quelque chose. La femme a l'air de s'être évanouie, d'être inconsciente quand par moments elle a des genres de spasmes violents. Jamais de ma vie je n'ai observé de tels phénomènes. La chamane a commencé à faire ensuite de longs mouvements au-dessus d'elle, en grimaçant et prononçant toujours des choses incompréhensibles.

Enfin, la pression est redescendue, et la nôtre en même temps, car vraiment c'était très intimidant et perturbant.

Elle rallume des herbes, provoquant à nouveau une épaisse fumée qu'elle disperse, de mouvements particuliers à l'aide de ses mains et de son souffle. Elle s'approche alors du visage de la femme, laquelle a toujours les yeux fermés, continuant de lui parler, mais cette fois tout bas.

Je sais que tout ceci est complètement irrationnel, mais on a l'impression qu'elle s'adresse à cette femme, mais pas celle couchée là devant nous, mais à une conscience supérieure ou un truc comme ça. Vous savez, un peu comme quand on s'adresse à une personne qui est dans le coma, beaucoup pensent que la personne, bien qu'elle soit soi-disant « inconsciente », nous entend ! On aurait accès, dans une telle situation, à une autre forme de conscience.

Elle finit par poser sa main sur le front de la jeune femme qui reprend instantanément ses esprits dans une grande inspiration. Au même instant j'ai ressenti un frisson dans tout le corps. Je ne sais pas ce qui vient de se passer, mais il s'est indéniablement passé quelque chose entre ces deux femmes.

Une fois que la jeune femme est partie, je suis allée voir Isabelle pour lui demander de venir traduire ce que je voulais dire à la chamane.

Me voici devant elle, dans une forme d'inclinaison en signe de respect. Je me lance :

— Bonjour, je suis très honorée de vous rencontrer et je tenais à vous remercier de nous avoir laissés assister à ce soin que vous venez de faire. Je n'ai nullement connaissance de ce type de médecine, mais je dois avouer que j'ai bien ressenti l'intensité de ce qui vient de se passer, bien que je ne sache pas vraiment non plus ce qui s'est passé… Désolée, je me perds un peu, mais j'espère que vous comprenez ce que je dis. Vous avez rencontré ma mère il y a quinze ans, elle était malade du cœur et elle était accompagnée de son amie, je ne sais pas si vous vous souvenez.

Isabelle me regarde en souriant légèrement me montrant qu'elle se doutait bien de là où je voulais en venir.

— Écoute, tu risques d'être déçue, elle ne se souviendra peut-être pas, tu sais…

La chamane s'approche de moi, me fixe dans les yeux, puis lève les yeux vers le sommet de mon crâne. Elle émet des sons comme des constatations : « hum, hum », ce qui me stresse un peu.

— Elle dit que tu n'as pas le cœur de ta mère, le tien fonctionne bien, mais il saigne encore. Elle dit que c'est pour bientôt, que la branche va bientôt casser et que l'amie de ta mère n'est jamais partie. Elle dit qu'elle l'entend souvent siffler dans le vent.

— O.K., et sinon… elle parle tout le temps sous forme de charade ? Genre mon premier se mange avec des baguettes, mon second est synonyme de « parle », mon troisième est synonyme de « fesse » et mon dernier est un déterminant singulier masculin. Ri-di-cu-le.

— Ça, Lilou, je ne lui traduirai pas. Écoute, c'est toi qui as voulu savoir, elle te délivre des infos brutes, comme ça lui vient… C'est ce que je te disais, je pense que tu comprendras quand tu seras prête… et d'après elle, c'est pour bientôt.

Je repars un peu frustrée, mais j'ai vite oublié cette anecdote quand une fois dehors, des femmes m'attendent en riant. Elles m'entourent, me prennent par le bras et m'entraînent avec elles. Je me retourne vers Isabelle :

— Hey, qu'est-ce qui se passe ? Qu'est-ce qu'elles veulent ?

— C'est votre dernier soir ici, et je crois qu'elles t'apprécient beaucoup, alors je pense qu'elles veulent te faire une surprise.

Elles me tirent par les bras et m'emmènent dans l'atelier de confection où attendaient deux autres jeunes femmes, visiblement leurs complices. Elles me font signe de me défaire de mes habits et voyant les deux autres femmes porter à bout de bras des tissus, je devine ce qui se passe.

Effectivement, une fois déshabillée, en sous-vêtements avec une dizaine de femmes autour de moi… Je trouve la situation très amusante, car elles sont très enjouées à l'idée d'opérer mon *relooking*.

La plus âgée me montre alors le sari qu'elles avaient toutes confectionné ensemble, dans les tons ocre, oranger et rouge flamboyant avec des surpiqûres dorées. Il est magnifique. Elles s'y mettent à trois pour le passer autour de moi. Elles ne peuvent s'empêcher de rire, car je ne les aide pas vraiment, à chaque fois que je tente d'anticiper un passage de tissu je ne fais que nous emmêler davantage. Elles me font donc signe en riant de ne plus bouger et de les laisser faire.

Une fois le sari en place, une autre m'approche avec un bijou dans les mains qu'elle vient passer autour de mon front à la racine de mes cheveux et dont le médaillon, composé de petites perles, redescend légèrement.

Enfin, deux dernières avancent avec un voile plus translucide orné de dentelles et de broderies, celui-ci est la touche finale qui vient recouvrir mes cheveux pour retomber sur mon épaule gauche puis repasser sous le coude et finir sur mon avant-bras.

Je ne me vois pas, mais à en croire les regards satisfaits qu'elles me portent, je devine que le résultat doit être à la hauteur de leurs attentes.

Nous ressortons pour retrouver Isabelle qui, en m'apercevant, place ses mains en prière comme pour exprimer sa joie autant que sa gratitude envers les filles pour tant de générosité.

— Et nous aussi, on peut voir ? dit Nick se tenant derrière moi.

Mais à ces mots, toutes les filles se mettent en ligne derrière moi comme pour faire barrière, mais que font-elles ? Isabelle amusée me lance :

— Ouh là là ! Je vois que leur surprise ne s'arrête pas là. Désolée, mais là, moi, je n'y suis pour rien du tout, je ne sais pas ce qu'elles manigancent. Par contre, elles ne veulent pas, Nick, que tu sois de la partie. Il va falloir que tu respectes leur choix.

— O.K., je m'en vais alors. C'est dommage, j'aurais rêvé découvrir ma princesse des mille et une nuits.

Les filles m'entraînent maintenant avec elles dans la cuisine du centre où je peux voir que beaucoup d'ingrédients attendent sur le comptoir.

Isabelle qui nous accompagne m'explique :

— Ah ! Je crois qu'elles veulent t'apprendre à préparer des plats d'ici. On peut dire que tu n'auras pas chômé pendant ton séjour ! Tu sais, je crois qu'elles te considèrent un peu comme un genre de princesse, tu as une couleur de cheveux, un type de peau et des yeux vraiment pas communs. Elles ont déjà vu des blondes occidentales aux yeux bleus. Mais des rousses flamboyantes comme toi, bouclées, tes petites taches de rousseur et ces grands yeux verts, c'est vraiment exceptionnel pour elles. Ta simplicité les a touchées aussi, elles ont bien vu que tu as fait beaucoup d'efforts cette semaine pour les aider, t'intégrer, essayer de comprendre au mieux. C'est leur façon à elles de te rendre la pareille. Je crois aussi qu'elles aiment beaucoup Nick, mais qu'elles se sont fait une raison…

— Ah oui ? Oups, j'avais de la concurrence, alors ! À vrai dire, je m'en étais un peu aperçu… Elles ont des regards magnifiques et parfois très évocateurs.

J'ai donc passé pratiquement deux heures en cuisine, à préparer du poulet au curry avec des galettes que l'on appelle chapati, le pain traditionnel indien. Une fois ces bons plats préparés, je sens que je ne suis pas encore au bout de mes surprises.

Une des filles se met derrière moi et met ses mains sur mes yeux tout en me faisant avancer.

Je peux deviner que nous traversons la cour. J'entends une porte s'ouvrir, elles continuent de me faire avancer alors qu'une autre me prend par le bras pour me faire asseoir.

Je n'y comprends rien, me voici assise, je sens la bonne odeur de cuisine qui nous a suivies tout le long du trajet.

J'entends des « chut » ici et là et des ricanements.

Quand enfin la femme retire ses mains de mes yeux. Je découvre alors que je suis dans ma chambre, mais elle est à peine reconnaissable. Elles ont placé des bougies partout et de l'encens, mais aussi, là, assis devant moi, mon Nick.

Nick revêt lui-même un magnifique costume indien dans les blancs cassés surpiqué de rouge et de dorures. Il a les yeux bandés, je regarde toutes ces femmes tellement heureuses, satisfaites et surtout impatientes de lui découvrir les yeux.

L'une d'entre elles se lance et lui dénoue son bandage. Ses yeux tombent dans les miens, nous sommes au paradis. Ce qu'elles ont fait est magnifique. Elles ont placé des tentures sur les lits pour les cacher et sur la table basse sur laquelle nous allons manger.

C’est ainsi, tout sourire aux lèvres, qu’elles nous laissent seuls, en tête à tête, et sortent de la pièce nous faisant un dernier signe de la main.

Nick et moi avons marqué un temps avant de pouvoir dire quoique ce soit, la surprise nous laisse hébétés, presque sans voix.

— Je me lance, alors. Lou, tu es, tu es resplendissante, je te croirais sortie d’un conte. Je suis ébloui par tant de lumière, tant de beauté. Et tout ça m’a l’air rudement bon ! Je voulais aussi te dire merci, car sans toi je n’aurais rien vécu de tout ceci. Tu es inspirante et ta passion est contagieuse.

— Arrête, tu vas me faire rougir ! Merci, mais je dois dire que toi aussi t’es super beau dans ce costume. Et ce repas, tu sais, c’est moi qui l’ai préparé, en fait. Elles m’ont appris à le cuisiner. Elles sont incroyables, je n’ai rien vu venir.

— Wouah ! Elles t’ont fait préparer le repas ? C’est encore mieux, félicitations ! C’est une superbe dernière soirée ici. Tu sais, je suis vraiment très bien avec toi, là-bas, ici et où que nous soyons, en fait.

— Oui, moi aussi, je suis bien, mais… mangeons tant que c’est chaud…

En même temps que Nick prononce ces mots, je me rends compte que ça fait trois mois, ça y est, que nous sommes ensemble. C’est maintenant, en principe que tout part en cacahuète. D’habitude, j’anticipe un peu, mais là, j’avoue que je n’ai pas vu le temps passer.

— Oui, il faudrait manger, mais j’avais prévu de t’offrir quelque chose et du coup, je me dis que c’est vraiment le bon moment. D’ailleurs, je crois que je comprends peut-être pourquoi les filles ont organisé tout ceci. J'y suis peut-être pour quelque chose…

Nick me prend la main et de son autre main glisse une bague à mon doigt.

Je n'ose ni bouger ni parler.

— Je l'ai faite, je l'ai fabriquée avec les filles à l'atelier de confection de bijoux en recyclage, et y ai ajouté une perle.

— Elle est vraiment belle. Ah oui, je comprends mieux maintenant…

— Ce n'est pas juste un cadeau, Lou, c'est une demande officielle, bien qu'informelle.

— Euh… je ne suis pas certaine de comprendre Nick… Tu sais, ça ne fait que trois mois que nous sommes ensemble et…

— Oui, je sais ta fameuse théorie… Oublie ! Efface ! Ça c'était avant, Lilou, arrête, libère-toi, accepte de recevoir, accepte d'y croire. Je t'aime, pour celle que tu étais, celle que tu es, celle que tu deviens et celle que tu seras.

Cette bague, célébration de nos trois premiers mois passés ensemble, est une manière pour moi de te dire que je t'offre tous mes trimestres à venir. Et puis, si tu veux, on se fera un repas d'anniversaire tous les trois mois et non pas tous les ans comme tout le monde. Alors, nous dirons aux gens quand nous serons vieux, eh bien que nous sommes mariés depuis cent soixante trimestres.

— Ah, ah, ah ! Tu es fou, mais j'avoue que l'idée me plaît beaucoup ! Je t'aime aussi, Nick, et ce n'est pas rien pour moi de prononcer ces mots que je ne retiens plus.

— Promets-moi, Lilou, de plus jamais retenir tes mots ? Je peux et je veux tout entendre, les mots captifs, positifs ou non, gangrènent ton cœur, alors que quand tu exprimes tes émotions, tu leur permets de sortir pour exister…

— Oui, je sais… mais j'ai longtemps cru le contraire, surtout que les mots seuls ne veulent parfois rien dire…

— Évidemment, il faut qu'ils soient accompagnés par des actes surtout quand ils expriment une volonté, une promesse ou un sentiment… Mais ils peuvent suffire quand ils traduisent une émotion. Hum, ce plat est une tuerie, Lou ! C'est super bon !

— Merci ! Oui, c'est vraiment bon !

Ce repas a été délicieux, le meilleur depuis bien longtemps, les mots échangés avaient un goût de miel, nos regards se buvaient tel un nectar délicat de savoureuses promesses sucrées-salées, finissant sur un dessert de caresses onctueusement veloutées.

Je pourrais clairement faire signer un C.D.I. à ce chef cuistot un peu toqué pour qu'il me serve inlassablement sa recette de l'amour.

Non, je n'ai pas encore vraiment dit oui. Oui, je n'ai pas non plus dit non.

Il s'est passé un truc incroyable ce soir, pour moi, un truc qui ne s'était jamais produit avant dans ma vie, jamais… J'ai prononcé pour la première fois, les trois mots magiques.

Je ne les avais plus prononcés depuis… depuis… eh oui, depuis mes treize ans.

Même à son grand départ, je crois que comme dans le film *Ghost*, j'ai toujours su répondre *idem* pour ne pas les dire.

Ce soir, ils m'ont échappé, je les ai libérés et… ben rien, non, il ne s'est rien passé… il n'est pas parti en courant, le plafond de la chambre ne s'est pas écroulé, la terre n'a pas cessé de tourner, pas de bombe atomique non plus…

J'ai cru si longtemps à une espèce de malédiction, alors qu'en fait, j'étais ma propre malédiction, autant de mots que je ne voulais pas dire autant de sorts que je me suis jetés.

Je me sens libérée, rassurée et aimée ! C'est bon ! C'est si bon d'aimer et de se savoir aimée en retour !

Vendredi 16 juin – Départ pour le Népal

Ce matin, c'est le décollage pour Katmandou, cette fois encore nous avons fait appel à un taxi de l'aéroport à l'orphelinat.

Nous avons quitté Isabelle et les filles avec beaucoup d'émotion, nous y avons vécu cinq jours très puissants. Nous repartons touchés, concernés, vibrants, vivants et tellement reconnaissants.

Lenny aussi me paraît bien différent, il a toujours été zen, très ancré, très posé presque un peu lourd même. Mais là, il me fait l'effet d'un éléphant à qui on aurait greffé des ailes.

Il n'a jamais été du genre à s'emballer, toujours à relativiser comme un bon mathématicien, alors que là, j'ai le sentiment qu'il serait prêt à improviser n'importe quel projet pourvu qu'il se rapproche d'elle.

À Bikaner, il a passé toutes ses soirées sur l'ordinateur tout en étant au téléphone avec elle. Il avait pris en photo le dessin que j'avais fait de Lilla dans le rôle de la fée jouant de la harpe, l'a rentrée dans son ordinateur, il l'a vectorisée et travaille dessus tous les soirs.

Il est en train de créer un personnage, un genre d'icône sans connotation religieuse, mais peut-être un soupçon mystique.

Ce qui me plaît, car je lui avais demandé de l'imaginer comme l'égérie ou l'ambassadrice de la fondation Miss Rainbow, elle et son perroquet arc-en-ciel.

Il m'a dit hier qu'il lui en avait reparlé cette semaine et que l'idée depuis notre départ a fait son chemin. Elle a accepté de venir en France, au moins à l'essai pendant quelque temps.

Nous arrivons aujourd'hui à la dernière étape de notre pèlerinage de seulement trois semaines. J'ai pourtant l'impression d'être partie bien plus longtemps.

Ici, maman n'avait pas fait de rencontres dont elle a vraiment parlé dans son livre, mis à part notre couple de jeunes, Julie et David, qui m'ont aidée à retrouver Miss Rainbow et qui sont aujourd'hui à Madagascar.

Nous allons prendre des photos de l'orphelinat de Children Home. Nous allons aussi leur proposer notre aide pendant quelques jours.

Nous arrivons sur place en fin de journée. Nous allons nous présenter à l'accueil. Elle nous attendait. Il y a juste un détail dont nous n'avions pas parlé au préalable. L'orphelinat n'étant pas mixte, Lenny, Nick et moi devrons nous séparer, ils doivent rejoindre l'orphelinat des garçons à quelques kilomètres de là.

Nous devrons donc faire en sorte d'organiser notre petite fête commune aux deux orphelinats même si les filles n'ont pas réellement connu l'orphelinat des garçons à part lors des concerts qu'elles ont donnés.

L'art fait partie de l'instruction apportée aux filles, la musique surtout. Ce qui m'a amenée à proposer des cours de peinture ou de dessin pendant ma présence ici.

L'idée les enchante, je lui dis que je m'engagerai pour fournir le matériel nécessaire ou en tout cas les fonds pour qu'ils puissent l'acheter.

Exceptionnellement, nous ne ferons donc pas de simples cours, mais des stages intensifs pour les intéressées, un cours accéléré permettant rapidement d'acquérir les techniques de bases du dessin. Cela me ravit de pouvoir, moi aussi, planter quelques graines et de ne pas seulement récolter les fruits des graines plantées par d'autres.

Qui sait, peut-être que parmi ces filles qui participeront certaines deviendront plus tard des artistes.

Nick et Lenny me laissent donc ici et reprennent la route à bord du taxi pour se rendre à l'orphelinat des garçons.

Demain je participerai à divers cours, j'aiderai les filles au dortoir et à la cantine. Nous avons décidé que je commencerai le stage de dessin après-demain, en fait, le temps qu'elle envoie quelqu'un chercher le matériel dont j'aurai besoin, selon le nombre d'inscrites.

En attendant, je visite le site et vais m'installer à mon lit dans le dortoir des filles.

Du dimanche 18 juin au mardi 20 juin

C'est dimanche que le stage a commencé avec dix-sept filles inscrites, d'âges différents. Je suis contente, c'est un bon groupe.

Pour leur donner envie, j'ai passé un moment hier à croquer le portrait de l'une d'entre elles, elles ont été très impressionnées. J'ai poursuivi en leur montrant rapidement un croquis de leur établissement et j'ai fini par un dessin totalement abstrait.

Cela les a motivées à s'inscrire. J'ai ainsi choisi de leur proposer ce cours en ateliers, nous travaillerons en premier les paysages, selon leur niveau, plus ou moins détaillés, ensuite nous étudierons les portraits et nous finirons, pour qu'elles se détendent et pour laisser une chance à chacune de s'exprimer par de l'abstrait.

Mon premier cours s'est très bien passé, le plus compliqué, bien sûr, c'est de se faire comprendre quand on ne parle pas la même langue. Mais l'avantage d'enseigner une matière artistique c'est que les mots ne sont pas forcément indispensables, l'œuvre traduit parfois aussi bien la pensée.

Les filles se montrent attentives et désireuses d'apprendre, et puis cela les sort aussi de leur quotidien.

Je repère déjà une jeune fille d'une dizaine d'années qui témoigne d'un très bon *feeling*, un coup de crayon facile et relativement précis pour son âge. Elle s'appelle Samita. Je pense qu'elle dessine déjà souvent, cela se voit, elle a déjà des acquis, qui ne sont pas forcément les meilleurs, disons des habitudes, mais pas des techniques de base. Elle est très jeune et c'est justement un régal de lui montrer une manière plus précise et aussi bien plus facile de procéder.

Mardi, quand nous avons attaqué l'abstrait, une autre gamine s'est révélée. Alina, qui doit avoir douze ans et qui semble dessiner régulièrement des mandalas, c'est d'ailleurs ce qu'elle a fait par réflexe. Je l'ai initiée à l'abstrait en lui montrant d'autres possibilités, que l'art pouvait manquer de géométrie, de symétrie ou d'équilibre. Elle s'est donc lancée dans un mandala complètement déstructuré, faisant preuve d'une grande créativité.

Ces quelques jours passés ont été riches de partages et d'échanges. Le soir, je restais avec les plus petites, je les laissais me coiffer, ou bien nous nous faisions des tresses à tour de rôle.

Nous avons programmé la soirée pour ce mardi et nous pensons rentrer demain.

Après le dernier cours de dessin, nous sommes donc allées installer des tables dehors en attendant que Lenny et Nick me rejoignent avec les boissons et les sucreries.

La directrice a pu retrouver et joindre plusieurs anciens pensionnaires qui vivent toujours dans le coin. Nous ferons donc une grande fête réunissant les pensionnaires actuels des deux orphelinats et une vingtaine d'anciens pensionnaires.

Ce ne sera pas aussi grandiose que ce que ma mère avait pu faire en donnant un magnifique concert, mais je leur ai quand même préparé une surprise.

J'ai confectionné un grand panneau d'affichage sur lequel, avec l'autorisation des filles, j'ai disposé tous les dessins sur lesquels elles ont travaillé cette semaine.

C'est amusant, parce que je sais que Nick de son côté a fait, lui aussi, des ateliers photos, mais en plus petit comité et chaque jour avec des élèves différents, faute de matériel, avec seulement deux appareils à disposition, il ne pouvait guère mieux faire. Lenny l'assistait en leur montrant les résultats sur ordinateur. Cela me fera de la matière pour mes futures toiles.

Ils ont aussi fait beaucoup de jeux d'extérieur, foot, jeu de la tomate, etc.

Pour ma part, ces ateliers que j'ai mis en place auprès des filles m'ont donné des idées. L'expression par le dessin peut être une thérapie, une manière d'extérioriser tout type de sentiments, voire d'émotions, et cela demande un minimum de moyens.

La peinture coûte un peu plus cher, mais l'on peut toujours trouver des financements. Je me dis que donner des cours de peinture offrant aux enfants les plus défavorisés de mettre de la couleur dans leur vie serait une belle activité pour une fondation portant le nom de Rainbow.

Au fur et à mesure que les projets s'affinent et prennent forme dans mon esprit, je vois l'avenir se structurer pour ne pas dire se dessiner d'une manière très évidente.

Il y a malgré tout encore « une évidence » que j'ai du mal à accueillir totalement, c'est Nick, ou plutôt sa déclaration d'amour.

J'en rêvais, il l'a fait, pourrais-je dire… pourtant c'est comme si j'avais encore un dernier boulet au pied qui me retenait au sol.

Et si ce boulet c'était moi ? Ça me rappelle une photo que j'avais vue d'un âne qui était attaché à une vulgaire chaise en plastique et qui restait là sans bouger.

J'aurais tout le temps de repenser à tout ça quand je serai de retour dans mon atelier à peindre et finir tous mes diptyques.

Surtout que, si je me souviens bien, Nick va devoir repartir en voyage pour son travail, nous verrons bien déjà à ce moment-là… s'il revient.

Je vois les garçons qui arrivent en grand nombre et les bras bien chargés.

Je fais signe aux filles de venir les aider à décharger les courses et à tout disposer sur les tables.

Je suis ravie de retrouver Nick qui, à peine arrivé aux tables, se débarrasse les mains et vient derrière moi me prenant par la taille. Il cale sa tête dans mon cou et me glisse à l'oreille :

— Je n'en peux plus, ma chère, de vous voir sans pouvoir vous déshabiller autrement qu'en vous regardant. Vivement que nous soyons seuls, un jour de plus et je ne réponds plus de rien.

Je ne peux à nouveau pas m'empêcher de rougir en esquissant un sourire gêné bien qu'invitant.

— Obsédé.

— Parfaitement, par toi, tu m'obsèdes, je te vois en sirène, en amazone, en commandant de bord, je te vois, je te vois et maintenant je te veux… Cela te dérange ?

Je sens les mains de Nick desserrer ma taille en prononçant ces mots. Alors, avant qu'il regrette de les avoir dits, je fais un tour sur moi-même, lui saisis le visage en approchant ma bouche de la sienne. Je lui chuchote dans un soupir souriant :

— J'adore ça…

Alors que nous nous embrassons, quelques réflexions jasent :

— Hum, hum, les amoureux, vous n'êtes pas seuls, vous savez… et puis on a une réception à préparer, alors au boulot ! Vous aurez tout le temps que vous voudrez une fois rentrés !

— Bouh, t'es jaloux, Len.

Tout le monde s'agite dans tous les sens afin de tout mettre en place. Les premiers anciens pensionnaires commencent à arriver, nous serons bientôt tous réunis.

Tout se déroule à merveille, Nick prend des photos de groupes et des photos par affinités. Quelques filles veulent poser ensemble et les élèves de mon atelier, une photo avec moi.

La soirée touche à sa fin, nous distribuons des tee-shirts de la fondation en favorisant les anciens pensionnaires venus exprès et disons à la directrice que nous en enverrons d'autres, car il nous en manque.

Nous rangeons tout, rentrons les tables et leur disons au revoir, nous avons finalement décidé que nous allions dès ce soir nous rendre à Katmandou dans un hôtel près de l'aéroport.

Vous pensez que c'est une idée de Nick, n'est-ce pas ? Perdu, c'est celle de Lenny, mais je peux vous assurer que Nick et moi ne nous sommes pas faits prier !

Il y a paradoxalement plusieurs hôtels vraiment luxueux et pas chers près de l'aéroport, mais au sortir de nos expériences de ces dernières semaines, nous n'avons vraiment pas le goût de dormir dans ce type de structure.

Nous avons préféré des chambres simples confortables, mais sans artifice pour la modique somme de 10 euros. Dans le bel hôtel que nous avons vu juste avant, une grande tour de verre à l'américaine, les chambres étaient à seulement 35 euros. Incroyable, ces écarts de prix si l'on compare à la France, encore faut-il avoir envie de se prélasser dans le luxe à quelques kilomètres du centre que nous venons de quitter. Sans façon.

« Voyager, c'est naître et mourir à chaque instant. »

Victor Hugo.

Lundi 3 juillet – Dans ma bulle

Nous sommes rentrés depuis presque deux semaines, je n'ai pas arrêté tout ce temps. Il m'a fallu partir à Paris et à Lyon pour faire le point dans les galeries.

Tony était hystérique par tout le travail en retard et m'a rebattu les oreilles pour faire tourner les toiles. J'ai donc échangé les toiles entre Toulouse, Paris et Lyon.

Une fois la paperasse en retard rattrapée, ce qui m'a bien pris une semaine entière, je me suis enfermée dans ma bulle, c'est-à-dire, mon atelier.

Je peins sans interruption depuis une semaine, comme à mon habitude quand je suis dévorée par un projet, je dors sur place. J'en oublierais parfois de manger, dommage que la peinture ne soit pas comestible… Tiens, d'ailleurs, cela me donne des idées… Pardon, je m'égare, il faut dire que Nick est lui aussi reparti depuis une semaine et ne reviendra que d'ici deux semaines.

Au moins comme ça, je suis parfaitement en symbiose avec mon œuvre.

J'ai bien avancé et il y a d'ailleurs de moins en moins de place dans l'atelier. Heureusement que Miss Rainbow n'y est plus. Nous l'avons conduit chez mon père pour que j'aie plus de place et qu'elle soit sur un parking privé et fermé.

Je peins quasiment deux toiles par jour, trois quand je continue la nuit. Je pense pouvoir finir d'ici trois semaines. J'alterne entre les diptyques, les paysages et les fondations. Il y a quelques photos des centres et de scènes de vie que j'ai aussi décidé de peindre. J'ai fait une toile des enfants avec leurs animaux qui est très touchante, très expressive. Tous ces portraits, ces visages sont vraiment « animés » pour reprendre ce mot qui nous parle d'âme.

Mon père vient de temps en temps s'assurer que je suis encore en vie. C'est drôle cette idée que les autres se font de moi dès que je disparais du mouvement, de la scène ouverte. Alors que, contradictoirement, je me sens si vivante, moi, quand je peins, comme en ce moment même, l'inspiration ne me quitte plus. Je suis présente en moi comme jamais. Absente pour les autres, mais bien présente pour moi, dans l'instant et même au-delà, j'ai cette impression d'être connectée à un grand tout. Quand je peins un portrait, je ne fais qu'un avec mon œuvre, avec mes émotions et en même temps avec son sujet. Je ne veux pas me limiter à une reproduction, je veux donner vie à ce portrait, qu'on soit capable de « voir » la personne. La peinture, c'est un peu comme la photo, on peut prendre une simple photo d'un bâtiment parce qu'il est beau, mais un artiste photographe cherchera à le faire vivre. Il cherchera à réveiller l'imagination de celui qui regarde. De manière instinctive, faire naître en lui une émotion, positive ou négative. Cela dépend aussi de l'interprétation que chacun en fera selon son propre vécu. Une bonne photo comme une bonne peinture doit avoir quelque chose à nous dire.

Dans mes portraits diptyques, à gauche il y a l'enfant, quinze ans en arrière, les yeux brillants parfois d'innocence, de courage et d'espoir, et à droite, il y a l'adulte qu'il est devenu, les yeux, pour la plupart d'entre eux, brillants de fierté, comme pour dire « j'y suis arrivé ». Je m'en suis sorti et aujourd'hui je suis : pilote comme Slobodan (moi qui ai réalisé mon rêve), je suis maman et je suis là pour mes enfants (moi l'orpheline), je suis infirmière et c'est à mon tour de soigner (moi qui suis guérie), je suis maçon et je construis des maisons (moi qui n'en ai jamais eu), etc.

Lenny de son côté travaille sur les montages et sur la création d'un grand reportage sur notre périple qu'il transmettra aux médias. Il doit d'ailleurs venir la semaine prochaine pour me filmer en train de peindre. Aux dernières nouvelles, la cagnotte de dons ne cesse d'augmenter et nous recevons toujours des mails de propositions de la part de bénévoles.

Je mets sur papier toutes les idées qui me viennent, vous l'aurez deviné, ce n'est pas fini, oh que non, ce n'est pas fini. L'aventure commence à peine.

Quand j'aurai fini toutes mes toiles, je vais libérer mon atelier, oui, pour lui donner une tout autre allure, disons plus accueillante.

Il va devenir le premier centre d'accueil de Miss Rainbow, au sein duquel je donnerai des cours de peinture bénévolement à des enfants et adolescents défavorisés ou issus de foyers d'accueil.

Petit à petit, il y aura d'autres interventions, j'y travaille.

Quant à Miss Rainbow, elle va aussi connaître une deuxième vie. Elle a fait peau neuve extérieurement, mais elle va aussi être transformée de l'intérieur. Elle va devenir le premier Resto Rainbow, nous connaissons tous les Restos du cœur, loin de moi la prétention d'en faire autant. Ceci dit, je pense essayer de mettre en place des maraudes au moins les week-ends pour commencer.

Lenny est à fond avec moi et l'idée a enchanté Lilla, qui, à défaut de reprendre l'orphelinat, deviendra la marraine de la fondation.

Mon frère est d'ailleurs devenu intenable depuis qu'il sait qu'il repart la chercher dans quinze jours. Quelle belle aventure que la nôtre !

Nous avons déjà préparé la communication autour de sa nomination en tant que marraine. Elle se tient allongée sur le ventre, sur le toit de Miss Rainbow, les coudes repliés, ses mains croisées soutenant son menton et Océgaïa, son perroquet, est sur son dos, dans le creux de ses omoplates, les ailes déployées. Cela crée comme une illusion d'optique, au premier regard, on aperçoit une fée et en observant vraiment, on voit bien l'ara d'Amazonie perché sur son dos. Tous les thèmes sont réunis, l'arc-en-ciel de Miss Rainbow, la rose des vents, la mappemonde et les notes de musique peintes par Gérémy, les portraits de maman et Gaïa que j'ai peints et Lilla apparaissant telle une fée « amazone » en référence aux origines du perroquet en tant qu'ambassadrice de ces enfants du monde entier.

Tout sera bientôt prêt.

Tony est sur les *starting-blocks* et excité comme une puce, car je l'ai nommé responsable en chef de l'organisation. Vous êtes curieux, n'est-ce pas, de savoir ce que nous manigançons ?

Nous allons organiser un énorme week-end de vernissage, exposition et vente aux enchères de toutes les toiles illustrant le livre de maman et dont les deux thèmes ou messages vecteurs sont tirés de deux célèbres citations :

« Sois le changement que tu veux voir dans le monde », de Gandhi.

« Ne juge pas la journée en fonction de la récolte du soir, mais d'après les graines que tu as semées », de Robert Louis Stevenson.

Dès la semaine prochaine, notre reportage sera diffusé sur différents médias et viendra annoncer ce grand événement.

Les filles des deux autres galeries sont chargées du mailing et de la communication auprès de mes clients français et internationaux pour jouer sur les deux tableaux, si je puis dire. Nous visons ainsi à la fois les lecteurs du livre de ma mère et fans du film, et mes clients, fidèles amateurs d'art.

Vendredi 11 août – Miss Rainbow fait son show parce que *the show must go on*

Ça y est ! *The big day !* Nous y sommes ! Vous l'avez lu le nom de l'événement ?

Cela vous rappelle quelque chose ? Une certaine photo que mon père a reçue avec son livre, il y a quelques mois de cela… « Nos enfants sont notre éternité, *so the show must go on* » !

Le stress est à son apogée ! Le film du reportage a été diffusé il y a deux semaines et a été un énorme succès, les gens ont été terriblement touchés. Il va y avoir énormément de monde ! Nous avons dû mettre en place une billetterie et organiser des préventes. Les gens se sont précipités et nous avons rapidement tout bouclé.

J'ai préparé un discours que je peaufinerai selon la tournure que prendront les ventes et les dons.

Nous avons pu réunir une trentaine de bénévoles pour l'organisation, l'accueil, la logistique, le service et la sécurité. Quelques journalistes seront présents également pour que la vente puisse être rediffusée.

Tout ceci est juste énorme ! J'ai pris un peu plus de temps à finir mes toiles et ce qui nous a amenés au mois d'août.

Nous sommes prêts à ouvrir les portes, tous armés de notre tee-shirt de Rainbow Pacific Warrior à l'effigie de Miss Rainbow. Lilla est somptueuse et s'impose en reine de la soirée dans une tenue simple, une robe Empire dans les tons pastel, à son image, force et douceur à la fois.

Les trois hommes de ma vie sont à mes côtés. Oui, j'ai bien dit les trois, Nick a ressorti son look de dandy anglais que j'adore. Mon père et Lenny se sont énormément investis, dans l'organisation et la gestion de la trésorerie en collaborant avec Tony et les filles.

Il y a déjà plusieurs queues qui se forment à l'extérieur.

Aujourd'hui et demain sont des journées expo et vernissage lors desquelles chacun va pouvoir mettre une option sur telle ou telle toile selon un prix de départ imposé. Ensuite, demain à 17 heures, une quinzaine d'entre nous s'isoleront pour dépouiller les choix, quand il n'y aura qu'une personne sur une toile, elle lui reviendra au prix de départ, sinon, elle sera mise en enchère afin de partir avec la meilleure offre.

Il a bien sûr été clairement expliqué que tous les fonds récoltés par ces ventes seront intégralement reversés à la fondation et cette dernière les utilisera soit en subventions pour aider d'autres associations et centres d'aide, soit au développement d'actions et d'activités d'entraide sociale.

Le monde afflue de toutes parts, Miss Rainbow est au centre de l'expo, nous avons cependant été obligés de mettre des barrières de protection tout autour pour éviter trop d'abus ou de dégradations non volontaires.

Ils veulent tous la photographier ou se faire prendre en photo devant elle, mais aussi avec Lilla. Certains sont même venus avec leur livre pour lui demander, à elle, une dédicace, car même si elle n'a pas écrit le livre, elle est à l'intérieur et le fait de pouvoir la rencontrer en personne rend le livre réel. Il n'est plus juste un roman, une fiction vivant dans leur imaginaire, il devient une réalité percutante, une pandémie de l'espoir.

Les filles qui gèrent l'urne dans laquelle chacun dépose son bulletin selon la toile qu'il a choisi d'acquérir ont l'air de dire qu'elle se remplit à vue d'œil.

Très vite rendus à la fin de la première journée qui s'est avérée être un énorme succès, nous réalisons que la plupart des toiles auront trouvé leur acheteur.

C'est intéressant de découvrir parmi eux, tout type d'acheteurs, car j'ai volontairement peint tout type de toiles, petits ou grands formats de manière à pouvoir m'adapter à différents budgets. Lenny a même, avec mes toiles, imprimé des copies papier, un genre de reprographie allant du poster à la carte postale. Il y a donc aussi une caisse pour l'achat de produits associés, dont la vente de tee-shirts.

Nous faisons ce soir le dépouillement de la première journée et les comptes de la caisse. Le résultat est incroyable.

Nous finissons notre soirée en débouchant quelques bouteilles et en nous félicitant du travail accompli.

J'avais, bien sûr, mis tout le monde, j'entends par là, la Rainbow Team, dans la confidence de mes intentions quant aux fonds récoltés, mais je vous en ferai la surprise plus tard.

« C'est aujourd'hui demain. »

Mag. B.

Samedi 12 août

Enfin, nous y sommes !

C'est l'heure du discours que j'ai dû réécrire à plusieurs reprises.

Nous avons eu une cinquantaine de participants en concurrence pour la mise aux enchères de certaines toiles. Chaque toile a donc trouvé un acquéreur, nous avons vendu des centaines de tee-shirts, de cartes postales et de posters.

Maintenant Lenny, Laurent, Lilla, Nick et moi allons monter sur scène et c'est là que je prends le micro. Nous avons installé Océgaïa sur un perchoir sur la scène non loin du micro, car Lilla va lui faire ouvrir le discours par sa version sifflée de la chanson de maman.

C'est parti !

« Bonsoir à tous et toutes ! Merci à notre mascotte qui, faute de savoir voler, sait si joliment siffler.

« Merci d'être venus et revenus aussi nombreux pour la clôture de ce magnifique événement. Je remercie aussi toute l'équipe des Rainbow Pacific Warriors pour le travail incroyable qu'elle a fourni et pour sa bonne humeur.

« Je suis extrêmement émue par le succès de ce rendez-vous auquel vous avez répondu présent aussi nombreux. Merci à toutes vos belles âmes, comme aurait dit ma mère.

« Je suis doublement émue, car la date d'aujourd'hui n'est pas une date comme les autres, elle est, pour toute ma famille, une date anniversaire d'une très grande importance.

« Oui ! La boucle se referme et observez bien cette date… mais oui ! Une évidence non ? Ou plutôt, une renaissance ! Une autre pour nous tous ! Pour Miss Rainbow, pour Lilla, pour Lenny et moi et pour un nombre infini de personnes.

« C'est le jour où ma mère a rouvert les yeux après son opération pour renaître à la vie en tant que papillon. Eh bien, sachez qu'aujourd'hui, grâce à vous tous, beaucoup vont voir leur vie changer un peu. Lilla, ici présente, que nous vous avons présentée lors du reportage avec son inséparable perroquet, toujours en liberté, devenue la marraine de la fondation va en gérer plusieurs ramifications.

« La première, c'est l'ouverture du premier centre d'accueil Rainbow à Toulouse dans lequel nous offrirons plusieurs activités artistiques. La deuxième, c'est la mise en place d'un service alimentaire sous forme de dons et récupération auprès de structures commerciales pour que le mot "partage" remplace le mot "gaspillage".

« Miss Rainbow, ici présente, sera le premier Resto Rainbow qui circulera dans Toulouse comme un genre de maraude.

« D'autres projets viendront s'ajouter au fil des mois et j'espère que d'autres centres et d'autres Restos Rainbow pourront alors voir le jour dans d'autres villes.

« Enfin, vous saviez d'avance que les fonds récoltés allaient être reversés et utilisés à des fins humanitaires. Eh bien, sachez que dans un premier temps chaque vente de toile diptyque de portraits est placée dans une de ces enveloppes et que sur chacune de ces enveloppes sont écrits les nom et prénom de son sujet. Quand nous avons retrouvé ces enfants devenus adultes, nous leur avons fait signer des droits à l'image de manière à la commercialiser. Mais ce qu'ils ne savent pas encore c'est que l'intégralité des gains va être reversée à chacun.

« Nous avons fait la même chose pour les centres et les orphelinats, autant de toiles vendues autour de tel ou tel centre d'accueil seront autant d'argent qui va lui être reversé.

« Imaginez un peu ce qu'ils vont pouvoir en faire : améliorer leur structure d'accueil, Isabelle va enfin pouvoir ouvrir une école digne de ce nom. Irina va pouvoir développer son activité et enfin se lancer dans son projet de centre de formation en animothérapie et zoothérapie. Je ne peux évidemment m'empêcher d'avoir une pensée pour Svetlana dont la fin n'est pas aussi heureuse. Nous avons découvert que ses parents sont les parrains d'une association de lutte contre la leucémie et nous avons choisi de les soutenir grâce au portrait de leur petit ange.

« J'avais dit à mon frère, il y a quelques semaines, que ma mère avait planté des graines dont nous étions tous en train de récolter les fruits et qu'avec ces fruits j'avais envie de préparer un énorme gâteau, pour que demain tout le monde connaisse le goût du partage.

« C'est aujourd'hui demain !

« Quant à moi… j'ai aussi l'impression de renaître aujourd'hui comme l'avait fait ma mère à la même date. Je pense avoir réuni toutes les pièces du grand puzzle de ma vie à travers cette quête énigmatique qui a démarré avec son livre. D'ailleurs, je me permets juste un petit aparté… »

Je me retourne alors vers Nick, tremblotante, et, en voulant décrocher le micro pour qu'il me suive, je fais basculer le pied qui tombe en renversant à son tour le perchoir du perroquet…

— Nick, ma réponse est oui !

Ce sont les derniers mots que l'on a pu entendre avant que le perchoir ne finisse sa chute, tombant de la scène et venant se briser au sol.

La suite vous la connaissez, non ? Qu'en est-il de l'oiseau arc-en-ciel venu tout droit d'Amazonie ? Eh bien… il s'est envolé…

« Je l'entends souvent siffler dans le vent. »

« Il suffisait d'une étincelle pour que le feu reprenne, incendiant
le monde d'une lumière incandescente,
de celle qui brille dans les yeux des enfants. »

Mag. B.

« Concentrons-nous sur ceux qui restent
pour ce qui reste, et vice versa. »

Mag. B.

« Voyage partout et tu n'iras nulle part,
voyage en toi et tu iras partout. »

Mag. B.

Prête-moi tes ailes
de Magali Dubreuil-Bourguet
est la suite des aventures de son premier roman paru en 2019,
Parce que pour mourir, il faut être vivant,
sur commande dans toutes les librairies,
Fnac, Cultura et Espace culturel Leclerc.

coolLibri.com
J'imprime mon livre !

IMPRIMÉ EN FRANCE
Achevé d'imprimer en avril 2020
chez Messages SAS
111, rue Nicolas Vauquelin - 31100 Toulouse
05 31 61 60 42
www.coollibri.com